自鞏洛舟行入
黃河即事寄府縣僚友

공현의 낙수에서 배로 황하로 들어가며
즉흥시를 지어 부현의 벗들에게 부치다

갈물 낀 푸른 산 뱃길은 동쪽을 향하고
동남쪽 사이 활짝 열려 드넓은 황하로 통하네
겨울 나무는 먼 하늘 끝에 닿아 희미하고
석양은 물결 속에서 사라져 간다

來水蒼山路向東
東南山豁大河通
寒樹依微遠天外
夕陽明滅亂流中

Fantastic Oriental Heroes

후흑문주

심온

후흑문구 심은 5

김현영 新무협 판타지 소설

초판 1쇄 찍은 날 § 2005년 11월 5일
초판 1쇄 펴낸 날 § 2005년 11월 15일

지은이 § 김현영
펴낸이 § 서경석

편집장 § 문혜영
편집책임 § 장상수
편집 § 서지현 · 최하나

펴낸곳 § 도서출판 청어람
등록번호 § 제1081-1-89호
등록일자 § 1999. 5. 31
어람번호 § 제2-0739호

주소 § 경기도 부천시 원미구 심곡1동 350-1 남성B/D 3F (우) 420-011
전화 § 032-656-4452   팩스 § 032-656-4453
E-mail § eoram99@chollian.net

ISBN 89-5831-813-9 04810
ISBN 89-5831-612-8 (세트)

厚黑門主 沈溫

김현영 新무협 판타지 소설

Fantastic Oriental Heroes

후흑문주

심온 5 완결

원수를 사랑하라

도서출판
청어람

목차

◆第一章◆ 회의

*살인*은 살인을 한 자나 살해당한 자나 혹은 지켜보는 자나 훗날 그런 이야기를 전해 들은 사람에게도 많은 상처를 남긴다.

세상엔 수많은 성격의 사람이 살아가는 만큼 살인의 이유는 다 제각각이다.

한 하늘 아래에서 살고 싶지 않은 원수이기 때문에 죽여야 한다.

사소한 말다툼 끝에 갑자기 열이 받아서 죽이기도 한다.

우연히 창틀에 놓인 화분을 손질하다가 떨어뜨려서 길 가던 사람이 죽기도 한다.

돈을 훔치러 들어간 도둑이 엉겁결에 놀라 주인을 찔러 죽이기도 하고, 재산을 노리고 가까운 사람을 독살하기도 한다.

어떤 이는 강함을 추구하여 끝없는 비무 속에 결국 한 줌의 흙이 되기도 한다.

이외에도 죽여야 하는 이유와 죽어야 하는 이유는 끝도 없이 많다.

그중 어떤 이들은 죽이고 싶은데 용기가 없거나 힘이 없어 안절부절 못한다. 이들은 결국 누군가 대신 살인을 해주길 바란다. 즉시 목숨에 값이 매겨지고 청부살수들이 움직인다. 아무런 감정 없이, 그 이유의 타당성은 전혀 의식하지 않고 오로지 목표를 제거한다.

살수들이 두려운 이유가 바로 여기에 있다.

'열심히 일하고 오겠습니다' 라고 인사를 한 후 나갔다 보람차게 일과를 마치고 돌아오는 사람들마냥 살인을 하나의 일로 생각하기 때문이다.

바로 이런 점 때문에 후흑문인들은 살수들이 짜증스러웠다.

"하여튼 살수라는 놈들 언제 한번 손을 보려고 했는데 잘됐어. 이번에 쓸어버리자."

회의석상에서 심온은 탁자를 쿵 하고 내려치면서 분노를 표출했다.

지금은 청살문에서 벗어나길 바라는 자운의 의뢰를 받아들이기로 결정하고서 어떤 방법으로 빼내올 것인지에 대해 회의가 진행되고 있는 중이었다.

모두 이런 저런 생각들을 떠올릴 때 심온이 전면전을 펼치자는 의견을 낸 것이다.

"사숙도 오시라 하고, 사숙 친구도 오시라고 하는 거야. 거 있잖아. 외경이비 중 한 분이신 고독천자(孤獨天子) 왕면(王眠)님 말이야. 우리도 총출동하는 거야. 뭐, 작전이고 뭐고 필요있겠어? 무릎 꿇리고는 앞으로 다시는 이런 짓 하지 말라고 거창하게 설교를 늘어놓는 거지."

심온은 당장이라도 쫓아갈 기세로 열변을 토했다. 그러나 회의실의 분위기는 여간 싸한 것이 아니었다. 마치 아무도 없는 곳에서 혼자 소리를 지른 것 같다는 착각이 들 정도로 심온은 외면을 당하고 있었다.

"이 반응은 또 뭐야? 내가 틀린 소리 했어?"

그나마 관심이라도 보인 것은 담유설이었다. 기다란 탁자의 끝 쪽에 앉아 턱을 괴고 있던 그녀는 짧게 한마디를 내뱉었다.

"귀찮아."

심온이 막 폭발하려고 하자 총관 오교가 염소수염을 쓰다듬으며 말했다.

"문주님의 말씀이야 백 번 옳은 말씀입니다만, 후흑문으로서는 그들과 전면전을 펼쳐 굴복시키지 않아야 하는 두 가지 이유가 있습니다."

"말해 봐."

"첫째, 살수문들을 정리한다는 것은 후흑문의 첫 번째 철칙인 '강호를 제패하지 않는다'를 거스르게 되는 일이 됩니다. 아시다시피 후흑문은 존재하는 듯 존재하지 않고, 존재하지 않는 듯 존재하는 문파라는 특징을 계승해야만 합니다."

오교의 설명에 장로들이 고개를 끄덕였다. 또한 그들의 얼굴엔 못마땅한 기색이 옅게 묻어 있었는데, 표정을 해석해 보자면 '문주가 그런 것도 모르냐?' 정도라고 할 수 있었다.

"둘째는 청부살수들이 등장하는 데는 그들을 필요로 하는 이들이 존재하기 때문이라는 점입니다. 세상 사람들이 모두 득도한 사람이 아니므로 여러 감정에 휩싸이는바, 여러 경로를 통해 대신 살인해 줄 사람을 찾게 됩니다. 그와 같은 시장이 형성된 까닭에 청부 조직이 생기는 것이니 지금 당장 청부 조직을 다 뿌리 뽑는다 해도 다시금 그러한 조직이 생겨나는 것은 물론이거니와 도리어 은밀히 지하로 스며들게 하여 정작 필요할 때 그들을 막지 못하는 결과를 초래할 수도 있습니다. 그런 점에서 그들에게 보이지 않는 암중의 두려움을 안겨주는 것이 더 효과적일 것으로 봅니다."

오교의 설명은 딱히 반박할 만한 거리가 없었기에 심온은 속은 쓰렸지만 언제 그랬냐는 듯 화통하게 웃었다.

"하하하하하! 내가 그걸 모르고 말했을까 봐. 모두들 아무 말도 하지 않으니까 시험 삼아 떠들어본 게지. 총관은 뭘 그리 장황하게 설명을 하나. 하하하하! 자, 그럼 어서들 좋은 의견을 내보도록 하지."

얼굴이 두껍고 마음이 시커먼 후흑문의 문주답게 얼굴색 하나 변하지 않은 것을 보고 수뇌들은 은근히 감탄하며 심온을 한 번씩 흘겨봤다.

하지만 그들 중 담유설만큼은 흘겨보는 것으로 그치지 않았다.

"지랄하네."

분위기는 삽시간에 싸늘해졌다.

그때 만약 형벌당주 좌염이 의견을 내지 않았다면 심온은 북풍한설에 휩싸여 얼음 조각이 되고 말았을 것이다.

"흠흠, 제게 기막힌 생각이 있으니 모두 잠시만 귀를 기울여 주시길 바랍니다."

회의 때 좌염이 어떤 의견을 낸 적이 거의 드물었기에 일단 모두의 시선은 좌염에게로 향했다.

"제가 이번에 청살문주를 찾아가 담판을 짓고 오겠습니다."

"혼자서 해결하겠다는 거야?"

담유설 때문에 심사가 뒤틀려 있던 심온이었기에 말투는 다정하지 못했다.

좌염은 어깨를 한차례 으쓱해 보였다.

"제 이야기를 듣고 나시면 감탄을 금치 못하실 테니 일단 한번 들어보시죠."

심온이 몸을 의자에 기대고 두 팔을 뒷목에 대며 들을 준비를 갖추자 좌염이 상세히 설명하기 시작했다.

"사실 이 방법은 매우 간단합니다. 하지만 파괴력에 있어서는 무시할 수 없는 것이지요. 저는 일단 청살문주를 만날 생각입니다. 물론 청살문주로서는 대면하려 하지 않을 것이나 큰 재물을 약속한다면 결국은 면담할 수 있을 겁니다. 청살문주로서는 이런 생각을 하게 되겠죠. 도대체 얼마나 대단한 사람을 죽이려고 나를 만나자는 것일까, 하고 말입니다. 그는 틀림없이 살인 청부가 불가능한 명단을 보여줄 겁니다. 그들의 힘으로는 닿기도 힘들고, 또 분란이 일 수 있는 이름들이겠지요. 아마 문주님도 포함되어 있을 겁니다."

심온은 우쭐한 표정으로 당연하다는 듯 고개를 끄덕였다.

"저는 그때 이렇게 말합니다. '이 사람들을 제외하고는 그 누구도 청부가 가능하다는 말이겠지요?' 분명 그렇다는 답이 나올 것입니다. 그때 저는 비로소 회심의 미소를 짓고 말하는 겁니다. '좋소. 나는 당신에게 청부하겠소. 청살문주를 죽여주시오' 하하하하, 청살문주의 표정이 어떻게 될지 상상해 보십시오. 그는 자신을 누군가 죽이겠노라 청부할 줄은 몰랐을 겁니다. 그러니 당연히 명단에 자신의 이름이 없을 테지요. 그는 당연히 스스로 자결할 수 없을 테니 제가 요구하는 것을 들어줄 수밖에 없을 겁니다. 하하하하, 기발하지 않습니까? 벌써 녀석의 당황하는 모습이 눈에 선합니다."

좌염은 이보다 더 완벽한 방법이 어디 있겠냐는 듯 통쾌하게 웃었으나 곧바로 분위기가 이상한 것을 느끼고 말을 더듬었다.

"무, 무슨 문제라도……."

재화당주 엄장이 혀를 끌끌 찼다.

"좌당주는 강호가 어떤 곳이라고 생각하오? 어째 그대가 살아가는 강호는 내가 살고 있는 곳과는 많이 다른 듯하오만."

"그건 무슨 말이오?"

"청부 조직의 수장이 그런 말장난에 충격을 받고 뜻을 받아준다면 그가 아직까지 살아 있을 수나 있었겠소? 그대가 순수하다고 해서 청살문주까지 자기 말에 책임을 지는 순수한 영혼일 것이라고 생각하면 어쩌자는 거요."

좌염은 뭐라 변명하고 싶었지만 쏟아지는 시선들이 한마디라도 한다면 곧바로 욕이 튀어나올 것 같아서 입을 꾹 다물고 말았다.

만추당주가 이어 의견을 내놓았다.

"자운과 그의 아버지를 현상 수배하는 방법은 어떻습니까?"

이어지는 그의 설명인즉, 이번에 장소추가 죽은 것을 자운의 소행으로 몰아 청살문에서 거부하지 못하도록 하자는 것이었다.

하지만 이것도 그다지 신통한 반응을 얻지는 못했다.

이미 관직에서 물러난 장소추 정도에게 아쉬운 소리를 하지 않을 것이라는 것이 대부분의 의견이었다.

이외에도 여러 가지 의견이 줄을 이었지만 하나같이 다른 반론에 부딪혀 흐지부지되었고, 회의는 뚜렷한 해결 방안을 찾지 못한 채 표류했다.

이젠 다들 귀찮다는 표정이 역력해져 자운이고 뭣이고 간에 빨리 회의나 끝났으면 좋겠다는 생각을 하게 될 즈음, 전혀 뜻하지 않은 곳에서 기막힌 한마디가 튀어나왔다.

"뭘 그리 복잡하게 생각하는지. 최고의 암살자라면 당연히 우리 아버지잖아. 아버지한테 부탁해 보자구."

담유설은 대수롭지 않게 말했지만 정녕 그녀의 말은 사실이었다. 변왕 담천변이 가지 못할 곳이 어디겠으며, 그에게서 숨을 수 있는 자가 세상 누가 있겠는가.

"그거 좋군. 바로 그거야."

"하하하, 왜 그 생각을 못했을까."

"청살문주 이 자식 제대로 걸린 거네."

"자, 그럼 이거 해결된 거네."

모두들 반색을 하는 중에 심온이 마무리를 지었다.

"그럼 방종당주가 아버지께 부탁을 드리도록 해. 자, 회의 끝. 해산!"

언제나 그렇듯 책임이 맡겨진 사람을 제외하고는 썰물이 빠져나가듯 사라져 버렸다.

◆第二章◆ 침투

Fantastic Oriental Heroes

후흑문주

심온

청살문의 이급살수인 막사종에게 이번 살수행은 매우 중요한 의미를 지녔다.

그의 나이 삼십사 세, 열다섯이라는 나이에 청살문에 입문한 그는 이십칠 세에 이급살수에 오르고 이제 막 일급살수로 도약할 시점에 서 있었다.

그는 이제까지 총 마흔아홉 번의 살행에 나서 세 번만 실패하였을 뿐이다.

거의 비슷한 시기에 들어온 동료 살수들 중 가장 앞선 여충은 이미 삼 년 전에 일급살수가 되었다. 여충은 막사종과 마음을 터놓는 사이였고, 가장 먼저 일급살수가 되었다고 해서 괜히 어깨에 힘을 주는 인간은 아니었다.

이번 살수행 직전에 여충은 막사종에게 귀한 정보를 건네주었다.

"이건 비밀이지만 말해 주지 않을 수가 없군. 이번 살행에 반드시 성공해야만 하네. 그렇게 되면 자네는 곧바로 일급살수로 임명될 걸세."

막사종이 크게 기뻐한 것은 두말할 나위 없는 것이었다.

그가 살수문에 투신한 것은 처음에는 하나의 직업의 개념이었다. 살행에 성공할 시, 문에서는 적절한 보상이 주어져 적립된다. 살수로서 살아가는 데는 그다지 돈이 들지 않기에 그가 모은 돈은 결코 적은 금액이 아니었다. 대부분의 살수들은 돈을 쓰는 데 익숙하지 않으며, 주 목표는 어찌하면 더 뛰어난 살수가 될 것인가를 고민하는 터라 무공에 매진하는 시간이 거의 전부였다.

막사종도 그와 같아서 오로지 지금 그가 추구하는 바는 일급살수가 되고 더 나아가서는 청살문의 지도부에 속할 특급살수가 되는 것이었다.

그러기 위해서 이번 살수행은 반드시 성공해야 했다.

"위웅이라고 했던가."

화음산 초입에서 막사종은 산을 올려다보며 작게 중얼거렸다.

그리고 죽여야 할 대상에 대해 다시금 기억을 상기했다.

화음산 봉골 중턱의 가옥.

이름:위웅.

성별:남자.

나이:45세.

운화장의 장남.

무공 여부 중급 이하.

호남형 얼굴에 오른쪽 입술 아래 붉은 반점.

"돈이 참 좋긴 좋아. 사람의 목숨을 살리기도 하고 죽이기도 하니 말이야."

위웅을 죽여달라 청부한 자는 그의 동생 위청이었다.

현재 운화장은 장주인 위세경이 노환이 깊어져 살날이 그리 많이 남지 않은 상태였다. 위세경이 떠나면 장남인 위웅이 가업을 잇게 되어 있는데, 둘째인 위청으로선 그런 계승이 탐탁지 않은 것이다.

산을 오르며 점점 위웅의 거처에 가까이 다가갈수록 막사종의 얼굴엔 불쾌하고 찝찌름한 기운이 솟아나고 있었다. 이제껏 마흔여섯 번의 살행에 성공한 그였지만 가족끼리의 상쟁으로 혈육을 죽여달라고 청부하는 일을 맡을 때면 언짢은 마음을 금할 수가 없었다.

"제길."

특히 이번 위웅이란 작자는 죽이고 싶지 않은 자였다.

아버지의 죽음 이후에는 믹대한 가산을 물려받아 장주가 될 그였지만 그는 재산 따위는 안중에도 없는 사람으로, 산에 초라한 가옥 한 채를 짓고 자연을 벗삼아 살아갈 따름인 것이다.

그럼에도 아우 된 위청은 만에 하나의 경우를 대비해 형을 죽여 없애려는 것이다.

위웅이 왜 홀로 산에 거하고 있는지에 대한 정보를 가지고 있는 막사종으로서는 마음 한 켠이 무거워지는 것을 피할 수 없었다.

오 년 전 아내가 중병으로 앓아오다가 끝내 세상을 뜨자 그때부터 그에게 생의 소망은 사라졌다. 부부에겐 아이가 없었다. 이미 병석에 누운 지 십삼 년이 되는 부인은 아이를 낳을 몸이 아니었던 것이다.

'세상사란 참 알 수 없어. 욕심 많은 녀석은 승승장구하고, 아내를 잃고 슬픔에 잠겨 있는 자에겐 저승사자가 보내지니……'

막사종은 내심 투덜거렸지만 청부를 포기할 수는 없는 노릇이었다.

그에겐 청부를 수락하고 포기하는 선택권이 전무했다. 오로지 주어진 사명을 완수하느냐 못하느냐의 문제만 생각해야 한다. 그리고 끝내 위웅의 생명을 빼앗을 것이다.

"후훗."

생각이 거기까지 미치자 저절로 웃음이 터져 나왔다.

아우 된 위청이 형을 죽이려는 것이나 자신이 일급살수가 되기 위해 살인을 하는 것이나 별반 다를 것이 없었던 것이다. 위청에게 그만두라고 할 수 있으려면 먼저 자신이 사명을 포기하고 일급살수라는 자리에 연연하지 말아야 한다.

'역시 나도 별 볼일 없는 놈이란 건가.'

봉골에 접어든 지 반 시진 정도가 지나자 한 채의 아담한 가옥이 눈에 들어왔다. 오로지 가옥이라곤 달랑 하나였기 때문에 혼동할 염려는 없었다.

막사종은 만에 하나의 경우를 대비해 일단 주변을 크게 돌아 면밀히 관찰했다.

가능성은 터무니없이 적었지만 호위무사나 기관진식의 여부를 점검할 필요가 있었다.

결과는 역시 기우에 불과한 것으로 드러났다. 위웅은 동생이 자신을 죽이려 한다는 것도 모르는 그저 불쌍한 사내일 뿐이었다.

"계십니까?"

막사종은 위웅을 죽여야 한다는 생각에는 변함이 없었지만 밤이 되길 기다려 몰래 숨어 있다가 쥐도 새도 모르게 죽이고 싶지는 않았다. 떳떳이 나서는 것이 그나마 보여줄 수 있는 작은 배려라고 생각했다.

"뉘시오?"

사십대 후반으로 보이는 사내가 방문을 열고 절뚝거리면서 걸어 나오는 것이 보였다.

위웅이 틀림없었다. 호남형의 얼굴에 입술 아래의 붉은 반점.

'뭐야, 다리까지 망가진 거냐.'

그렇지 않아도 안타깝게 여기고 있던 막사종으로서는 한탄을 하며 이마라도 치고 싶은 심정이었다.

"위웅이라는 분을 찾아왔습니다."

"본인이 바로 위웅이오만."

"제대로 찾아왔군요."

막사종은 지금 손을 쓸 것인지 아니면 더 기다릴 것인지 갈등했다. 또한 동생이 형을 죽이려 한다는 이 기막힌 사연을 들려주고 죽여야 하는 것은 아닌가 싶기도 했다.

그때 위웅이 전혀 뜻밖의 말을 했다.

"외람된 말씀이오만 혹시 나를 죽이려고 오신 겁니까?"

"하하하, 그게 대체 무슨 말씀이십니까? 저는 단지 동생 분이 안부를 걱정하여 어찌 살고 계신지 알아보고 오라는 분부를 받았을 뿐이랍니다."

막사종의 연기는 완벽했다. 뛰어난 살수일수록 살수의 기질을 완벽히 숨기고 생활 속에서 살행을 펼치는 것이기에 이 정도의 순발력은 특별할 것이 없었다.

"굳이 숨기시지 않아도 됩니다. 저는 이미 살아갈 의미를 잃은 지 오래니 지금 당장 죽어도 여한이 없지요. 바쁘지 않다면 안으로 들어가시지요."

"허허, 무슨 말씀이신지… 오해를 단단히 하고 계시는군요. 들어가서 자세히 이야기 나누도록 하지요."

막사종은 애써 태연한 척했지만 속으로는 놀라움을 금치 못했다. 보기에 위웅은 단지 삶에 달관한 사람처럼 보일 뿐인데, 단지 한 번 대면한 것만으로 정체를 파악하고 있는 것이었다.

'기이한 자로다.'

하지만 이내 충분히 그럴 수도 있겠다는 생각도 들었다.

동생의 간악함을 그리고 느끼지 못했겠는가. 어쩌면 산 깊은 곳에 자리를 잡은 것도 동생 몰래 숨어 지내는 것인지도 몰랐다.

"죽어드리겠다는 약속은 확실히 할 수 있습니다. 아무 염려 하지 않으셔도 됩니다."

앞서 걸으며 위웅은 태연히 말했다. 과연 세상에 자신의 목숨을 놓고 이렇게 초탈한 모습을 보일 수 있는 사람이 있을까.

막사종은 속으로 생각하길, 이런 사람이 무공을 익힌다면 그 경지가 하늘에 닿는 것도 어려운 일은 아닐 것이라고 중얼거렸다.

생각에 잠긴 탓에 대답하는 것을 잊은 막사종은 앞에서 걷던 위웅이 갑자기 몸을 돌리자 일순 흠칫했다.

"정말이구나. 이 녀석, 날 죽이러 온 거야. 하하하하… 웃겨 죽겠네."

방금 전까지 죽음도 초월한 모습을 보이던 것과는 전혀 상반된 경박스러움이 위웅을 뒤덮었다. 막사종은 기이하게 여겼지만 크게 경각심을 갖진 않았다. 단지 막상 죽으려고 하니 목숨이 아까워진 것이라 생각했다.

"미안하오. 하지만 고통없이 보내주겠소."

"하하하하, 상당히 예의 바른 녀석이구나."

말을 하면서 위웅은 천천히 옆으로 걸음을 옮겼다.

"음? 뭐지?"

막사종이 놀란 것은 위웅이 전혀 절룩거리지 않았기 때문이다. 그뿐 아니라 움츠린 어깨가 활짝 펴지고 얼굴엔 여유가 가득하며, 몸에서는 정체불명의 기세가 거침없이 뿜어져 나오고 있었다.

"불쌍한 놈… 넌 죽어줘야겠다. 내가 고작 동생이 보낸 자객 따위에게 죽을 줄 알았단 말이냐? 하하하하! 멍청한 녀석."

막사종은 위웅의 불타오르는 눈을 보며 이미 자신이 상대할 수 있는 자가 아님을 깨달았다. 암살을 하려고 해도 쉽지 않을 터인데 이렇듯 밝은 태양 아래 마주 선 채로는 도무지 승산이 없었다.

'하, 함정이다!'

경계하는 눈빛으로 뒤로 주춤거리면서 물러설 때 또다시 변화가 찾아왔다.

위웅이 갑자기 기세를 확 거둬들이더니 어깨를 움츠리고 다시 절룩거리면서 방 쪽으로 걸음을 옮긴 것이다.

"쿨럭, 쿨럭, 놀라셨다면 미안하외다. 자, 들어갑시다. 귀한 손님이 오셨는데 내 장난이 심하였소. 아까 죽어드리겠다는 말은 내 반드시 지킬 터이니 염려 마오. 어서 들어오시오."

'뭐, 뭐냐?'

막사종은 다시금 돌변한 모습에 땀을 삐질거렸다.

"어서 따라오시오."

"위웅, 그대의 정체는 무엇이오?"

위웅은 목을 한껏 움츠리고 힘없이 말했다.

"내 정체라니, 그게 무슨 말이오. 방금 전 본 이런 모습 때문에 그러는 거요?"

그러면서 위웅은 다시금 기골이 장대하고 내력이 용솟음치며 정기로 빛나는 눈을 번쩍였다.

"이거 맞지요?"

그러나 이내 언제 그랬냐는 듯 본래의 신색으로 돌아와 몸을 움츠렸다.

"사람을 가지고 놀아도 유분수지. 이 무슨 해괴한 짓이오!"

"너무 개의치 말고 차나 한잔합시다. 어서 따라와요."

"싫소."

"너무 빼는 것도 좋은 모습은 아니지요. 확 패버리기 전에 들어와요."

막사종은 이번 살행은 여기에서 접어야겠다고 생각했다. 일급살수가 탐이 난다 해도 이런 미치광이를 죽이는 일만은 삼가고 싶었다. 아니, 미치광이에게 맞아 죽을 것 같았다.

그가 막 엉덩이를 빼려 할 때, 상황이 다시 바뀌었다.

오로지 위웅 혼자일 것으로 생각했던 방에서 한 사내가 튀어나오더니 가히 빛살과도 같은 속도로 가슴을 훑어버린 것이다.

막사종은 뜨끔한 통증과 함께 그대로 의식을 잃었다.

"이게 무슨 짓이냐?"

위웅이 사내를 향해 삿대질을 하자, 사내도 지지 않고 맞섰다.

"담 어른이야말로 언제까지 장난할 생각이셨습니까? 제가 나오지 않았다면 오늘 하루종일 오락가락했을 것이 아닙니까?"

위웅은 그 말에 배시시 웃었다. 웃음을 띤 얼굴이 서서히 변하면서 전혀 다른 모습이 되었다. 그는 칠대기왕 중 한 명인 변왕 담천변이었다. 딸인 담유설의 부탁으로 청살문에 잠입하기로 약조하였고, 청살문의 살수를 유인하여 그로 변장하려는 것이었다.

잠입을 위해선 얼굴만 바꾼다고 되는 것이 아니었기에 후흑문에서는 환사를 통해 술법으로 살수의 모든 것을 알아내게 하고, 청살문의 내부 구조나 상황 등을 캐내어 변왕에게 전해주려고 환사를 대기시켜 놓은 것이었다.

원래 계획대로라면 부르러 나간 변왕이 단숨에 제압하여 방으로 데리고 오면 환사가 그때부터 술법을 펼치는 것이었는데, 방에서 아무리 기다려도 뜰에서 오락가락하며 장난질만 치고 있으니 열불이 난 환사가 참지 못하고 튀어나온 것이었다.

막사종으로서는 이미 황당한 상황에 주눅이 든 상태인데다 환사의 신법이 워낙 신묘하기 이를 데 없어 환사의 손이 그의 가슴을 훑어 내릴 때에서야 자신이 제압당하는 것을 깨달았을 따름이다. 또한 막사종이 건네받은 운화장과 위웅, 위청 형제의 이야기는 모두 꾸며낸 것들임은 당연했다.

"자, 그럼 한번 머리 속에 있는 것들을 꺼내보세."

잠입은 간단히 이루어졌다.

이미 막사종의 모든 것을 숙지하였기에 변왕은 막사종보다 더 막사종에 가깝게 행동했다.

청살문의 본거지에 안전히 스며들어 삼 일 동안 여러 곳의 동태를 살폈다.

가장 먼저는 자운과 그의 아버지를 관찰하였고, 문주의 처소와 청살문의 조직과 체계를 면밀히 탐구했다.

그리고는 내실로 들어온 전담시녀를 혼절시킨 후 완벽하게 그녀가 되었다.

청살문에서는 이급살수부터는 따로 거처를 마련해 주고, 전담시녀를 붙여주었다. 일급살수나 특급살수가 되면 그전과는 비교할 수 없는 대우를 받게 된다. 사실 이급살수 정도만 되어도 그다지 불편이 없었는데, 그에 반해 이급 아래 살수들의 처우는 열악한 편에 속했다.

변왕이 시녀로 변한 것은 주방을 드나들기 위함이었으며, 그곳에서 청살문주의 식사를 책임지는 전담숙수를 만날 수 있기 때문이었다.

하루가 지나기 전 청살문주의 전담숙수에게 접근한 변왕은 그를 제압하였다. 음식 솜씨는 뛰어날지 몰라도 무공은 형편없었기에 전담숙수로 역용하는 일은 내리막길을 걷는 것보다 쉬웠다.

그때까지 청살문의 어느 누구도 변왕이 헤집고 다니는 것을 눈치채지 못했다.

청살문주 함초극은 식사를 절반도 하지 못하고는 상을 뒤집어엎었다.

이 점심 식사는 정녕 감정을 조절함에 있어 탁월한 능력을 발휘하는 그라도 도저히 참아 넘길 수 없을 만큼 역겨운 맛으로 가득하였던 것이다.

"오 숙수를 잡아와라! 놈을 잡아와. 어서~"

이십 년이 넘게 전담숙수로 일한 오각이었다. 이제껏 단 한 번도 실망시키지 않았던 그였기에 이건 실수라고 할 수 없었다. 모욕이며, 반항이었다. 한번 엿이나 먹어봐라는 것으로밖에는 해석할 수 없었다.

"놈을 갈가리 찢어 까마귀밥이 되게 해주겠다!"

광분하며 소리를 질러대는 함초극 앞에 오각이 잡혀왔을 때 더 이상 함초극은 화를 낼 수가 없었다. 오각의 얼굴은 대체 얼마나 얻어터졌는지 양쪽 눈이 시퍼렇게 부어올라 있었고, 머리카락도 한쪽은 아예 잡아 뽑혀 희멀겋게 드러나 있었다. 게다가 원래는 옷이 다 벗겨진 채였는지 커다란 천으로 벌거벗은 몸을 감싸고 있는 형국이었다. 데려오면서 수하들이 흉하지 않도록 덮은 것이리라. 오각은 이때까지도 정신을 차리지 못하고 있었다.

"그는 주방 창고에 이렇듯 흉한 몰골로 버려져 있었습니다."

수하들의 보고에 함초극은 당장 눈에서 불이 나올 정도로 분노했다. 청살문 역사상 이런 하극상은 단 한 차례도 일어난 적이 없었다. 문주의 전담숙수를 이 모양으로 만들었다는 것은 명백히 문주를 이렇게 박살 내고 말겠다는 것과 같았다.

"도대체 누구의 짓이냐?"

"외람된 말씀입니다만, 먼저 여기를 봐주십시오."

수하 중 하나가 조심스럽게 말하며 오 숙수를 감쌌던 천을 벗겨내자, 가슴께로부터 허벅지에 이르기까지 장문의 글이 적혀 있었다. 덕분에 오 숙수의 물건이 적나라하게 드러나 쳐다보는 것이 여간 부담스럽지 않았지만 심지어 그곳에도 글자가 이어지고 있었기 때문에 가릴 수도 없었다.

억지로 노를 참으며 함초극은 읽어 내려갔다.

함초극은 보아라.

며칠간 잘 지내다 간다. 사람을 죽이느라 바쁜 네비 하늘 위에 하늘이 있음을 보여주고자 어려운 걸음을 하게 되었음을 밝히는 바이다. 일단 너는 중독되었다. 지금 바로 운기해 보면 거골혈과 기문혈에 통증이 느껴지는 것을 알 수 있을 것이다. 이 독은 부화뇌신단이라 한다.

부화뇌신단에서 함초극은 어쩔 수 없이 옅은 신음 소리를 냈다. 거골혈과 기문혈의 통증을 읽으며 설마 했는데 곧바로 부화뇌신단이 나오니 그 충격이 적지 않았다.

삼대절독 중 하나인 부화뇌신단은 만들기 어려운 만큼 아무나 해독할 수 있는 독이 아니었다. 특히 특정 기한이 차면 독이 발작하기에 시한 장치로의 협박에 유용했다. 상대가 부화뇌신단을 사용했다는 것은 뭔가 바라는 것이 있음을 의미했다.

한 달이 되기 전 해독을 하지 않으면 어떻게 되는지는 굳이 설명하지 않아도 잘 알고 있으리라 믿는다. 지금쯤 너는 내가 누구이며 왜 이런 행동을 하게 되었는지 궁금해할 것이다. 내가 누구인지는 밝히지 않겠다. 죽는 날까지 의문을 품고 알아보는 것도 꽤 재미있는 일이 될 것이다. 대신 무엇 때문에 부화뇌신단까지 쓰게 된 것인지는 알려주도록 하마. 석 달 전, 낙양의 장소추를 살해한 자운이라는 아이와 그의 아비를 보내라. 장소추의 죽음에 대해 그들에게 내 직접 따져 물을 것이다. 터럭 하나도 손상시키지 않고 건네도록 하여라. 그들의 몸을 갈기갈기 찢어발기고 싶어 하는 이가 그렇게 인도되길 원하고 있다. 내 이곳에 머무는 동안 그 부자를 살펴보았으나 직접 도살하지 않은 이유도 여기에 있다. 몸뚱이에 적힌 이 글을 읽고 있을 때라면 이미 나를 찾을 수는 없을 것이다. 오늘로부터 이십 일 후 정오, 낙양의 목단정 궁도애로 데리고 오라. 허튼짓을 한다면 그땐 청살문 자체의 존립이 어려워질 것임을 명심하라.

함초극의 얼굴엔 이미 검은 구름이 몰려들었다.

놈은 청살문 내부에 잠입하여 수일간을 보냈으며, 지금은 유유히 빠져나간 뒤였다.

머리 속으로 도대체 누구일까를 짐작해 보았지만 머리만 혼란스러워질뿐이라 고개를 내저었다.

"어떻게 하시겠습니까? 명령만 주십시오. 당장 잡아들이겠습니다!"

염규의 음성은 충성스럽기 그지없었지만 그건 함초극의 화를 돋우었을 뿐이다.

"닥쳐라! 도대체 어떻게 놈을 잡아들이겠다는 것이냐? 내부에 잠입해 버젓이 돌아다닌 놈을 알아차리지도 못하였거늘 어디 가서 놈을 찾아? 적이 부화뇌신단을 쓴 이상 우리에게 선택의 여지란 없다!"

분노와 안타까움이 뒤섞인 문주의 외침에 염규는 목을 움츠리고 뒤로 물러났다.

고개를 숙인 그의 어깨는 두려움으로 바르르 떠는 것 같았다.

함초극은 수하가 두려워하는 모습에 만족하였다. 하지만 정작 염규의 눈이 장난기로 가득하여 웃고 있다는 것을 알지는 못했다. 그는 변왕 담천변이었던 것이다.

'벼엉신~ 나 여기에 있어.'

◆第三章◆

귀령비서 출현

후흑문주

Fantastic Oriental Heroes

심온

귀혈마 앞에 선 강남오흉은 얼굴은 물론이고 온몸이 굳어버려 꼼짝도 할 수가 없었다.

그들은 이제껏 많은 사람의 간담을 서늘케 했지만 지금은 자신들이 핍박했던 이들이 느꼈을 공포를 고스란히 체감하고 있는 중이었다.

귀혈마라는 이름 앞에서는 이런 현상이 크게 이상한 일이 아니었다. 사실 일 다경 전만 해도 그들은 귀혈마와 마주하게 되리라곤 꿈에도 상상치 못한 상태였다. 그들이 파악하고 있는 정보에 의하면 귀혈마는 이미 삼십 년 전 죽은 것으로 되어 있었다.

그의 성정은 어딘가 숨어 가만히 있지 못하는지라 은거를 했다거나 폐관을 했다고는 믿을 수 없는 일이라 전해오고 있었다.

사람들이 귀혈마에 대해 말할 때는 주로 이런 식의 대화가 오갔다.

"귀혈마는 죽었을까, 살았을까?"

"갑자기 살인에 싫증이라도 나서 은거한 것은 아닐까?"

"은거? 지나던 개가 웃을 일이군. 그는 필시 죽었든지 최소 전신 장애를 당해 꼼짝 못하고 있는 것이 틀림없네. 두 다리를 움직일 수만 있다면 어떻게든 돌아다니지 않고는 견딜 수 없을걸."

"하나는 알고 둘은 모르는군. 그 인간이 전신 장애를 당했다고 해도 누워 있을 사람이던가? 차라리 자살을 택할 인간이니 그는 필시 죽었다고 보는 것이 가장 유력할 것이네."

강남오흉은 강호의 소문을 떠올리며 애써 눈앞의 괴인을 귀혈마가 아니라고 부인하고 싶었으나 또 다른 기억을 생각해 내고는 결국 눈앞에 선 자가 귀혈마라는 사실을 인정할 수밖에 없었다.

귀혈마의 용모는 쉽게 흉내 낼 수 있는 것이 아니었던 것이다.

어깨까지 내려온 머리카락에 두 눈 주위는 검고, 함몰된 광대뼈로 인해 유달리 핼쑥해 보이는 모습, 거기에 양손은 뼈만 남아 살이라고는 찾아볼 수 없다.

이는 그가 익힌 두 가지 무공 때문으로, 귀혈마공과 고루마공이 바로 그것이었다.

강남오흉은 오 일 전 산길을 걷던 중 장작을 구하러 온 노인이 기분 나쁘게 생겼다는 이유로 목을 돌려 버렸다.

실제 노인의 얼굴은 온화하여 절로 마음이 여유로워지는 얼굴이었지만 그들은 온화한 얼굴만 보면 목을 돌려 버리고 싶은 충동이 솟구치곤 했기에 노인의 생은 그날로 마감을 쳐버리고 만 것이다.

그리고 이틀 전에는 천지쌍흉(天地雙凶)을 저승으로 보내주었다. 물론 곱게 가라고 인사 따윈 건네지 않았다. 대신 좀 더 다정한 방법으로 천지쌍흉을 위로했다. 마치 출출하던 차였기에 인가에 내려가 다리살을 삶아 뜯어 먹은 것이다.

천지쌍흉이 강남오흉을 만난 것은 지극한 불행이었다. 언제부터인가 강남오흉이 천지쌍흉을 벼르고 있다는 소문이 돌았었는데, 그 이유가 아주 가관이었다.

─ '흉' 자를 같이 쓰는 것이 기분 나쁘다.

그러던 차에 떡하니 마주치게 되었으니 천지쌍흉에 대한 대접이 좋을 리 만무했던 것이다.

강호의 풍문에는 흉악하기로 천지쌍흉도 그 누구 못지않다는 말이 돌았지만 실제에 있어서는 크게 모자란 것이라 할 수 있었다.

그러나 지금 상황에서 다시 귀혈마와 강남오흉을 비교해 보자면 강남오흉은 어린아이에 불과했다.

귀혈마의 무서움은 가공할 무위에 이어 상대를 죽이는 수법이 형용키 어려울 정도로 공포스럽다는 점이었다.

그는 일단 상대를 제압한 후 살아 있는 상태를 유지시키면서 피를 빨아 마시는데, 기이한 것은 상대방은 피가 절반 이상이나 빨려도 전혀 혼절하는 일 없이 도리어 정신이 더욱 또렷해져 최후의 순간까지 낱낱이 공포의 작은 알갱이처럼 확인해야만 하는 것이다.

강남오흉은 공포에 질려 지금 침 삼키는 것도 잊어버린 상황이었다. 물론 강남오흉이 사람 고기를 먹을 정도의 흉악성을 띠는 탓에 피를 빤다는 것에 크게 거부 반응은 없었지만, 정작 구경꾼의 입장이 아닌 자신들이 직접적인 대상이 된다는 것에는 결코 마음을 편히 가질 수 없는 노릇이었다.

오흉 중 대형인 군제가 용기를 내 입을 열었다. 그는 평시 대흉이라고 불리기도 했다.

"흠모에 마지않던 귀혈마님을 이처럼 뵙게 되니 얼마나 기쁜지 모르실 겁니다. 저희 강남오흉은 미력하나마 귀혈마님의 작은 힘이 되도록 노력하겠습니다."

그가 말하는 동안 나머지 네 사람은 얼굴 가득 진심을 담아내느라 애썼다.

"너희를 해치려 함이 아니니 안심하여라. 난 단지 귀령비서(鬼靈秘書)를 얻고자 할 따름이니라."

귀혈마의 음성은 쇳조각으로 철판을 비스듬히 긁어내리는 듯하였기에 강남오흉은 모골이 송연해지고 말았다.

게다가 그가 귀령비서를 찾는다는 말에 긴장은 극에 달했다.

근간에 강호의 이면 세계를 바쁘게 만든 희대의 보물이 바로 귀령비서였다.

신세계를 볼 수 있으며, 고금무적을 만들어줄 병기를 안겨다 준다는 것이 바로 귀령비서의 전설적인 내용이었다.

약 천오백 년 전 기묘진(奇妙眞)이라는 신비인이 남겼다는 절대 보물이었다.

"대인, 거짓없이 아뢰겠습니다. 저희가 귀령비서를 얻고자 백방으로 움직이고 있었음은 사실입니다. 하지만 아직 저희는 귀령비서를 얻지 못했습니다."

"어디에 있는 줄은 아느냐?"

"파천검마의 수중에 떨어진 것으로 압니다."

"뭐? 파천검마 따위에게?"

"맞습니다. 그는 귀령비서를 소유할 자격이 없는 자입니다. 저희는 힘을 다해 어르신을 도와 뜻을 이루시도록 손과 발을 아끼지 않겠습니다."

"으하하하하하! 너희의 뜻이 참으로 가상하구나."

귀혈마가 느닷없이 큰 웃음을 터뜨렸기에 강남오흉은 몸을 움찔했다. 그러나 모두가 다 움찔한 것은 아니었다. 오른쪽 끝에 서 있던 오흉 중 막내 염강이 머리에 다섯 손가락을 꽂은 채로 꼼짝도 하지 않고 있었기 때문이다.

손가락의 주인은 귀혈마였다.

그것을 시작으로 귀혈마는 귀신같이 움직였다. 강남오흉은 처음부터 전의를 상실한 터였으며, 방금은 막내에게 어떻게 접근하였는지도 깨닫지 못한 탓에 본신 실력의 고작 삼분의 일 정도도 발휘하지 못하는 형국이었다.

그런 까닭에 귀혈마는 네 사람 사이를 산보 다니듯 움직이며 곧바로 제압하였고, 결국 혈도가 점혈된 이들은 공포에 일그러진 눈을 굴리느라 정신이 없었다.

차라리 이왕 죽게 될 바에야 최대한 발악이라도 해보았다면 좋았을 걸이라는 생각을 했지만 이미 한참 늦은 뒤였다.

"너희들이 마음에 든다. 내 최대한 자비를 베풀어줄 테니 너무 염려치 말거라."

말과 달리 귀혈마의 함몰된 광대뼈가 움찔거리는 모습에선 자비의 그림자는 도무지 찾을 길이 없었다.

그는 강남오흉 중 막내 염강에게 다가갔다.

염강은 거의 죽음에 이르기 직전이었지만 놀랍게도 여전히 서 있었다. 머리에 손가락이 박혔던 자리에선 연신 피가 뭉클거리며 솟아나온 얼굴이 피로 세수한 듯했다.

귀혈마는 허겁지겁 염강의 얼굴에 흐르는 피를 핥았다. 순식간에 얼굴이 말끔해졌고, 그 자리에 다시 새로 피가 흘러내렸다.

"영웅은 이렇게 죽으면 안 되는 법이야. 자, 힘을 내. 힘을 내란 말이야!"

귀혈마는 의형제의 죽음을 목전에 둔 사람처럼 울부짖더니 몇 군데 혈도를 찍고, 이어 염강의 명문혈에 내력을 주입했다.

자기 차례의 공포를 기다리던 네 명의 흉악한 형들은 막내에게 행해지는 엽기적인 의술에 치를 떨었다. 마음대로 죽고 싶어도 죽을 수 없는 불행이 막내의 온몸과 영혼을 휘감고 있는 것이다.

정녕 귀혈마에 비하면 자신들이 얼마나 선하게 살아왔는가 싶을 정도였다.

귀혈마 덕분에 꺼져 가던 생명의 불꽃은 잠시 살아났다.

"그래, 이렇게 힘을 내는 거야. 부디 견뎌다오. 부디~"

귀혈마는 염강의 머리에 박아 넣었던 다섯 손가락 자리 중 네 곳을 손가락으로 막고 한 곳에 입을 대고 피를 빨아댔다.

쭉쭉. 쭉쭉.

눈을 감고 들으면 영락없이 어린아이가 엄마의 젖을 빠는 소리라고 해도 믿을 성싶은 소리가 주변에 퍼졌다.

잠시 후 염강의 얼굴은 거의 본래의 반 정도로 줄어들고, 머리카락은 하얗게 세고, 피부는 순식간에 칠십 넘은 노인의 그것처럼 되어버렸다.

조금 더 시간이 지나자 염강의 나머지 몸도 쪼그라들기 시작했고, 안타깝지만 염강은 이런 변화를 느끼고 있는 듯 눈빛이 처량하기 그지없었다.

더 이상 빨아도 피가 나오지 않고 끝내 염강이 생명을 놓자, 그제야 귀혈마가 머리에 대고 있던 입을 뗐다.

"뭐야, 이렇게 흉악스럽게 변해 버리다니… 아주 몹쓸 놈인걸."

염강이 마른 장작처럼 허물어지자 귀혈마는 머리를 밟아 흙 속에 파묻어 버렸다.

"꼴도 보기 싫어."

이어 귀혈마의 걸음은 대흉 군제에게로 향했다.

군제의 지금 심정은 오로지 죽고 싶다는 한 가지였다.

그는 자신이 이제껏 살면서 이렇게 죽음을 갈망하게 되리라고는 전혀 상상도 못했다. 하지만 이건 그러는 척하는 것이 아니라 진심이었다.

그는 은밀히 내부의 기를 역류시키려 했다.

본래 고수들은 혈도를 점혈당했을 때 기를 운용하여 막힌 혈도에 끊임없이 부딪치게 하여 해혈하곤 한다. 그런데 지금 군제는 내부에서 기를 역류시켜 주화입마가 이루어지도록 시도하려는 것이다.

그러나 그의 소망은 아주 간단히 붕괴되었다.

"뭘 그리 서두르시나. 여유있게 사세나."

귀혈마가 말과 함께 어깨를 두어 차례 두드리자 군제는 더 이상 기를 운용할 수 없게 되었고, 절망에 사로잡혔다.

군제는 이를 악물고 분노의 눈빛을 쏟아냈다.

그에 대한 응답은 이빨이었다.

귀혈마는 뒤쪽에서 군제를 와락 끌어안는 자세로 어깨에 이를 박고 피를 빨기 시작했다. 그의 두 눈이 혈광으로 물들고 얼마나 거칠게 빨아대는지 그렇지 않아도 함몰되어 있던 볼이 더욱 쏙 들어가 보였다.

귀혈마는 숨을 크게 들이쉬는 단 한 번의 동작으로 군제의 피를 모두 빨아냈다.

순식간에 귀혈마의 배가 산처럼 솟아올랐고, 방금까지 숨 쉬고 공포에 질려 있던 군제는 마른 장작처럼 홀쭉해져 그대로 허물어졌다.

군제는 자신이 어떻게 죽는지도 모르게 죽고 말았으니 커다란 축복을 받은 것이라 할 수 있었다. 물론 세상 그 누구도 축복이라고 생각진 않을 것이다. 하지만 아직까지 귀혈마의 흉악스러움을 기다리고 있는 세 사나이에게는 축복처럼 보였다.

귀혈마는 가득 부푼 배를 두드리면서 둘째 요상춘에게 다가갔다. 요상춘은 이 꿈같은 일이 현실로 다가들자 순간 발작하기 시작했다.

"사, 살려주십시오! 살려주십시오. 제발… 살려만 주신다면 뭐든지 하겠습니다! 평생 종이 되어……."

그는 이틀 전 사람 다리 하나를 통째로 뜯어 먹었던 것은 모두 잊어버린 듯 지금 당장 닥친 공포에 목숨을 구걸하느라 바빴다.

"꺼억!"

귀혈마는 트림으로 답했다.

역한 피 냄새가 코에 닿자 공포에 질린 세 명의 흉인은 미쳐 버릴 것만 같았다.

귀혈마는 요상춘의 가슴 부위의 옷을 찢어내고는 젖을 물었다. 어린아이가 엄마의 젖을 물듯 부드럽게 빨았지만 요상춘은 절벽 끝자락에 서 있는 기분이었다.

아니나다를까, 귀혈마가 사나운 이빨을 들이밀고 젖을 뜯어내면서 피를 빨아들이기 시작했다. 그러자 곧 요상춘도 대흉 군제와 같이 비쩍 말라 허물어졌다.

이제 귀혈마의 배는 세 쌍둥이를 임신한 여인만큼이나 부푼 상태가 되었다.

도무지 이 이상 피를 빨아 마셨다간 뱃가죽이 터져 죽어버리지 않을까 싶을 정도였다.

하지만 셋째인 악면은 귀혈마가 여기서 배가 부르다고 그만두지 않을 것이라는 것을 느낄 수 있었다. 솔직히 말해 그도 이런 경험이 있었기 때문이다.

일단 먹고 보는 것이다. 감당하기 어렵다면 저절로 목구멍을 타고 토하게 될 것이니 아무 문제 될 것이 없다고 큰소리까지 쳤던 기억이 있다.

그때 귀혈마가 그런 악면의 생각을 엿보기라도 한 것인지, 우웩 하는 소리를 내질렀다.

뱃속에서 찰랑거리던 핏물이 식도를 타고 역행하여 목구멍을 뚫고 입 안을 가득 채웠다.

귀혈마는 순간적으로 입을 굳게 다물었지만 너무 급작스러웠던 터라 입 가장자리로 핏줄기가 새어 나왔다.

귀혈마는 코를 손으로 쥐어 막고는 숨을 들이쉬는 흉내를 내면서 입으로 처밀고 오른 핏물을 그대로 꿀꺽 하는 소리와 함께 삼켰다.

그 모양이 어찌나 실감나는지 죽음 대기 상태인 악면과 추암은 자신들도 모르게 침을 꿀꺽 하고 삼켰다. 군침이 돌아서가 아니라 귀혈마의 절대적인 권위 앞에 절로 마른침을 삼킨 것이다.

"흐흐흐."

귀혈마는 스스로 생각해도 웃긴지 순진한 웃음소리를 냈다. 입 주위로 피 범벅이 되고 배가 산처럼 불어 있는 상태에서의 웃음이라 말로 형용키 어려운 귀기스러움이 풍겨났다.

"잠시 간식이나 먹으면서 쉬어야겠다."

'간식?'

추암이 의문 부호를 가득 떠올렸을 때는 이미 그의 눈알 하나가 원래 자리에서 빠져나오고 있는 상황이었다.

"으아아아악~"

길게 꼬리를 물고 안구의 핏줄과 신경체가 이어 나오는 것에 아랑곳하지 않고 귀혈마는 입에 쏙 집어넣었다.

오드득.

비명을 지르던 중에 추암은 눈알이 으깨지는 소리를 멀쩡한 귀로 듣게 되자, 마지막 정신 상태를 보존하고 있던 벽이 허물어지고 말았다.

그러던가 말던가 귀혈마는 남은 쪽 안구도 뽑아내고는 한입 깨물었다가 다시 꺼내 추암의 입 속에 집어넣어 주었다. 눈에 박혀 있어야 할 자신의 눈알이 입으로 들어오자 추암은 온몸을 덜덜덜 떨었다.

살아 있는 동안 그 스스로 자신의 눈알을 자신이 씹게 될 줄 생각이나 했던가.

"맛있어. 꼭꼭 씹으면 진한 맛이 나거든. 그게 일품이지."

이제 추암의 상태는 거의 죽음 직전에 이르렀기에 귀혈마는 서둘러 추암의 빠진 눈에 입술을 박고 피를 빨아 마셨다.

추암의 몸이 허물어지면서 귀혈마의 배는 곧 터지기 일보 직전의 상태에 이르렀다.

그는 만족스러운 웃음을 머금고는 그 자리에서 힘겹게 가부좌를 틀었다.

가만히 운기행공에 힘을 기울이던 그가 한순간 고개를 하늘로 들며 입을 벌렸다. 그러자 혈무(血霧)가 그의 입으로부터 뿜어져 나오더니 그의 머리 위로 원반 형태로 떠올랐다.

혈무가 붉게 변할수록 불룩 튀어나왔던 배가 서서히 가라앉았고, 평상시 모습으로 돌아가게 되었을 때 혈무는 다시 그의 코로 빨려 들어갔다.

번쩍!

그가 눈을 떴을 때, 붉은 광채가 눈동자에 한동안 맺히다 사라졌다. 그 광경을 고스란히 보고 있던 마지막 남은 악면은 두려움 중에도 희망의 그림자를 보았다.

지금까지의 상황은 공포스럽기 짝이 없었지만 평소 귀혈마에 대한 소문과는 다른 양상이었다.

그의 솔직한 소감은 귀혈마가 어느 정도는 자비롭다, 였다.

서서히 피를 빨아 마시면서 오래도록 죽음의 공포를 선사한다는 말과 달리 너무 간단히 정리해 주었으니, 오늘 이날은 뭔가 예외성이 적용되고 있다는 희망을 품은 것이다.

게다가 방금 전 운기행공을 하는 것을 보니 어쩌면 이미 공력을 운용하기에 충분한 피를 복용한 것 같았다.

"어허, 이거 아직도 하나가 남은 거야? 많으니까 먹어도 먹어도 바닥이 보이질 않는구먼. 좋다. 넌 특별히 대해주마."

악면의 마음에 싹이 돋기 시작한 희망이 좀 더 자랐다.

귀혈마는 점혈되어 우두커니 선 자세인 악면의 몸을 구부려 억지로 앉은 자세가 되게 만든 다음 그 옆에 다정스럽게 앉았다.

그는 품에서 두루마리를 꺼냈다. 두루마리를 펼치니 첫 머리에 '귀령'이라는 글자가 새겨져 있는 것을 보고 악면은 하마터면 소리를 지를 뻔했다.

'이런 제길, 이자가 이미 귀령비서를 손에 넣고는 시치미를 떼고 있었구나!'

어이없는 일이었지만 지금 처지에서 코웃음을 칠 순 없었다.

"이제 우리 둘만 남았으니 정겹게 이야기나 나눌까? 이건 귀령비서라는 거다. 보물은 주인을 알아보는 법이라는 말이 있잖느냐. 그러니 지금 이 상황은 당연한 거지."

"귀령비서를 얻으셨으니 대인께서는 이제 천하무적이 되실 것입니다."

"하하하하, 역시 보는 눈이 예사롭지 않구나. 아무렴, 그래야지."

말과 함께 귀혈마는 두루마리를 펼쳤다.

"그런데 이게 문제야."

악면의 눈도 의문이 가득했다. 펼쳐진 두루마리에는 어떤 것도 기록되어 있지 않고 텅 비어 있었던 것이다.

"주인님, 그럼 이것은 가짜라는 말씀이십니까?"

악면은 생명을 연장하기 위해 바닥을 기기로 마음먹었다. 할 바엔 확실히 하는 것이 좋았다.

"오호! 그래, 듣기 좋은걸."

귀혈마의 얼굴에 미소가 떠올랐다. 물론 미소가 얼굴에 떠오르는 것은 아니었다. 아무리 웃는다 해도 그의 얼굴은 더욱 흉악해질 뿐이기 때문이다.

"감사합니다, 주인님."

"좋아, 마음에 든다. 어쩌면 이야기가 길어질 것 같으니까 뭘 좀 먹으면서 할까?"

"주인님이 배고프시다면 제가 다녀오겠습니다."

"아니야, 그럴 필요 없어. 뜻 깊은 날에 수고를 끼칠 순 없지. 첫날부터 부려먹었다고 하면 아마 세상 사람들이 날 뭐라고 부르겠어. 저 구두쇠 깍쟁이 같은 인간 좀 보라면서 손가락질하지 않겠냐구. 난 그런 시선이 정말 싫어."

"제 생각이 짧았습니다. 용서하십시오."

"잘못을 빠르게 시인할 줄 아는 자야말로 지혜로운 자며, 앞으로 크게 발전할 가능성이 높은 자이지. 앞으로 너에 대한 기대가 크다."

"혼을 다해 충성하겠습니다!"

악면은 비굴하게 살아남은 것에 대해 치욕스럽다거나 분노가 치미는 따위는 눈곱만큼의 생각도 하지 않았다. 의형제들이 모조리 죽어나갔지만 원수를 갚아야겠다는 생각이 들지 않은 것은 물론이고, 어떻게 하면 충성스런 종이 될 것인지 머리를 돌리느라 바빴다.

"자, 그럼 먹으면서 대화를 나누자."

악면이 무엇을 먹을까, 라는 의문을 떠올리는 순간 그는 허벅지가 타 들어가는 통증에 비명을 내질렀다.

"크아아악!"

"아하하하하, 뭘 그리 놀라고 그러느냐. 쫄깃쫄깃해 보이는걸."

악면은 자신의 허벅지 살이 귀혈마의 입속으로 사라지는 것을 보고 욕을 퍼부었다.

"이 미치광이야, 이게 무슨 짓이냐! 내가 너에게 충성을 맹세하였건만 고작 이렇게밖에 못한단 말이냐!"

여전히 혈도가 찍혀 꼼짝도 못하고 앉아 있는 악면으로서는 오로지 뚫린 입만이 유일한 무기였다.

"이런이런, 이렇게 짧은 시간에 날 배신하다니… 온몸과 혼을 바쳐 충성한다고 했던 말은 순 거짓말이 아니었더냐. 쯧쯧쯧, 그러니까 내가 사람을 믿지 않는 거다. 이것도 참지 못하는 못난 놈이 무슨… 흐흐흐."

귀혈마의 말뜻은 이것이 시험이었다고 말하고 있었다. 과연 진심인지 아닌지 분간하기 어려웠지만 어쨌든 악면의 운명이 종말을 고할 상황에 이른 것은 확실했다.

악면은 자신이 살아 있게 되면 이 자리에서 온몸을 뜯겨 산 고기가 될 것이라는 생각에 황급히 혀를 깨물었다.

그 광경을 보면서 귀혈마는 전혀 말리지 않고 물끄러미 바라볼 따름이었다.

악면의 혀가 반 토막이 났을 때, 슬그머니 손을 뻗어 잘려진 부분을 잡아 입으로 가져갔다.

"흐음, 부드러운걸. 좀 더 없냐?"

이렇게 되자 악면으로서는 피 범벅이 된 입을 벌려 경악스런 표정을 짓고 있을 수밖에 달리 할 일이 없는 형국이었다.

이젠 욕을 하려고 해도 혀가 절반이나 잘려 나가 말을 할 수도 없었다. 게다가 당장에 죽지도 않으니 혀를 깨문 것은 주방에서 말랑말랑한 원숭이 혓바닥 요리를 내놓은 것과 다름없었다.

"무슨 일이든 서두르면 탈이 나게 마련인 게야. 자, 지금부터라도 차분히 내 말에 귀 기울이도록 해라."

귀혈마는 다시금 손을 뻗어 악면의 옆구리를 꼬집었다. 일반적인 꼬집다, 의 수준을 훌쩍 넘는 것이었기에 옆구리 살이 옷자락과 함께 와락 뜯어져 나왔다.

·

그것은 마치 커다란 떡을 손으로 잡아 뜯어내는 것처럼 경쾌하고 활기차 보였다.

"으으아!"

기괴한 비명 소리에 흐뭇한 미소를 머금고 귀혈마는 말을 이어갔다.

"귀령비서를 손에 넣은 건 보름 전이었다. 참 이놈 저놈들이 많이도 몰렸더구나. 무성한 수풀을 헤치고 나가는 것처럼 귀찮은 일이었지."

귀혈마의 말이 이어지다가 잠시 쉬기라도 하면 악면은 몸을 부르르 떨었다. 안타까운 일이지만 그때마다 살점이 속절없이 몸을 벗어나 귀혈마의 입속으로 먼길을 떠나 버렸기 때문이다.

"그런데 문제가 좀 있었지 뭐냐. 아무리 봐도 두루마리의 비밀을 알 수가 없더라는 것이야. 물론 나는 이제껏 살아온 날이 적지 않으니 여러 가지 방법을 사용해 보았지."

"으가아아."

오물오물.

"쩝쩝… 물에도 담가보고, 횃불에 비춰보기도 하고, 만월에 반사시켜 보기도 했지만 아무 소용이 없었다. 그렇다고 가짜라고 생각할 수도 없는 노릇인 게, 두루마리의 재질은 이제껏 내가 한 번도 본 적이 없는 것이었거든. 게다가 도검으로도 손상되지 않을 만큼 특수한 것이란 말씀이야."

"으가아악!"

오물오물.

"이것은 극히 희귀한 천잠사 같지도 않고, 그렇다고 쇠로 된 것도 아니니 이게 가짜일 수는 없는 노릇이잖느냐 말이다. 어떤 멍청이가 가짜를 이런 보물을 통해 유통시키겠냐는 거야."

"ㅇㅇㅇㅇ."

오물오물.

"고기가 상하니까 너무 인상 쓰지 말아라. 사실 너한테만 고백하지만 사람을 먹은 건 오늘이 처음이란다. 누구한테 이 비밀을 흘리기라도 하면 그땐 넌 반드시 죽는다, 알겠지?"

귀혈마는 마치 살려주기라도 할 사람처럼 말하고 있었지만 어느새 그의 손은 악면의 살점에 이르러 있었다.

"한 이십 일 전이었나… 그때 한 놈을 만났다. 난 잠깐 동안 심심한 마음을 달래기 위해 한 가지를 물어보았다. 제대로 답을 한다면 살려주겠다는 약속을 걸었지. 이렇게 물었다. 나보다 더 흉악한 인간이 있을 것 같으냐? 그 녀석이 잠깐 고민하는 듯하더니 강남오흉이라는 이름을 대는 거야. 그래서 난 다시 어떤 점이 특별하느냐 물었다. 녀석은 한 치의 망설임도 없이 입을 열어, '그들은 사람을 삶아 먹습니다' 라는 거야. 난 그만 어쩔 수 없이 고개를 끄덕이고 말았지. 인정할 수밖에 없었다. 녀석은 은근히 기대하는 눈빛이더군. 하지만 웃기지 않냐? 나같이 흉악한 자의 말을 믿고 기대에 부풀어 있다니 말이다. 으하하하하!"

"으으가가……."

오물오물.

몸의 살이 점점 줄어드는 가운데 악면은 자신이 지금 지옥의 끝으로 추락하고 있다고 생각했다. 결국 오늘의 이 고통을 자초한 것은 자신들의 그동안의 삶에 대한 보응이 아니었던가.

인과응보의 거대한 수레바퀴에서 벗어나지 못하고 결국 악행의 갑절에 해당하는 고통을 받게 되었으니 절망의 끝조차 보이지 않았다.

"음, 다시 귀령비서에 대한 이야기를 계속하지. 아무리 해도 답을 찾을 수 없게 되자 나는 전혀 다른 방법을 생각해 냈다. 내공을 주입해 보는 것은 어떨까? 라는 것이었다. 하하하하, 어이없게도 글자들이 나타나더구나. 으하하하하! 그동안 마음 고생했던 것들을 생각하니 참 기가 막히지도 않더란 말씀이지. 그런데 한 가지 문제가 있었다. 글자들이 흐릿하여 도무지 알아볼 수가 없더란 거야. 이래선 곤란한 일이었지."

"으각……."

오물오물. 쩝쩝.

"내력이 더 필요했던 게야. 그래서 난 피를 빨아 마시기 좋은 놈을 찾으러 다녔다. 그중에서도 강남오흉이라는 놈들을 만나면 참 좋겠다는 생각을 했지. 얼마나 흉악스런 놈들인지 보고 싶은 마음이 굴뚝같았고, 다른 놈들보다 그놈들의 피를 빤다면 나의 내력은 더욱 강하여질 것이고 흉악함도 더욱 커질 것이란 생각이 들었거든. 으하하하하, 그리고 이제 때가 된 것이 아니더냐. 나의 충성된 종이여, 주인의 신묘함을 목도하라!'

귀혈마는 두루마리를 양손으로 펼쳐 잡고 귀혈마공을 극성으로 운용했다.

그의 눈이 붉어지고 머리카락은 사방으로 곤두섰다.

그의 몸 주변이 혈광에 물드는 순간 두루마리에 기묘한 현상이 나타나기 시작했다.

아지랑이가 맺히는 듯하면서 하나둘 글자가 떠오르기 시작한 것이다. 흑백이 명백히 드러나는 글자들이었다.

귀혈마의 눈동자에 희열이 넘쳐 났다.

"드디어 온 우주의 힘에, 신세계의 주인이 되는구나. 으하하하하!"

귀혈마는 너무 기쁜 나머지 흥분을 감추지 못하고 손바닥으로 악면의 머리를 마구 두들겼다.

그의 기쁨이 얼마나 컸는지 악면의 머리는 수박이 깨져 나가듯 으깨지고 바스러져 버렸다.

결국에는 형체조차 없이 악면의 머리와 상체가 사라져 버리자, 웃기를 마친 귀혈마는 어리둥절한 표정이 되고 말았다.

"뭐야, 내 옆에 있던 녀석은 어디로 간 거야?"

그러다 이내 웃음을 터뜨렸다.

"크하하하! 아무렴 어때. 귀령비서가 내게 있는걸."

*　　　　　*　　　　　*

강남오흉이 귀혈마를 만나 참혹한 죽음에 닿아 있을 무렵, 후흑문에서는 회의가 한창 진행 중이었다.

"아니, 진짜 귀령비서라는 것이 있긴 있는 거야?"

회의실 상좌에 앉은 심온이 불만스러운 어조로 말했다.

얼마 전 소오태산 부근에서 영기가 흘러나온 일이 있었고, 그 뒤로 귀령비서가 나왔다는 이야기가 강호를 흔들고 있었다. 그런데 이제 거기에 더해 귀혈마가 나타났다는 소식까지 전해지고 있는 것이다.

장로 이연이 물음에 답했다.

"사실 귀령비사의 존재 유무는 현재로선 그다지 중요한 것이 아니라고 봅니다. 문제는 귀혈마인 게지요."

그의 말뜻은 자못 심각한 내용을 담고 있었지만 정작 장로 이연은 아까부터 줄곧 보고 있던 책에서 눈을 떼지 않고서 말하고 있었다. 그의 자세는 회의에 걸맞지 않는 산만함이었지만 아무도 그를 향해 나무라지도 인상을 찡그리지도 않았다.

그럴 수밖에 없는 것이 사실 장로 이연이야말로 가장 차분한 자세라고 할 정도로 회의실에 모인 작자들은 각양각색의 형태를 취하고 있었기 때문이다.

장로 노공은 창 쪽에 서서 바깥 구경을 하고 있었고, 재화당주 엄장은 옆 자리의 형벌당주 좌염과 무슨 말인가를 속삭이고 있는 중이었다.

거기에 더해 방종당주 담유설은 방종이라는 이름에 걸맞게 거의 엎드리다시피 한쪽 팔을 베고 눈을 깜박이고 있었다.

그 외에도 탁자 위에 발을 올려놓기도, 탁자 아래에 뭘 떨어뜨렸는지 찾고 있는 사람 등, 산만하기 짝이 없었다.

그중에서 가장 뜻밖의 인물이라면 후흑문주 심온이었다. 그는 평소의 모습과는 달리 가장 올바른 자세를 취하고 자리에 앉아 자못 심각한 표정을 짓고 있었다.

"음, 귀혈마 그놈에 대해서 자세히 말해 봐."

한참 좌염과 함께 속닥거리고 있던 재화당주 엄장이 떠들던 입술을 잠시 쉬게 하고 그 앞에 놓인 커다란 책을 뒤적였다. 후흑문의 모든 일 처리에 대한 사후 보고서인 후흑사적(厚黑事跡)으로, 의뢰의 결과와 강호의 대소사를 거의 빠짐없이 년도에 따라 기록해 놓은 책이었다.

"아, 여기 찾았습니다. 제가 한번 읽어보겠습니다."

후흑사적에 남아 있는 귀혈마에 대한 내용은 아래와 같았다.

귀혈마의 본명은 알려지지 않았다. 나이는 약 오십칠 세로 귀혈마공과 고루마공이라는 사악한 무공을 익혔으며, 귀혈마공의 특징은 산 자의 피로 힘을 보충하는 터라 많은 이들이 그의 손에 의해 황천길을 떠나야 했다.

이에 문주님이 분연히 떨치고 일어나 귀혈마를 추적, 멸하고자 하셨으니 귀혈마의 목숨은 한낱 봄볕 아래 얼음마냥 처량한 신세가 되고 말았다. 하하하, 우리 문주님 참 대단도 하시지.

거기까지 읽어가던 재화당주 엄장은 웃음을 참지 못했고, 주위에서도 연신 피식거리는 통에 잠시 읽기가 중단되었다가 한참 만에야 이어졌다.

귀혈마는 문주님의 추격을 받자 도주하기 시작하였다. 그는 자신의 힘으로는 도저히 승산이 없으며 죽음을 맞이할 것이 불을 보듯 뻔하므로 오로지 두 다리를 의지해 달아나는 길밖에 다른 선택이 없었던 것이다. 그에 반해 문주님은 느긋하기 그지없었다. 고양이가 쥐를 가지고 놀듯 한껏 여유를 부리며 목을 죄어갔다. 그러나 문제는 엉뚱한 곳에서 벌어졌다. 뜻밖에 귀혈마란 녀석이 건곤무환진에 몸을 던진 것이다. 설마 그런 어리석은 행동을 하리라고는 생각지 못하였기에 그저 '허허'거릴 수밖에 없으셨다고 한다.

천오백 년 전의 신기막측한 인물인 기묘진은 건곤무환진을 남겨놓고 세상을 등지게 되었는바, 그곳은 들어가기는 난해하였지만 나오는 것은 난해를 넘어 불가능한 일이라 할 수 있는 곳이다.

귀혈마는 혹시 모를 절체절명의 순간이 이르게 되면 건곤무환진에 몸을 던질 생각을 하고 있었던 것인지 망설임없이 몸을 던졌고, 문주님은 닭 쫓던 개마냥 입맛을 다실 수밖에 없었다. 그러나 한편으로 생각해 보면 그리 나쁜 것은 아니란 생각이 들기도 하셨다고 한다. 스스로 무기한 감옥행을 택한 것인데다 그곳에서는 살아도 산 것이 아닐 것이기 때문이다.

문주님은 그 앞에서 이렇게 뇌까렸다고 말씀하셨다.

'평생 죽을 때까지 네 피나 빨아 먹고 살아라, 이 등신아! 우하하하하!'

엄장의 읽기가 우하하하, 로 끝이 나자 회의실 안은 폭소가 터졌다.

한참을 그렇게 웃다가 정신을 차리면서 심온이 혼잣말처럼 중얼거렸다.

"놈은 어떻게 나왔을까?"

그 말에 회의실은 다시 본래의 모습으로 돌아갔다. 잡담을 나누는 사람은 잡담을 나누고, 창밖을 보는 사람은 창밖을 보고, 좀 자야겠다 싶은 사람은 팔짱을 끼고 약간 고개를 숙인 채 졸음에 빠져들었다.

"하긴 그걸 굳이 알아야 할 필요는 없겠군. 이왕 나와 버렸다면 말이야. 뭐, 어떻게 저떻게 지랄발광행운가득으로 나왔나 보다 하면 되지."

그러자 모두의 시선이 심온에게 쏠렸다.

"대단합니다. 그거 아주 간단하고 좋습니다."

"그렇죠. 어떻게 나왔겠죠."

"그럼 지금으로선 귀혈마를 잡아야 한다는 건데, 누가 가는 것이 좋을까나?"

그러자 다시 모두는 제각기 자기 일에 빠져들었다.

심온은 길게 하품을 늘어놓고는 자리를 털고 일어났다.

"자, 그럼 결론이 났군. 다들 수고했어. 오늘 회의는 여기서 끝. 나머지는 노공이 알아서 하고."

심온이 회의실을 나가자, 창밖을 바라보고 있던 노공의 어깨가 흠칫했다.

노공은 몸을 돌리고는 장내를 쭉 둘러보았다. 모두가 노공의 시선을 피하며 딴청을 피우느라 정신이 없었다.

연신 수염을 쓰다듬던 노공의 시선이 이연에게 임했다.

"이 장로, 요 몇 년 너무 심심하지 않았소?"

이연이 떫은 표정으로 찜찜하게 바라보며 뭐라고 변명을 하려 하였으나 이미 때는 늦은 지 오래였다.

"우와와와아……!"

"최고의 선택입니다."

"하하하, 그동안 얼마나 적적하셨겠어요."

우레와 같은 박수가 터지고 축하 인사가 쏟아졌고, 이어 악수로 이어졌다.

"형벌당이 함께할 것이오."

가장 크게 박수를 치고 환한 웃음을 띠고 있던 형벌당주 좌염의 안색이 순식간에 석고상처럼 굳어졌다.

주변의 축하는 좌염에게로 다시금 쏟아졌다.

하고 싶은 일이 있고 하기 싫은 있기 마련이다. 귀혈마가 두려운 것은 아니었지만 시궁창의 온갖 이물질을 뒤집어쓴 쥐를 굳이 잡으러 가야 하는 마음과 같아서 기분이 좋지 않았던 것이다.

◆第四章◆ 공간월패

Fantastic Oriental Heroes

흑흑문주

심온

2006년 5월 12일 북경.

왕천은 창밖을 바라보길 좋아했다. 이층에 올라 창문만 열면 저만큼 천안문이 한눈에 보이기 때문이었다.

왕천은 올해 일흔두 살의 나이로 골동품 수집가다. 이 일을 한 지도 어느새 사십 년을 넘어가고 있는 그는 북경 내에서 다섯 손가락에 꼽히는 골동품 전문가이기도 했다.

시내 외곽에 만보환물(萬寶幻物)이라는 이름으로 80평이 넘는 골동품점을 운영하고 있으며, 텔레비전에도 여러 번 출현했었다.

그의 삶에서 가장 행복한 순간이란 처음 보는 골동품을 발견하는 것이라 할 수 있었다.

어떤 경로를 통해 들어오든 과거의 유물을 보고, 만지며, 생각할 수 있다는 것은 세상 그 어떤 것보다 진한 카타르시스를 제공했다.

왈왈, 왈왈.

정원 쪽에서 들려온 개 짖는 소리에 그는 고개를 내밀고 주변을 훑어보았지만 별다른 점을 발견할 수 없자 고개를 잠시 갸웃했다.

차우차우는 훌륭한 혈통을 이은 명견이었다. 달빛이나 위성이 지나는 것을 보고 짖어대는 똥개가 아니었다. 이 야밤에 주인에게 경고할 만한 상황이 발생한 것이 틀림없었다.

그러다 문득 저만치 고양이 한 마리가 담장 위에 앉은 것이 보였다. 온통 검은 털로 뒤덮여 있는 탓에 등을 보이고 있을 때는 알아보지 못했는데 빙글 몸을 돌리자 달빛에 반사된 고양이의 푸른 눈동자가 깜박이며 빛났다.

"그러면 그렇지."

역시 아니 땐 굴뚝에 연기가 날 리 없었다. 고양이의 등장은 차우차우의 우렁찬 소리를 충분히 변명해 주고도 남음이 있었다. 비록 도둑이나 강도 따위가 아니란 점이 약간 거슬리긴 했지만 고양이가 오랫동안 저렇게 앉아 있었다면 차우차우의 심기를 거슬렀을 법도 했다.

차우차우의 경고에도 고양이는 전혀 달아날 기색이 없자 왕천은 은근히 부아가 치밀었다.

"고얀 놈일세."

고양이가 앉은 곳은 차우차우로서는 오르기 힘든 지점이었고, 또 실은 차우차우를 묶어둔 상태라 만일 고양이가 떠날 마음이 없다면 밤새 차우차우가 짖어댈 것이라고 생각하니 괘씸하기 그지없었다.

솔직히 차우차우의 짖는 소리는 그에겐 아무 문제가 되지 않았지만, 그로 인해 쏟아질 참을성없는 할망구의 잔소리는 듣고 싶지 않았다.

긴 막대기나 좋을까, 돌멩이가 좋을까를 고민하며 막 1층 거실로 내려오던 왕천은 목젖 부위를 압박하는 싸늘한 예기에 털이 쭈뼛 서고, 삽시간에 오한이 이는 것을 막을 수가 없었다.

차우차우가 짖었던 것은 고양이 때문이 아니라 불청객 때문이었다는 것을 깨달았으나 이미 때늦은 후회였다.

"누, 누구요?"

뒤에서 칼을 겨누고 있는 불청객이 피식 하고 웃었다.

"용건이 무엇이냐고 물어봐야 하는 거다."

왕천은 사내의 여유로움을 통해 그가 프로일 것이라 직감했다. 목소리만으로는 대략 삼십대 초반 정도로 보였다. 그렇다면 굳이 시간을 끌어 상대방의 심기를 거스를 필요는 없는 일이었다.

이런 종류의 인간들은 반항하는 이들에게 어떤 식으로 고통을 주어야 원하는 말을 들을 수 있는지를 잘 알고 있을 것이 틀림없기 때문이다. 게다가 노인이라고 봐줄 리도 만무했다.

"원하는 것을 말해 보시오."

"말이 좀 통하는군. 월패는 어디에 있나?"

"워, 월패는……."

왕천은 예상치 못한 상태에서 급소를 맞은 것처럼 당황을 금치 못했다.

월패는 초승달 모양으로 된 목걸이인데 천 년 전의 유물로 추정되었다. 하지만 황궁에서 쓰이던 것이 아니고, 또한 명장의 손길로 다듬어진 것이라고 보기 힘들어 과연 대단한 가치가 있는가 싶은 것이었다.

그러나 더 큰 문제는 열흘 전에 북경의 오대폭력조직 중 하나인 원앙파가 많은 돈을 지불하고 가져갔다는 점이었다. 멋있어 보인다는 것이 이유였지만 과분하리만치 많은 돈을 받은 왕천은 원앙파라는 고객의 명성에 걸맞게 비밀을 지킬 필요가 있었다.

지금 목에 칼을 들이대고 있는 자는 마음만 먹으면 간단히 자신의 목숨을 끊어놓을 수 있겠으나 원앙파 또한 언제든지 자신의 목을 딸 수 있는 자들이 아니던가.

왕천은 말을 할 수도, 말을 하지 않을 수도 없는 상태에서 연신 식은 땀만 흘려댈 수밖에 없었다.

"무엇이 그대를 망설이게 하는가?"

"나, 나는… 두렵소."

"음……."

불청객은 침음성을 흘리고 잠시 생각에 잠겼다.

왕천은 속으로 상대가 합리적인 인물이길 바라는 마음을 품고 말했다.

"월패를 가져간 자들은 무서운 사람들이오. 난 그들을 자극하고 싶지 않소이다. 게다가 그들은 정당한 방법으로 월패를 구입하였으니 난 고객의 비밀을 지킬 필요가 있소."

"오, 이런 겁이 나서 오줌이 질질거릴 지경인걸."

한껏 조롱이 담긴 말에 왕천은 미간을 찡그렸다. 암시 정도로는 떨쳐 낼 수 없어 보였다. 그렇다면 밝히 드러내어 눈을 못 뜨게 하는 것이 차라리 나을 성싶었다.

원앙파라는 이름은 어줍잖은 애송이들에겐 정오의 태양처럼 눈부신 것일 테니까 말이다.

"좋소. 말하리다. 월패를 구입한 건 원앙파였소."

왕천은 고개를 돌려 칼의 주인의 얼굴을 확인하고 싶은 마음이 굴뚝같았지만 억지로 참을 수밖에 없었다. 일그러진 얼굴에 경악에 찬 눈동자, 두려움에 떠는 모습은 정복자다운 쾌감을 선사해 주니 언제 봐도 흐뭇한 것이다.

그러나 정작 얼굴이 일그러진 건 왕천이었다.

"원앙파? 흐흐, 이거 실망인걸. 잔뜩 겁먹을 준비를 하고 있었는데 겨우 하룻강아지를 데려오면 어쩌란 말인지. 으으으, 무서워. 무서워."

"경거망동하지 않는 것이 좋을 거외다."

아랫입술을 깨물며 왕천이 힘겹게 경고했지만 돌아온 것은 머리가 깨질 듯한 통증이었다.

파악!

칼 밑동으로 가격당한 왕천은 흐느적대며 그대로 허물어졌다.

복면의 불청객의 두 눈이 웃음을 머금었다.

"원앙파라면 멀지 않아 좋군."

*   *   *

밤을 맞은 북경 북쪽의 번화가는 여느 때와 마찬가지로 휘황찬란했다.

한 명의 손님이라도 더 끌기 위한 주인들의 염원을 담아 네온사인은 서로 경쟁하듯 번쩍였고, 한껏 멋을 부리고 거리를 활보하는 남녀들과 삼삼오오 무리를 지어 술집을 둘러보는 이들, 이미 술에 취해 비틀거리는 이들까지 각양각색의 무리들이 길거리를 수놓았다.

화연청 앞에는 두 명의 사내가 서 있었고, 그중 한 명은 오늘 기도를 서는 것이 처음이었다.

그의 이름은 유매덕인데 스물두 살의 나이로 원앙파에 들어온 신출

내기였다. 대개 기도를 서는 일은 적어도 6개월이 지나야 하는데도 이제 두 달밖에 되지 않은 지금 기도를 선다는 것에 그는 상당히 고무되어 있는 상태였다.

그의 꿈은 서른 살이 되기 전에 중간 보스 자리에 오르는 것이었다. 그러기 위해서는 매분 매초 어설프게 보내서는 안 되는 일이었다.

"오늘은 조용하군요?"

"날마다 시끄러울 순 없는 일이지 않겠냐."

"하하, 하긴요."

오늘은 손님도 좀 뜸한 날이었다. 항상 월요일은 그랬다. 토요일, 일요일을 벅쩍지근하게 지내고 나면 월요일은 숨을 고르느라 손님의 발길이 현저히 줄어든다. 그러다 화요일, 수요일을 넘어서면서 언제 그랬냐 싶게 손님들로 가득 차는 것이다.

이런 날은 정상적인 손님보다는 일명 형님들의 쉬어가기가 있게 마련이다. 화청루에도 지금 극악인이라고 불리는 형님이 룸 하나를 잡고 술을 마시고 계신다.

지금쯤이면 질펀하게 여자들과 어울려 있을 것을 생각하니 부러운 마음도 일었지만 유매덕은 곧 생각을 지우고 앞을 주시했다. 언젠가는 자신도 그럴 때가 있을 것이다. 하지만 지금은 현실에 충실해야만 한다.

휘청거리는 사람을 바라보던 그의 눈동자가 한순간 커진 것은 바로 그때였다.

저만치 약 열댓 명의 검은 옷차림의 사내들이 넓게 흩어져서 다가오는 것이 보인 것이다. 그들은 몸 주위로 적의를 숨기지도 않고 이편을 향해 오고 있는 중이었다.

"저, 저기 보이십니까?"

유매덕은 고참인 오극기를 향해 다급하게 외쳤다.

이미 오극기의 눈에도 경계의 빛이 가득 떠오른 상태였다.

"넌 어서 들어가서 형님께 보고드리도록 해라."

"네, 알겠습니다."

유매덕이 막 몸을 돌려 지하로 내려가려 할 때였다.

퍽!

뒤통수를 강타당하는 느낌에 눈앞이 캄캄해지면서 유매덕은 가까스로 고개를 돌렸다. 이렇게 빠른 시간에 자신을 기절시킬 수 있는 사람은 오직 한 사람뿐이었기에 과연 그러한지 눈으로 확인하기 위함이었다.

꺼져 가는 의식의 마지막 끈을 붙잡으며 유매덕은 오극기가 웃고 있는 것을 보았다.

'배, 배신인 거냐?'

씁쓸함이 온몸을 잠식하면서 어둠이 그를 덮쳤다.

오극기는 허물어진 유매덕의 몸을 끌어다 문 뒤쪽에 눕혀놓았다. 이때쯤 검은 가죽 재킷의 사나이들은 정문에 이르러 있었고 그들은 거침없이 지하로 달려 내려갔다.

그들이 지나간 뒤 오극기는 지하 계단 시작 부분에 안내판을 세워두었다.

금일 휴업.

복도에는 세 명의 조직원이 벽에 비스듬히 기댄 채 대기하고 있었지만 꿈에도 누군가가 침입할 것이라고 예상하지 못하였기에 보기 좋게 기습을 당해 나뒹굴기 바빴다.

침입자들 중 선봉에 선 이는 무기를 뽑아 든 것이 아닌 그저 주먹을 휘두르는 것에 불과했음에도 그의 주먹을 맞은 이들은 한 방에 제대로 비명도 지르지 못하고 쓰러졌다. 그건 마치 주먹 끝에 창끝을 매달아 놓은 것만 같은 위력이었다.

그의 별명이 무엇인지 알기만 한다면 왜 이러한 결과가 나왔는지는 의문을 가질 필요가 없는 것이었다.

북경창권 선봉독!

그는 조극파의 행동대장으로 이제껏 일 대 일의 대결에서 단 한 번도 패배한 적이 없다고 알려졌다. 무기를 든 상태라면 여건에 따라 다르겠지만 그는 어둠의 세계에선 거의 전설과도 같은 인물이었다.

선봉독의 뒤로는 그의 부하들이 대거 몰려들었다. 그리고 오늘의 목적지인 7번룸으로 돌진했다.

흥겨운 음악이 흘러나와 절로 어깨가 들썩일 정도였다. 조극파의 선봉독과 그의 부하들도 어깨를 들썩이며 달려갔다. 하지만 표정은 살벌하기 그지없었다.

그들이 문 앞에 다다랐을 때, 안쪽의 풍경은 질펀한 육체의 향연이 펼쳐지고 있었다. 이미 노래나 춤 따위의 한계를 넘어선 광경이었다.

문을 열어젖힌 선봉독은 험상궂은 표정을 지을 필요조차 없는 상황이었다. 선봉독은 어쩔 수 없이 터지는 웃음을 내질렀다.

"흐흐흐, 아주 신이 났구나."

부하들도 뒤따라 웃었다.

입구 쪽에 시커멓게 몰려 있는 것을 제일 먼저 발견한 것은 소파에서 두 다리를 든 채 흥분에 들떠 있던 원화라는 여인이었다.

그녀는 그 자세 그대로 1초 동안 경직되었다가 자신이 낼 수 있는 최대한의 성량을 발휘하여 비명을 내질렀다.

"캬아아아악~"

그것은 조용히 정리될 수 있을 상황을 과격하게 몰아가는 중요한 요인이 되었다.

반사적으로 여인들에게서 몸을 일으킨 원앙파의 주먹들이 벌거벗은 채로 달려들었다. 하지만 이미 자신의 정력을 여자들에게 쏟아 부었던 그들이었기에 그 주먹은 평소에 비해 상당히 부드러웠다.

십여 세 남짓 되는, 고작 학교 뒷골목에서 잔돈이나 뜯어내는 양아치 녀석들도 피해낼 수 있을 만한 주먹질이었다.

술에 취하고, 벌거벗은 채 이제 겨우 여자 몸에서 떨어져 나온 이들을 상대하는 데 북경창권이 직접 나설 필요도 없었다.

퍼퍼퍽.

퍼퍼퍼퍼퍽.

연이어 일방적인 격타음이 룸 안에 울려 퍼지고 상황은 곧 정리되었다.

어떤 거친 흔적도 없이 바닥에 널브러진 다섯 놈의 육체를 바라보며 북경창권 선봉독은 당연히 기뻐해야 함에도 불구하고 표정이 밝지 않았다.

그는 곧바로 목젖을 보이며 외쳤다.

"야, 씨발. 방원영은 어디로 간 거야? 왜 방원영이 여기에 없는 거냐구! 누가 설명해 줄 사람 없어?"

방원영, 그는 원앙파의 두목을 말함이었다.

대답은 웃음소리가 대신했다.

소리의 진원지를 발견한 선봉독의 눈이 살짝 치켜 올라갔고, 작은 몸짓 하나에도 행동대장이 무엇을 원하는지 맞으면서 배운 부하들은 웃던 인간들 중 하나를 들어 뱃속에 뭐가 들어 있는지 확인하려는 듯 칼을 쑤셔 박아 넣었다.

쉭, 쉭, 쉭.

칼이 피부를 뚫고 들어가는 소리가 차갑게 룸 안에 울려 퍼졌다. 구석지에서 숨조차 쉬지 못하고 있던 여인들은 이젠 거의 부들부들 떨면서 울음소리를 참느라 안간힘을 썼다.

어쩌면 오늘 고기나 야채를 썰어야 할 칼이 자신들의 뱃가죽을 썰려고 달려들지도 모른다는 생각은 모든 합리적인 이성을 마비시켰고, 의식은 미사일에 맞은 빌딩처럼 붕괴 직전에 이르고 있었다.

영문도 모른 채 조직원 중 하나가 목숨을 잃었을 때 더 이상 웃음소리는 들리지 않았다.

웃음을 멈추게 할 의도로는 어마어마할 정도로 성공이었다.

"방원영은 어디에 있느냐?"

선봉독의 물음은 아주 간명했다. 이것은 대답 또한 매우 빠르고 직설적으로 나와야 한다는 것을 의미하는 것이기도 했다.

왜냐면 여전히 그 옆에는 배경음처럼 죽은 시체에 칼이 틀어박히고 있는 중이었기 때문이다.

원앙파의 간부인 홍묘환은 오늘 이 상황이 가볍게 살인에 이를 정도로 심각해져 있었기 때문에 어줍잖게 반항하는 태도를 버리기로 마음먹었다.

이를 악물고 버틴다면 한 시간 정도는 견뎌낼 수 있을 터였다.

하지만 그 뒤에는?

결국 입을 열게 될 것이 틀림없었다. 하지만 그때는 팔 하나가 잘려져 있거나 정강이뼈가 부러지거나 이빨이 다 뽑혀져 있을지도 모르는 일이었다.

"두목은… 요천번에 있다."

"꽤 똑똑한 머리를 가졌구나. 요천번이라면 이번에 새로 건축된 북쪽의 아파트 말이냐?"

"그렇다."

"그중?"

"F동 1004호."

"좋아, 좋아, 네 눈을 보니 거짓은 아닌 것 같구나. 네 이름은 뭐냐?"

고분고분히 원하는 답을 들려준 덕에 북경창권 선봉독의 목소리는 상당히 부드러웠다.

"홍묘환."

"홍묘환이라… 내 잊지 않으마. 나중에 염라대왕이 물으면 '아, 그때 그놈 말입니까? 홍묘환이라고 합디다' 라고 대답해야 하니까 말이다."

선봉독은 순간 공포에 물든 홍묘환의 목을 두 손으로 움켜잡더니 목이 꺾일 수 있는 한계선을 지나쳐 돌려 버렸다.

우드득.

목이 힘없이 처지는 것을 보고 여인들은 결국 참지 못하고 비명을 내질렀고, 룸 안의 포로들은 속절없이 목숨을 잃어갔다.

*   *   *

채화화는 북경의 고급 아파트 요천번의 한 침대 위에서 세 번이나 절정을 맛보며 순식간에 홍콩을 넘나들었다.

그녀가 원앙파 두목 방원영의 여자가 된 것은 이십 일이 채 되지 않았지만 그녀는 충분히 만족하고 있었다.

비록 그의 나이가 57세이고 아랫배가 조금 나왔으며 머리카락은 몇 올밖에 없었지만, 그의 정력은 어줍잖은 이십대보다 강했으며 지독히 강렬한 카리스마를 풍기는 사내였다.

또한 조직의 보스라는 점은 그녀를 마치 황후마마와 같은 느낌을 주기에 충분했는데, 건장하고 무시무시한 사내들이 머리를 숙일 때마다 그녀는 오금이 저릴 정도로 기분이 좋아 미칠 것만 같았다.

특히 잠자리에서 자신이 위에 올라 말을 타듯 몸을 구를 때는 원앙파라는 조직의 보스도 결국 자신의 엉덩이 밑에서 옅은 신음을 낸다는 것이 여간 기분 좋은 일이 아니었다.

두 사람은 벌거벗은 채로 아파트 발코니에 서서 와인잔을 기울였다.

와인잔 너머로 북경 시내의 밤의 광채가 굴절되어 비춰졌다.

"선물할 게 있다."

채화화는 방원영이 한 손을 뒤로 하고 있었던 것을 보았고, 그런 자세를 취할 때면 언제나 훌륭한 보석 따위가 선물로 주어진다는 것을 알았기에 잔뜩 기대하는 표정이 되었다.

잔을 입으로 가져가는 것도 잊은 채 별빛이 찰랑이는 눈동자로 바라보고 있으려니 방원영이 가만히 손을 내밀었다.

"오늘밤을 기다렸어."

그의 손 위에는 아주 오래된 돌로 만든 초승달이 있었다. 그림인지 글자인지 모를 형상이 음각된 초승달은 정말 쌍둥이처럼 오늘 떠오른 초승달과 같은 모양을 하고 있었다.

하지만 채화화는 이전에 선물을 받았던 것처럼 기쁜 표정이 되진 않았다. 비록 돌로 된 초승달과 오늘밤의 초승달이 일치된 것이 기묘하고, 꽤 오래된 골동품으로 보였지만 그녀의 눈에는 그저 달을 닮은 돌덩이에 불과했기 때문이다.

그녀가 진실로 원하는 것은 반짝이는 돌이었지 그저 뭔가를 닮은 시시한 돌덩이는 아니었다.

하지만 채화화는 속마음을 숨겨야 할 때가 언제쯤인지 아는 여인이었다.

"멋지군요. 당신은 언제나 최고예요."

가볍게 다가가 입을 맞춘 그녀가 흡족한 미소를 머금고 하늘에 세련되게 걸린 초승달에 월패를 맞추어보았다.

"오늘 선물은 당신의 마음이 느껴져서 좋아요."

방원영은 그녀의 반응에 약 70%는 만족했지만 그것으로는 부족하다고 생각했다. 오늘 이 밤은 세 번이나 뜨거운 활화산의 분출이 있었고, 지금은 멋지게 마무리를 할 때였다.

"이제껏 나는 항상 새롭고 눈부신 것을 선물했었지. 하지만 오늘 오래된 유물을 선물한 것은 너를 오래도록 간직하고 싶다는 나의 소망이기도 해. 영원히 내 곁에 머물러 줄 수 있겠니?"

그 말과 함께 방원영은 월패 위쪽으로 꿰어진 금줄을 잡아 그녀의 목에 걸어주었다.

채화화의 눈엔 순간 촉촉한 이슬이 울컥 솟구쳤다. 시시하게만 여겼던 월패도 새롭게 보였다. 그녀가 알고 있는 원앙파의 두목은 결코 이렇게 부드러운 사내가 아니었다.

방원영이 한참 활약할 때인 이십대에는 걸어다니는 난장판이라는 별명을 가지고 있었고, 삼십대에는 눈부신 회칼, 사십대에는 카리스마라 불렸다.

그런 그가 이렇게 부드러워졌다는 것에서 채화화는 에베레스트를 정복한 산악인에 버금가는 정복감을 느꼈다. 히로뽕 주사를 연달아 세 방 맞아도 이 기분에는 이르지 못할 것이었다.

파팟.

마주친 눈빛에서 스파크가 일며 두 사람의 입술은 곧바로 달라붙었다. 서로의 입과 혀를 먹어 치우겠다는 의지를 불태우며 꿈틀대던 둘은 오늘의 네 번째 활화산 폭발을 향해 나아갔다.

마음이 충만한 상태에서의 관계인데다 전면이 확 터진 발코니라는 개방적인 공간인 탓에 둘은 놀라우리만치 열정적이었다.

그녀가 발코니의 난간을 붙들고 허리를 숙여 엉덩이를 내밀자, 방원영은 기다렸다는 듯 그녀의 허리를 붙들고 강력한 왕복 운동을 전개했다.

"사랑해, 사랑해, 사랑해, 사랑해……."

방원영은 박자에 맞춰 사랑한다고 외쳤고, 그녀는 온몸이 화르르 불타는 느낌 속에서 이 사랑이 영원하길 간절히 소망했다.

그녀는 이제껏 방원영을 포함하여 세 명의 남자와 잠자리를 가졌었으나 방원영 이전의 두 남자와는 그리 오래가지 못했다.

첫 번째 남자인 홍추는 박사 과정을 준비하는 엘리트였는데 그녀와 함께 영화를 보고 식사 후에 헤어져 전철을 타고 집으로 가려 할 때 사고를 당했다.

술에 취한 한 중년 사내가 발을 헛디뎌 전철 레일로 떨어지게 되자, 의협심에 충만한 그가 사내를 올려놓았고, 바로 그 순간 전철은 다가서는 중이었다.

홍추는 코너를 돌아오는 전철을 보고 무작정 앞으로 내달렸고 거의 임박해 올 때 놀라운 순발력을 발휘해 비어 있는 옆 레일로 점프했다.

그 광경을 지켜본 사람들은 경악을 금치 못했다. 입을 벌려 다물지 못하는 것은 기본이고 기절하는 사람까지 속출했다. 그들은 자신이 보는 것을 도무지 믿을 수가 없었던 것이다.

모두의 의문은 이것이었다.

"저, 저 사람 왜 전철로 뛰어든 거지?"

그렇다. 짓쳐 오던 전철은 사실 홍추가 서 있던 레일 쪽이 아니라 그 옆 레일이었는데 코너를 돌아오는 상황만을 보고 홍추가 자기 쪽 레일로 착각하였고, 위급하다고 생각한 순간, 그러니까 정작 전철이 지나쳐 갈 상황에서 그쪽으로 죽으려고 뛰어들고 말았던 것이다. 그건 명백히 자살이었다.

구함을 받은 술주정뱅이조차 이 어이없는 죽음에 멍해지고 말았을 정도였다.

첫 남자의 어이없는 죽음에 이어 채화화에게 두 번째 남자인 남헌이라는 사람이 찾아온 것은 실연의 아픔이 채 가시기도 전이었다.

남헌은 젊은 나이에 대기업 실장이 된 유능한 인물로, 그를 만난 것은 서로의 회사가 관련을 맺은 자매사였기 때문에 일 문제로 한두 번 만나게 된 것이 인연이 되어서였다.

빼어난 미남에 늘 검도로 몸을 다졌던 그는 상대를 배려할 줄 아는 멋진 남자였다.

그는 어느 날 상하이의 58층 기업 본사 빌딩 꼭대기에서 멋진 프로 포즈를 준비하면서 그녀를 기다렸다.

포로포즈의 내용은 그가 빌딩의 옥상 난간에서 떨어지는 연출을 하면서 그녀에게 두 번 찾아온다는 메시지를 주기 위한 것이었다.

양복 안쪽에 패러글라이딩용 낙하산을 입은 그는 장미꽃 한 송이를 건네고 결혼해 줄 것을 청한 다음에 억지로 비틀거리는 척하면서 빌딩 아래로 떨어지는 것이다.

그녀는 기절할 듯 놀랄 것이고 엉엉 울며 사랑하는 사람을 잃은 슬픔에 잠길 것이다.

하지만 1분도 채 되지 않아 활짝 펴지는 낙하산처럼 슬픔은 기쁨으로 변하게 된다. 낙하산의 위쪽으로는 '나와 결혼해 주오. 영원히 그대를 사랑하리라' 는 문구가 적혀 있었다.

몇 번의 연습 끝에 정해진 시간에 그녀가 옥상으로 올라왔고, 남헌은 연습했던 대로 그녀를 깜짝 놀라게 할 행동을 취했다.

그녀의 놀람은 예상을 훌쩍 뛰어넘는 것이었다. 그녀는 너무 놀란 나머지 곧바로 엉엉 울면서 그를 붙들고 안쪽으로 끌어내리려 했고, 남헌은 이 멋진 계획을 물거품으로 만들고 싶지 않아 더욱 강렬히 저항하며 빌딩 바깥쪽으로 잔뜩 무게 중심을 실었다.

"날 믿어. 괜찮아. 아무 일도 없을 거야."

하지만 채화화는 이미 제정신이 아니었다. 첫 번째 남자를 허무한 사고로 잃은 그녀의 심리 상태로서는 이런 상황은 도저히 묵과할 수 없었던 것이다.

"제발 이러지 말아요. 이벤트 따위는 없어도 된다는 말은 이제껏 몇 번이나 했어요. 벌써 다 잊어버린 건가요?"

"괜찮다니까. 평생 한 번 있을 프로포즈를 평범하게 하고 싶지 않단 말이야."

실랑이가 오가던 중 행복의 신은 저만치 달아나 버렸고 그 자리를 저주와 조롱의 신이 차지했다.

칭.

무언가가 끊어져 나가는 소리가 났지만 옥신각신하는 두 사람의 귀에는 전혀 들리지 않았다.

그 순간 남헌은 그녀의 손을 떼어내려고 뒤로 몸을 빼내려던 참이었고, 채화화는 순간적으로 붙잡고 있던 가슴팍을 놓치고 말았다.

"어, 어……."

이윽고 남헌의 몸이 바닥으로 곤두박질치기 시작했다.

"남헌 씨! 흐흐흑, 남헌 씨……."

그러나 남헌은 여전히 여유가 있었다. 그는 양복 윗저고리를 재빨리 벗고 손까지 친절하게 흔들어 보인 다음 낙하산 줄을 잡아당겼다.

"헉!"

그 순간 저주의 신이 남헌의 곁에서 살인적인 미소를 지었다.

남헌에겐 잡아당길 만한 것이 없었고, 예비 낙하산마저 펼쳐지지 않는 상황이었던 것이다.

순식간에 그의 몸이 30층 높이에 이르렀다가 숨을 한 번 내쉬었을 땐 15층에 이르고 있었다.

"안 돼, 안 돼, 안 돼……."

그리고 이내 그의 면상과 가슴과 허벅지는 땅에게 엄청난 속도로 반가움의 인사를 나누었다.

픽!

다음날 그는 신문 1면을 장식했다.

ㅇㅇ대기업 실장 건물 옥상에서 투신.

셔츠 위로 낙하산을 착용하였으나 제때 낙하산이 펴지지 않아 결국 사망에 이르고 말았다. 경찰 관계자는 처음 이 사건을 겨무에 시달리고 있던 회사원이 삶의 허망함을 떨쳐 내고자 무모한 게임을 하다 결국 죽음에 이른 것으로 보았으나 낙하산을 조사한 결과, 멋진 프로포즈를 위해 뛰어내렸으나 낙하산의 고장으로 사망에 이른 것 같다고 말하였다. 또 다른 관계자의 말에 의하면 요즘 젊은이들 사이에 기발한 프로포즈가 유행하여 그로 인해 갖가지 사건들이 벌어지고 있다면서, 이런 해괴한 프로포즈는 사라져야 할 이 시대의 문화가 아니겠냐는 말을 남겼습니다. 한편 사망자의 애인인 여인은 현재 두문불출한 가운데……

이로써 채화화는 두 남자를 떠나보내고 이승에 살아남았지만 그녀의 몸과 정신에는 죽음 이상의 상처가 남겨지고 말았다.

이후 그녀는 두 번 다시 사랑을 하지 않으리라 맹세하게 된다.

그러길 오 년의 세월이 지난 후 그녀에게 홀연히 다가온 이가 있었으니, 바로 원앙파의 두목 방원영이었다. 처음에 거부하였던 그녀가 마음을 열게 된 것은 무엇보다 그의 신분 때문이었다.

사랑했던 두 남자가 엘리트들이었던 것에 비해 방원영은 나이도 많고 어둠 속에서 생활하고 있었지만 그녀는 결코 방원영만큼은 속절없이 죽는 일이 없을 것이라고 믿어 의심치 않았던 것이다.

"헉헉헉… 헉헉헉."

뜨거운 숨을 토해내는 이 밤, 그녀는 강한 남자인 방원영과 오랫동안 사랑하며 살고 싶었다.

점점 격렬해지는 몸부림 속에서 두 사람 사이에는 오로지 거친 신음만이 오갔고 그 어떤 말도 필요없는 상황에 이르렀다. 세상 그 무엇도 지금 이 순간을 방해할 수는 없을 것 같았다.

그러나,

쾅!

거의 벽이 무너지는 듯한 소음과 함께 일단의 시커먼 무리가 방 안으로 난입했다.

"방원영, 어디에 숨은 거냐?"

한참 열에 들떠 있던 채화화는 자신의 귀가 잘못되었나 싶을 정도로 건방지고 사나운 말투였다. 바깥 입구와 계단으로는 부하들이 경계를 서고 있을 것인데 어찌 이리 불순한 사내들의 음성이 들릴 수 있는지 믿을 수가 없었다.

방원영은 얼른 몸을 빼 발코니 창 앞에서 나타난 불청객들을 바라보았다.

이때 그는 거의 절정에 이르러 있었고 로켓이 발사되기 직전인 상황에서 급히 몸을 뽑아낸 상태여서 정신의 통제가 이루어지지 않고 앞으로 축축, 거리면서 우윳빛 액체를 발사하고 말았다.

"허허, 이거 참 대단한 환영 인사로군."

북경창권 선봉독은 한쪽 입가를 귓가에 걸치며 조롱했다.

그러나 방원영은 역시 조직의 보스답게 의연하기 짝이 없었다. 밤꽃 향기가 풍기는 우윳빛 액체 발출에 대해선 안중에도 없는 얼굴이었다.

"선봉독, 이 무슨 행패냐?"

"무슨 행패는 무슨 행패겠냐? 이쯤 되면 갈 때까지 간 것이지."

특별히 무언가를 요구하는 것이 아닌 끝을 내겠다는 말이어서 방원영은 자신도 모르게 흠칫 몸을 떨었다.

조극파는 북경에서 가장 큰 주먹 세력이고, 경찰이나 각계 공무원 쪽에 심복들이 활약하고 있어서 정부에서도 함부로 손을 대지 못하는 세력이었다.

이미 탄탄한 힘을 갖춘 조극파는 괜한 피를 흘려 사회의 이목을 끌기를 원치 않았기에 원앙파를 비롯한 다른 세력들이 자리를 유지할 수 있었다.

그런데 이제 버젓이 얼굴을 드러내 놓고 칼을 휘두르려 하니 긴장되지 않을 수 없었던 것이다.

"하하하하하하하······!"

방원영은 호탕하게 웃었다. 그의 웃음소리는 너무나 당당하고 거침이 없어서 한순간이나마 아파트가 아니고 거대한 기암절벽에서 영웅호걸이 웃는 것 같은 착각이 들 정도였다.

"고작 일곱으로 나를 상대하겠다는 것이냐? 내 존재가 고작 이것이었나. 조극파에게 실망인걸."

"흐흐, 원래 영화나 소설에선 죽을 놈들이 크게 웃거나 허튼소리를 지껄이지. 말이 많다는 건 두렵다는 말과 동의어거든."

말을 맺음과 동시에 선봉독의 눈이 이채를 발했다.

저만치 발코니 뒤쪽에서 두려운 눈으로 바라보고 있는 여인의 목에 월패가 걸려 있는 것을 본 것이다.

'찾았군. 그렇다면 시간을 끌 필요가 없겠지.'

"모두 한꺼번에 덤벼라! 이 방원영 어르신의 솜씨를 보여주마."

방원영은 어느새 태극권 자세를 취하기 시작했다. 그는 십 년 전부터 태극권에 심취하여 지금은 발경을 이룰 수 있는 경지에까지 올라 있었다. 이 년 전에는 태극권의 고수보다는 영화배우로 더 알려진 이연걸에게 태극권의 정수를 듣기도 한 그였다.

북경창권의 주먹이 매섭다고 이름 높았지만 부드러움으로 강함을 제압하는 수법을 사용한다면 능히 십여 수 만에 쓰러뜨릴 자신이 있었다. 북경창권이 허망하게 무너지고 나면 그 부하들은 꽁무니를 빼기 바쁠 터였다.

기세를 취하던 방원영의 몸이 좌우야마분종에 이어 백학량시(白鶴亮翅)를 펼치자 구름과 바람 같으면서도 사뭇 진지하고 위험이 넘쳤다. 결코 허세가 아님을 보이듯 그의 주위로는 알 수 없는 기운이 넘실거렸다.

비록 아무것도 입지 않아 가운데가 덜렁거리긴 했지만 이미 방원영은 무아지경에 이른 것 같았다. 접근하는 모든 것은 그가 일으킬 파동에서 견뎌내지 못할 것이 분명했다.

북경창권의 눈썹이 곧추세워지고, 그 부하들의 미간이 찡그려지는 것을 보며 그때까지 발코니에서 은밀한 부위를 가리고 두려운 눈으로 바라보던 채화화는 내가 언제 두려워 떨었냐는 듯 당당히 정자세로 선 채 미소까지 머금었다.

그녀는 두목의 여인이라면 당당해야 하고, 비록 비소가 보인다 해도 저들은 오늘 살아서 돌아가기 힘들 것이기에 죽기로 예정된 자들을 위한 마지막 구경거리 정도쯤은 제공해 주어도 괜찮다고 생각했다.

방원영의 움직임이 좌우루슬요보(左右摟膝搖步)에서 수휘비파(手揮琵琶)에 이어 좌우도권굉(左右倒卷肱)과 람작미(攬雀尾)로 이어지자 북경창권은 한 걸음 물러서며 부하를 향해 손을 내밀었다.

부하는 성실하게 품에서 물건을 꺼내 올려놓았고, 이윽고 북경창권 선봉독은 방원영을 가리키며 망설임없이 손가락을 구부렸다.

팡, 팡, 팡, 팡.

소음기가 장착된 베레타 최신형 권총에서 네 발의 총성이 울려 퍼졌고, 방원영은 이마에 두 방, 가슴에 두 방을 맞고 태극권 중 쌍봉관이(雙峰貫耳)를 펼치다 죽음을 맞았다.

허리에 당당히 두 손을 올려놓고 거만한 표정으로 바라보고 있던 발코니의 여인 채화화는 지금 막 자신의 세 번째 남자가 세상을 떴다는 충격과 함께 곧바로 몸을 웅크리고는 부들부들 떠느라 정신이 없었다.

북경창권 선봉독은 터벅거리며 방원영의 주검을 밟고 걸어오더니 웅크리고 있던 채화화에게 서서히 얼굴을 가져다 댔다.

'난 여기서 죽을 수 없어. 살아야 해. 살아남아야 해… 이 남자가 왜 내게 머리를 디미는 걸까? 키스를 하고 싶은 걸까? 키스를 해야 하나? 지조가 없다고 밖으로 내던져 버리면 어쩌지? 그럼 거부해? 거부했다고 총으로 쏘면?

연신 눈을 깜박이며 소리가 날 정도로 머리를 굴리던 채화화는 결국 키스를 받아들이는 쪽으로 마음을 먹었다. 그녀는 눈을 감고 입술을 가만히 내밀어 새로운 남자를 영접했다.

짝!

그러나 돌아온 것은 인정사정없는 뺨따귀였다.

"이거 뭐 하는 년이야? 어디서 주둥이를 내밀어! 이걸 그냥……."

북경창권은 널브러진 채화화의 목에 걸린 월패를 잡아채 안쪽 포켓에 집어넣고는 권총을 겨누었다.

"사, 살려주세요. 무엇이든 할게요. 몸을 팔라면 몸을 팔게요. 제발
요, 제발⋯⋯."

불쌍한 사슴 한 마리처럼 덜덜거리는 모습은 애처롭기 그지없었다.

"팡!"

선봉독은 진짜 총을 쏘는 대신 입으로 소리를 내고는 유유히 빠져나
갔다.

"휴우."

채화화는 들리지 않을 정도로 한숨을 내쉬고는 오늘 해가 뜨기 전까
지 어디를 어떻게 가서 숨어야 할지에 대해 생각했다.

아무도 모르는 시골에 틀어박혀 순진한 총각 하나 물어 조용히 살고
싶었다. 엘리트고 카리스마고 다 필요없었다. 그저 순진하고 명이 긴
놈이라면 된다.

그때 느릿하게 걸음을 옮기던 선봉독의 음성이 잔잔히 울려 퍼졌다.
그러나 정작 채화화에겐 벼락이 내리치는 것만큼이나 거대하게 들렸
다.

"여자는 원앙파의 보스를 죽이고 스스로 투신자살했다더라. 안타까
운 일이지."

바닥엔 총이 놓이고, 곧바로 달려든 조직원 세 명에 의해 그녀는 영
차, 하는 소리와 함께 난간 밖으로 내던져졌다.

그녀는 문득 두 번째 남자 남헌을 떠올리고는 자신의 죽음이 과연
신문 1면에 실리게 될지 아니면 사회면 구석에 조그맣게 실리게 될지
를 떠올렸다. 그러다 이 상황에서 그 걱정을 하고 있다고 생각하니 자
신이 우습기 짝이 없었다.

'흐흐, 아무럼 어때?'

퍽!

수박이 깨지는 소리와 함께 그녀는 세상과 작별을 고했다.

다음날 신문 어디에도 그녀의 소식은 없었다.

◆第五章◆ 시공을 초월한 만남

선봉독으로부터 월패를 건네받은 조극파의 보스 온량은 입가의 미소를 막지 못하고 줄줄 흘리고 있었다.

선봉독은 보스가 이렇게 어린아이처럼 기뻐하는 것을 본 적이 없었기 때문에 도대체 월패가 무엇이기에 저러는지 호기심이 가득 어린 눈이 되었다. 하지만 감히 물을 수는 없었고, 보스 또한 거기에 대한 말은 없이 수고를 치하할 따름이었다.

"고생이 많았다."

"물러가겠습니다."

혼자 남게 된 온량은 월패를 쥐고 오른쪽 벽으로 다가갔다.

그곳엔 원목에 월넛 색상을 입힌 고급스러운 책장이 놓여 있었는데, 그는 중간쯤에 있던 두툼한 책을 뽑더니 손을 쑥 집어넣었다 뺐다.

그리고 다시 그가 책을 꽂아 넣었을 때 책장은 알리바바와 사십 인의 도적의 이야기에 나왔던 마법 동굴마냥 스르르 중간이 갈라지며 새로운 공간을 보여주었다.

그가 성큼 안으로 들어가자 책장이 저절로 닫혔고, 그는 철저히 혼자가 되었다.

"드디어 때가 되었도다. 시공을 지배할 정복자로 거듭나는 것이다."

그는 옥함을 열어 서신 한 장을 꺼냈다. 사시미를 든 백여 명의 적 앞에서도 눈 하나 깜박이지 않았던 그였으나 지금 그의 손은 미세하게 떨리고 있었다.

시공을 넘나드는 자, 가공할 힘을 얻으리라.

이러한 문구와 함께 북경 서남쪽에 자리한 소오태산의 한 동굴의 위치와 시공을 넘나들 수 있는 월패에 대한 설명이 이어졌다.

그가 보이지 않는 선을 무너뜨리고 원앙파 두목을 제거하였던 것에는 앞으로의 자신감 때문이었다.

서신을 발견한 그는 거의 이 년여에 걸쳐 공간월패를 찾아다녔고, 이제 그 결실을 눈앞에 두고 있는 것이다.

이미 소오태산의 동굴에 대해서는 탐색을 마친 뒤였다. 그곳에는 놀랍게도 초승달 모양이 들어갈 자리가 안쪽에 배치되어 있었다.

지금 당장이라도 달려가고 싶은 마음이 굴뚝같았지만 그는 이 밤엔 설레임을 만끽하고 싶었다.

내일이다.

내일은 온 인류에 전례가 없던 위대한 역사가 시작될 것이다.

＊　　　　＊　　　　＊

　귀혈마는 허벅지에 꽂힌 암기를 뽑아내며 거친 신음을 내뱉었다.

　도대체 뭐 하는 놈들인지 모를 정체불명의 작자들에게 쫓겨 내공이 거의 고갈되다시피 한 상황이었다.

　일 대 일의 대결이라면 어떻게 해보기라도 할 텐데 일곱 정도가 죽자고 달려드니 도저히 어떻게 해볼 도리가 없었다. 그중 늙은이 하나는 과연 일 대 일로 붙는다고 해도 이길 수 있을지 장담키 어려울 정도로 빼어난 무공의 소유자였다.

　간신히 절벽에서 추락하는 것처럼 위장하여 몸을 빼내긴 했지만 또 언제 귀신처럼 달려들지 모르는지라 안심이 되지 않았다.

　그의 최선은 일단 귀령비서에 적힌 내용대로 소오태산 동굴에 들어가는 것이 시급했다.

　귀령비서에는 분명히 '새 시대를 보게 될 것이며, 가공할 힘과 가공할 위력이 담긴 무기를 보게 될 것이다'라고 밝히고 있었다.

　어떻게든 그곳으로 달려가야 했다. 이 새벽을 지나 적어도 오전 중으로는 동굴에 도착해야 한다. 더 지체된다면 추적을 벗어나지 못할 것이고 꿈이고 나발이고 모두 허사가 될 것이 분명했다.

　그 개놈의 자식들을 만나면 꿈은 물거품이 되고 만다.

　"제길, 역시 죽지 않았군요."

　형벌당주 좌염의 불만 가득한 말에 장로 이연이 당연하다는 듯 고개를 끄덕였다.

　"귀혈마가 그리 쉽게 죽는다면 우리가 이렇게 나설 필요가 있었겠냐?"

좌염은 끙, 하는 소리를 내고는 수하들에게 명했다.

"흔적을 찾는다!"

분명 귀혈마의 행동에는 어떤 방향이 존재하는 것이 분명했고, 그것은 귀령비서와 밀접한 관련이 있음에 틀림없었다.

그곳에서 그가 기연을 얻을 수도 있었고, 소문대로 엄청난 무기를 손에 넣을 수도 있었다. 심지어는 괴물을 수하로 두게 될지도 모를 일이었다.

이 모든 추측의 결론은 귀혈마를 되도록 빨리 잡아야 한다고 말하고 있었기에 후흑문인들의 눈은 실핏줄이 터질 정도로 부릅뜬 상태가 되었다.

*   *   *

늘 조용한 등산객들에게 길을 안내하던 소오태산은 오랜만에 흉흉한 사나이들을 맞이했다.

산을 오르는 데 있어 전혀 어울리지 않는 검은색 양복과 넥타이, 그리고 불편한 구두. 거기에 더해 각종 권총과 기관총까지 겸비한 이들이 이른 아침 소오태산을 정복하기 위해 걸음을 옮기고 있었다.

그들 중 가장 딱딱한 표정을 짓고 있는 건 조극파의 보스인 온량이었다.

부하들은 그에 걸맞게 인상을 굳힌 채 걷고 있었지만 그들 중 누구도 보스의 속마음이 사실은 말로 형용하기 어려울 정도의 희열을 감추기 위해 몸부림치고 있는지 눈치챈 사람은 없었다.

일행 중 중간 정도에서 걸어가던 부두목 장춘꿩은 서서히 걸음을 늦

추면서 행동대장인 선봉독 곁에 붙었다.

"차질없이 준비했느냐?"

"물론입니다. 하지만 확신이 서질 않습니다."

선봉독의 얼굴엔 평소의 그답지 않게 불안한 그림자가 어른거렸다.

"그건 나도 마찬가지다. 그러니까 더욱 신중해져야겠지. 만약 일이 잘못되면 모든 책임은 내가 진다."

부두목 장춘굉의 말에 선봉독이 미세하게 고개를 끄덕였다.

공간월패를 품고 거대한 꿈을 꾸고 있는 자는 한쪽에서 괴이하게 속삭이는 소리를 전혀 듣지 못하고 있었다.

잠시 후 동굴이 모습을 드러냈다.

"주변을 철저히 경계하라!"

부두목 장춘굉의 지시에 부하들이 부채꼴로 경계를 펼쳤다.

보스는 만족스럽다는 듯 고개를 끄덕이고 동굴 안으로 들어갔다.

*　　　*　　　*

귀혈마는 동굴에 앉은 채 초조한 시간을 보내고 있었다.

동굴의 안쪽은 가로막혀 있었기에 만약 추적자들이 들이닥치기라도 한다면 그것으로 끝장이었다.

동굴의 끝 벽면에는 귀령비서에 기재된 초승달 모양의 음각이 새겨져 있었다. 문제는 음각에 끼어 넣을 패를 지니고 있지 않다는 점이었다.

귀령비서의 설명에는 동굴에서 한 시진 정도 기다리고 있노라면 갑작스런 변화와 함께 패도 얻게 될 것이라고 했다.

일단 기다려 보는 수밖엔 달리 길이 없었다.

*   *   *

온량은 두근거리는 심장을 애써 진정시키면서 월패를 꺼내 들었다.

벽면에 새겨진 초승달 문양에 끼어 맞추려던 그는 한숨과 함께 손을 거두었다. 수전증에 걸린 사람마냥 덜덜 떨려 잘 맞춰지지 않을 것 같았기 때문이다.

'이 무슨 연약함이란 말이냐. 나는 새로운 시대를 열게 될 것이다. 거대한 힘과 맞닿을 나이건만 이처럼 소심해서야 되겠는가.'

그는 주먹을 불끈 쥐어 스스로에게 용기를 불어넣은 후 공간월패를 벽에 맞추었다.

순간 월패 주위로 백색 광채가 뿜어지더니 빛무리가 마치 물결의 파문처럼 동굴 벽 전체로 퍼져 나갔다.

이윽고 벽은 아지랑이처럼 일렁이기 시작했고, 끼어 넣었던 월패는 두둥실 떠올랐다. 온량은 혹시 월패가 땅에 떨어질까 염려스러워 얼른 월패를 손에 쥐었다.

온량은 벅차오르는 감동에 사로잡혔고, 조심스럽게 벽을 만져 보았다. 아무 걸림도 없이 손이 벽 속으로 밀려들어 갔다. 벽 안쪽으로 사라진 손이 보이지 않게 되자, 다시 손을 꺼냈다가 또 밀어 넣었다. 그럴 때마다 벽에 뚫린 공간은 확장되었다가 다시 오므라들었다.

'거대한 발걸음을 딛겠다.'

온량은 걸음을 옮겼고, 이내 벽 안쪽으로 들어섰다. 그곳엔 빛으로 만들어진 길이 있었다. 길 바깥쪽은 캄캄하여 아무것도 보이지 않았기에 당연히 빛을 따라 걷는 수밖에 없었다.

오 분가량 걸었을까.

길이 끝나고 일렁이는 벽이 나타났다.

"아, 드디어!"

*　　　*　　　*

귀혈마는 일각의 간격으로 동굴 입구 쪽으로 달려가 바깥 동태를 살피는 것을 제외하고는 오로지 벽면을 뚫어져라 바라볼 따름이었다.

초조함이 더해질 무렵, 그의 동공이 확대되었다.

변화가 온 것이다. 벽이 흐물거리기 시작했다.

"오오오!"

그러나 아직 놀라긴 일렀다. 입을 다물기도 전에 더욱 놀라운 광경이 펼쳐졌기 때문이다.

불쑥 벽에서 손 하나가 빠져나오는 것을 시작으로 사람이 모습을 드러낸 것이다. 귀혈마로서는 이놈이 누구냐, 싶었겠지만 그는 물론 조극파의 보스 온량이었다.

변화를 기다리고 있던 귀혈마와 새 시대의 거대한 힘을 찾아온 온량 사이에 어색한 침묵이 흘렀다.

그러던 한순간,

"넌 누구냐?"

두 사람은 거의 동시에 묻고는 흠칫했다.

그때 귀혈마는 온량의 손에 쥐어진 패를 보았다. 귀령비서에 그려졌던 월패가 틀림없었다. 그의 얼굴에 미소가 떠올랐다. 물론 그것은 그 스스로 생각하기에 미소였지, 다른 사람이 볼 때는 인상을 찡그린 것이었다.

온량은 거대한 힘을 보게 될 것이라는 예언과 달리 무슨 해골바가지 같은 인간이 오만상을 쓰는 것을 보게 되자, 기분이 그다지 좋지 않았다.

그는 문득 소싯적 읽었던 무협소설의 내용을 떠올렸다.

'그렇지. 보물이 있는 곳에는 언제나 괴물들이 지키고 있지 않았던가. 그럼 먼저 이놈을 처지해야겠구나.'

온량은 뒷춤에서 권총을 꺼내 귀혈마에게 겨누었다.

"뭐냐?"

귀혈마가 물었다.

"이거? 정말 모르냐? 그럼 일단 맞아봐라."

탕!

둘 사이의 간격은 채 이 미터가 되지 않았기에 빗나갈 일도 없이 귀혈마의 가슴에 총알이 박혔다.

"윽!"

귀혈마는 극심한 통증에 뒤로 물러났다. 온량의 얼굴에 잔인한 미소가 한가득 떠올랐다.

"아프냐?"

그는 차근히 이 상황을 즐기고자 권총을 겨냥한 채 히죽거렸다.

그로선 귀혈마를 알지 못하였기에 그러한 여유가 안타깝게도 저승길을 재촉하게 될 것이라고는 꿈에도 생각지 못했다.

"이런 호로상놈을 봤나!"

귀혈마는 용수철처럼 튕겨 온량의 권총을 쳐내고 곧바로 장력을 내질렀다. 가히 권총의 위력에 수백 배에 달하는 힘이 온량의 머리에 작렬하였고 그것으로 끝이었다.

온량은 머리가 으깨어져 즉사했다.

그는 공간월패를 통해 보게 되리라는 '거대한 힘'을 결국 보게 되었고, 그 힘에 의해 세상과 작별을 고했다.

귀혈마는 가슴이 타는 듯한 통증에 잠시 벽을 잡고 숨을 돌렸다.

'도대체 무슨 암기였단 말인가.'

엄청난 소음과 함께 가슴을 타 들어가게 하는 듯한 공격, 다행히 심장을 벗어났기에 망정이지 자칫 목숨을 잃었을 수도 있었다. 생각이 거기에 미치자 그는 화가 나 온량의 머리를 몇 번 더 밟아주고는 공간월패를 주워 들었다.

큰 소음으로 인해 추적자들의 발걸음이 빨라졌을 것이란 점을 감안해야 했다. 이때 벽은 어느새 다시 평소의 딱딱한 형태로 돌아가 있는 상태였기에 귀혈마는 벽의 음각에 월패를 맞추었다.

그러자 다시금 벽이 광채로 일렁였다.

귀혈마는 온량이 그러했던 것처럼 빛의 길을 따라 걸음을 옮기고는 끝에 가서 벽을 통해 빠져나왔다.

그는 이 동굴이 낯설게 느껴지지 않았다.

"이런……."

그는 문득 탄성을 터뜨렸다. 조금 달라지긴 했지만 이 동굴은 분명 자신이 머물렀던 동굴이 틀림없다는 것을 깨달은 것이다. 그러나 또 그렇다고 확신할 수 없는 점은 마땅히 있어야 할 시체가 보이지 않는다는 점이었다.

어떻게 돌아가고 있는지 아무리 머리를 굴려도 이해할 수가 없었다.

이 문제를 그가 이해하지 못하는 것은 그의 머리가 멍청해서가 결코 아니었다.

월패를 이용해 과거와 미래가 연결되어지며 시공을 넘나들게 된 것을 어찌 이해할 수 있겠는가.

귀혈마는 타는 듯한 가슴 통증 속에서 동굴 밖으로 걸음을 옮겼다.

입구에 섰을 때 그는 희한한 광경에 잠시 통증마저 잊을 지경이 되었다.

주변을 감싸고 선 사람들은 이제껏 본 적이 없는 복장과 무기를 들고 있었다.

'뭐지?

동굴 밖에 빙 둘러선 것은 물론 조극파의 조직원들이었다.

검은 양복에 선글라스를 끼고 손에 손에 권총과 기관총을 들고 서 있는 모습에 귀혈마가 어리둥절해한 것은 당연한 일이었다.

하지만 조극파의 조직원들의 어리둥절함도 귀혈마에 비해 크면 컸지 결코 작지 않았다.

행동대장 선봉독의 눈이 화등잔만해져 부두목을 바라보았다.

받아들이기 힘들었지만 부두목의 말이 맞았다.

'두목에게 변고가 생기고 엉뚱한 놈이 나타날지도 모른다. 그때 우리는 머뭇거리지 말아야 한다.'

부두목 장춘꿩은 이글거리는 눈으로 귀혈마를 바라보고 섰다. 그는 미세하게 떨리는 몸을 애써 억누르고 있는 중이었다.

칠 일 전부터 그는 똑같은 꿈을 꾸고 있었다.

두목이 동굴로 들어가고, 얼마 지나지 않아 해골의 형상을 닮은 인간이 나타난다. 그들은 방심하고 있는 사이 모두를 전멸시켜 버리는 꿈이었다.

꿈이 한 번으로 그쳤다면 피식 웃고 말았겠지만 일곱 번 연속해서 똑같은 꿈을 꾼다는 것은 그냥 지나칠 수 없었다.

그렇기에 혹여 모를 상황에 대처하기 위해 위기 상황을 미리 주지시켜 놓았던 것인데, 지금 상황이 꿈과 한 치의 어긋남도 없는 것이니 더 이상 머뭇거릴 이유가 없었다.

"쏴라!"

귀혈마는 이미 권총의 위력을 한번 맛본 터라 신형을 솟구쳤다. 하지만 그를 겨냥하고 있는 건 권총만이 아니었다. 사방에서 기관총이 불을 뿜자, 그의 몸은 거대한 땀구멍이 열린 것처럼 시원스러운 구멍이 온몸에 생겨나면서 속절없이 추락했다.

"저 새끼 뭐야! 마이클 조던도 아니고, 뭔 점프를 저렇게 높이 하나!"

조직원 중 하나가 놀라서 하는 말이었다.

귀혈마의 죽음과 함께 그가 지니고 있던 월패 또한 총에 맞아 산산이 부서져 가루로 변했다.

강호를 위진시켰던 귀령비서의 예언은 이렇게 성취되었다.

새 시대를 볼 것이며, 가공할 무기를 보게 될 것이다.

*   *   *

총 소리를 듣고 달려온 장로 이연과 좌염 등은 동굴 안을 살펴보고는 인상을 찡그렸다.

머리가 으깨진 시체가 입고 있는 옷은 이제껏 한 번도 본 적이 없었고, 신발도 기괴하기 짝이 없었다.

"희생자가 한 명 늘었군요."

좌염의 말에 이연은 묵묵부답인 채로 주변을 둘러보다 뭔가를 집어 들었다. 그것은 미래에서 온량이 가지고 온 권총이었다.

"이건 뭘까?"

이연은 권총의 총구를 자신 쪽으로 겨냥하고 방아쇠를 당기려 했다. 그러다 씩, 웃고는 총구를 돌려 오른쪽 벽면을 향해 방아쇠를 당겼다.

탕!

엄청난 소음에 모두들 놀란 가운데 이연은 벽에 난 구멍을 보고 눈이 휘둥그레지고 말았다.

"뭐야? 이거, 대단한 놈인걸. 대단한 암기야!"

그렇게 권총 한 자루가 후흑문의 수중으로 들어왔다.

그 뒤 권총은 후흑문의 비고에 보관되어졌고, 귀혈마에 대한 소식은 영영 강호에서 끊어졌다. 후흑문에서는 이후 꾸준히 귀혈마에 대한 정보 탐색을 게을리 하지 않았지만, 이미 미래로 가서 죽은 귀혈마를 찾을 수는 없는 노릇이었다.

◆第六章◆ 마계는 계약을 원한다

마계의 신 아귀진독의 요즘 생활은 무료하기 짝이 없었다.

그에게 맡겨진 일은 지상의 인간들 중 허황된 생각을 가진 자들을 미혹하여 영혼을 팔겠다는 계약을 맺어 결국은 파멸의 구렁텅이로 몰아넣는 것인데, 근자에는 도통 이 일에서 재미를 보지 못하고 있었다.

아귀진독으로서는 바삐 움직이는 동료들을 볼 때마다 부러운 눈이 되지 않을 수 없었다. 물론 동료들은 언젠가는 재미난 일이 생길 것이라며 위로의 말을 아끼지 않았지만 실은 말하는 그들도 확신은 갖지 못했다. 그만큼 영혼을 팔겠노라며 계약을 맺는 이는 현 시대에 매우 드문 상황인 것이다.

아귀진독은 마계를 통치하는 극존께 보직 변경에 대한 이야기를 해야 할지도 모른다고 생각했다. 생각은 그러했지만 실상 그런 이야기를 자신이 하지 않을 것이라는 것은 아귀진독 자신이 다른 누구보다 잘 알고 있었다.

꽤 된 일이지만 요무신귀가 극존님께 보직에 대한 불만을 털어놓고 새로운 일을 원했을 때, 모두의 관심사는 요무신귀가 무사할까에 대한 것이었다.

하지만 뜻밖에도 그가 아무렇지도 않게 면담을 마치고 얼굴 표정도 환하게 돌아오자, 어느 하나 기이하게 여기지 않는 자가 없었다.

그도 그럴 것이 극존님의 그동안 명성을 생각해 보건대 이건 단순히 예상을 뛰어넘는다, 라고 말하기조차 어려운 괴이하고 희한한 일이었기 때문이다.

"왜들 그런 표정을 짓고 있는 거야? 무슨 문제라도 있어?"

방금 누워서 떡을 먹고 왔다는 듯한 표정으로 너스레까지 떠는 모습에 모든 마계의 신들이 할 말을 잃은 것은 당연한 일이었다.

요무신귀는 그다지 똑똑한 편이 아니었으며, 대단한 업적을 쌓아놓아 감면 혜택을 받을 수 있는 사람은 더 더욱 아니었기에 모두가 의아함을 감추지 못한 것이다.

"정책이 바뀐 걸까?"

"이거 나도 보직 변경에 대해서 생각을 좀 해봐야겠는걸."

"마계에 배려라니… 말도 안 돼."

"꿈이라고 말할 순 없는 노릇이잖아."

"그렇지. 우린 꿈을 꾸지 않으니까."

모두들 말이 없었지만 속으로는 이처럼 굉장한 반응을 품고 있었다. 그때 요무신귀가 의문 어린 눈동자에 친절한 설명으로 답을 주었다.

"기뻐해 줘. 난 새로운 일을 맡게 되었어. 이 변화는 내게 대단한 거야. 시간 끌지 말고 이야기해 보라구? 좋아. 내가 맡은 일은 지상 세계에서 행해지는 아름답고 선한 일들을 살피고 기록하는 거야. 이제 일이 없어 심심해질 일은 없을 거야. 벌써부터 흥분되는걸."

그러나 요무신귀의 말을 들은 모두는 다른 의미에서 흥분을 금치 못했다. 그 표정들은 생생히 살아 있어 표정만으로 이미 언어가 된 것이나 다름없었다.

"저 멍청이를 봐. 기뻐하고 있어."

"정말 무슨 뜻인지를 모르고 있구나."

"저 녀석, 무슨 생각을 하는 거야."

"자기가 누구인지도 모르고 있는 바보였다니."

"충격 때문에 미쳐 버렸는지도……."

"이렇게 하나가 떠나는구나."

"굉장한 교훈인걸. 이런 시도는 적어도 앞으로 오만 년까지는 유효할 것 같군."

요무신귀는 어깨를 으쓱하며 '왜?' 라고 물었고, 모두들 아무 대답도 없이 침만 삼키고 있는 것을 보고는 흥얼거리면서 처소로 돌아가 버렸다.

그리고 얼마 지나지 않아 요무신귀는 영원히 소멸되었다. 물론 그전의 처참한 고통의 시간을 가진 것은 당연했다.

인간 세계의 수천만 가지의 악을 통해 파멸로 이끌어가야 할 마계의 신에게 아름답고 선한 일들을 보고 기록해야 한다는 것은 지독한 자기 파멸을 불러올 수밖에 없었던 것이다.

곁에서 지켜본 이들의 말에 의하면 요무신귀가 소멸되기까지도 왜 이렇게 고통스러운지 깨닫지 못하였다고 하였으니 정녕 괴이한 자라하지 않을 수 없었다.

이미 이만 년이 지난 이야기를 떠올리는 아귀진독은 더 이상 보직 변경에 대한 생각은 하지 않기로 마음먹었다. 선한 일을 찾아다니는 것보단 아무 일이 없어 무료한 편이 수만 배 나은 것이다.

그는 태나지귀를 마음속에 떠올렸고, 그 즉시 몸이 흐릿해지면서 어느새 태나지귀가 머무는 곳에 이르렀다. 태나지귀는 게으름을 유도해 영혼을 갈취하는 일을 맡고 있었다.

"웬일이야?"

"뭐, 늘 그렇지. 하루하루 시간 때우기도 힘들어서 여기저기 다니고 있어."

그랬다. 태나지귀보다 더 친한 녀석들에겐 너무 자주 갔다. 이젠 순례를 해야 할 상황에 이른 것이다.

"문제가 뭐라고 생각해?"

태나지귀가 꽤 진지하게 생각해 보자는 눈치였기에 아귀진독도 이내 진중해졌다.

"아무래도 겁이 많아졌다고밖에는……."

진중함에 비해 그의 답변은 망설임이 없었다. 겁이 많아졌다는 말은 확실히 정답이라고 할 만했다. 하지만 해결책이 뚜렷이 떠오르질 않는 것이 바로 해결하지 못한 문제였다.

"어려운 일에는 항상 방해 요소들이 있기 마련이니까 구체적인 요소들을 하나씩 제거해 보는 것은 어때?"

"흠, 그럴듯한데."

그때 옆 자리가 아지랑이가 피어나는 듯하면서 중위행귀가 모습을 드러냈다.

그가 하는 일은 '거짓말로 인한 파멸'이었는데, 마계의 신들 중 가장 바쁜 다섯 중 하나였기에 태나지귀와 아귀진독은 의아한 시선으로 바라보았다.

"흐흐흐, 너무 그렇게 쳐다보지 마. 하루쯤은 거짓말이 부풀어 오르도록 기다리기도 해야 하니까."

인간들은 하루에도 수많은 거짓말을 하는데 중위행귀에게 있어 그것은 초대장과 같은 것이었다.

거짓말이 뱉어내어지는 순간 그 사람 곁에 다가갈 수 있게 된다. 하지만 세상에는 하루에만도 너무나 많은 거짓말이 쏟아져 나오는고로 그들 모두에게 갈 수 없는 노릇이었고, 과한 거짓말 중에서도 고르고 골라 찾아다니는 중위행귀였다.

할 일이 없기로 명성이 드높은 아귀진독이 부러워하는 것은 당연했다.

"날 비웃으러 왔다면 아주 제때 잘 온 거야. 난 지금 절망적이거든."

"비웃긴 누굴 비웃겠어. 힘내."

어깨를 두드리는 중위행귀의 손길에 아귀진독은 힘겹게 웃어주었다.

중위행귀가 다시 힘주어 말했다.

"걱정 마. 쥐구멍에도 볕들 날이 있다지 않던가. 언젠가는 좋은 일이 있을 거야."

순식간에 쥐로 전락하고 만 아귀진독의 얼굴은 참담히 일그러졌다.

"이봐, 농담이야. 설마 이 정도로 화를 내는 건 아니지?"

그때 가만히 지켜보던 태나지귀가 끼어들었다.

"중위행귀, 이 친구야. 지금 아귀진독은 꽤나 심각한 상태란 말이야."

아귀진독는 한층 풀이 죽었다.

증위행귀는 미안했던지 활달한 어조로 위로했다.

"이봐, 힘내. 이대로 아무도 나타나지 않으리라고 생각하는 거야? 영혼을 팔겠다는 거래를 할 사람이 왜 없겠어? 원하는 것을 들어주겠다는데 말이야. 내가 맡고 있는 일도 어떤 날은 폭주하다시피 하고 또 어떤 날은 손에 꼽을 정도로 한가할 때도 있어. 갑자기 잘 풀릴 수도 있으니까 너무 근심하지 마."

"휴, 요즘 사람들은 겁이 너무 많아. 거짓말이나 사기를 치는 것은 별반 두려워하지 않으면서 정작 영혼 어쩌고 하면 얼굴이 새파랗게 질려 버린다니까."

영혼을 파는 조건으로 원하는 것을 얻는다는 것은 문학적인 관점에선 멋있어 보일지 몰라도 현실에서는 모두들 목을 움츠리고 말을 아끼니 아귀진독으로서는 죽을 맛이었다.

"사실 며칠 전에 그런 녀석이 하나 있어서 다녀왔었어."

태나지귀와 증위행귀가 동시에 반색을 하며 물었다.

"와우! 그래, 어떻게 됐어?"

"거봐, 나쁘지 않잖아."

아귀진독은 한숨을 내쉼으로 결말의 불행을 예고했다.

"물론 나도 룰루랄라 휘파람을 불며 내려갔었지. 사실 내 취미에는 맞지 않지만 바짝 조바심이 난 상태였기 때문에 관능적인 미녀의 모습을 했었어."

이 말에 태나지귀와 증위행귀가 웃으려다 서로 눈치를 보면서 감정을 억제했다.

"그래, 정말 그러고 싶지 않았어. 하지만 그렇게밖에 할 수 없는 내

심정은 어땠을지 상상해 봐. 음, 그는 사십대 중반 정도의 사내였는데 대머리에 뚱뚱보더군. 눈은 흐릿하고 기운은 하나도 없어 보였지. 대머리가 원하는 것은 멋진 남자상이었네. 두 번을 결혼하고 두 번 이혼당하였고, 마음에 드는 여자를 만나게 되었는데 심한 모욕을 당해 영혼을 팔아서라도 멋진 남자가 되고 싶다고 부르짖었던 거야. 하지만 막상 영혼에 대한 거래를 이야기하니 기겁을 하더니 도망치기 시작하더군. 마음 같아선 잡아 죽도록 패버리고 싶었지만 삼라만상의 질서 때문에 그러지도 못하고 되돌아올 수밖에 없었어. 모두가 다 그런 식이지. 도대체 배짱들이 없단 말씀이야."

태나지귀와 중위행귀는 턱을 어루만지면서 심각히 생각에 잠겼다.

바로 옆에 동료가 괴로워하고 있는 지금 뭔가 도움이 될 만한 말을 떠올려야만 한다는 의무감이 머리를 가득 메우고 있는 상태였다.

그러나 둘 다 좀체 적당한 말을 찾을 수 없어 입술만 옴지락거렸다. 어색한 공기가 가득 차 오르자 좀 더 시간이 지체된다면 공간이 파열되어 버릴지도 모른다는 생각에 중위행귀가 불쑥 입을 열었다.

"한번 대주면 어때?"

"뭘 대줘?"

아귀진독은 영문을 몰라 되물었으나 태나지귀는 눈치를 챘는지 뜨악한 표정이 되어 있었다.

"관능적인 미녀로 나타났다고 했잖아. 그러니까 이왕 환심을 사는 것도 나쁘지 않겠다 싶어서 말이야. 같이 침대에 올라가서……."

거기까지 듣자 그제야 이해한 아귀진독은 더 이상 참을 수 없는 지경이 되어 소리를 질렀다.

"이 망할 놈의 자식, 고작 한다는 소리가 그딴 소리냐!"

놀란 중위행귀가 흐릿해지면서 사라졌고, 그 뒤를 따라 아귀진독이
죽여 버리겠다며 주먹을 뻗은 채로 공간 너머로 사라졌다.

혼자 남게 된 태나지귀는 웃어야 할지 울어야 할지 모를 표정이 되
어 코를 연신 찡그릴 따름이었다.

◆第七章◆ 천하무적을 꿈꾸는 자

Fantastic Oriental Heroes

후흑문주

심온

해결의 벼랑, 후흑애에서 모든 의뢰는 총 세 가지로 분류된다.

─첫째, 의뢰를 받아들일 만하다고 판단되는 것.
─둘째, 진지하긴 하나 말이 되지 않는 것.
─셋째, 진지하지도, 말도 되지 않는 것.

이 중 셋째에 속한 것들은 거의 대부분이 장난 가득한 내용이거나 전혀 내용이 없는 종이, 거의 일기나 다름없는 개인적인 사생활에 대한 것들이었다.

이것들은 쓰레기나 다름없어 두 번 다시 쳐다볼 필요도 없는 것이었기에 따로 모아져 소각장으로 보내진다.

둘째에 해당하는 서신들은 그나마 버려지진 않지만 그렇다고 의뢰가 수용되는 일은 거의 없었다.

하지만 한두 달 정도 모아진 분량을 한꺼번에 보내게 되는데 본문에서는 그중에서 다시 분별하여 곱게 엿을 포장하여 답장을 보내는 것이다.

이번에 보내진 것들 중에는 심온을 비롯한 후흑문인들을 즐겁게 해줄 만한 것들이 가득했는데, 그중 다른 무엇보다 시선을 끈 서신은 산서 진령 땅의 고첨이라는 청년이 보낸 것으로 내용은 이러했다.

먼저 나를 소개하자면 돈에 구애됨이 없이 살아가는 올해 십구 세의 청년이라오. 그동안 나의 신조는 '인생을 즐겨라'였으나 얼마 전 한 사건을 겪은 뒤로는 진지해지지 않을 수 없었다오. 내 주위에는 다섯 명의 호위무사가 늘 그림자처럼 수행하는바 그들의 무공은 하나같이 뛰어난 것이라오. 나와 그들은 돈이라는 매개물로 연결되어 있다곤 해도 내 덕이 높고 지혜가 가득한 탓에 꼭 돈이 아니더라도 나를 존중하고 있다오.

심온은 서신에서 눈을 떼고 잠시 코웃음을 쳤다.

"이거 정신이 제대로 돈 놈일세."

심온은 얼마나 돌아버린 작자인지 확인코자 서신을 이어 읽어나갔다.

하지만 지난번 개인적으로 총애하는 기녀 매향이를 보기 위해 화월루에 들렀을 때, 그들은 내게 해서는 안 될 말과 행동을 하고야 말았소. 본래 기녀란 몸을 팔아 생계를 유지하는 이들이니 그만한 돈을 지불한 이상 몸을 몇 번 주물렀기로서니 특별히 문제될 것이 없지 않겠소. 그러나 그날따라 어찌나 단호하게 버티는지 그 독한 계집은 내 손등을 물어버렸지 뭐요. 화가 난 나도 따귀를 갈긴 건 당연한 일이었소. 경험을 통해 나는 이럴 땐 아주 밟아버려야 한다는 것을 알고 있었기에 즉시 거룩한 응징을 하기 위해 몸을 일으켰다오. 그런데 어이없게도 힘찬 박수로 응원해도 모자랄 내 호위 무사 중 하나가 날 가로막는 것이 아니겠소. 돈을 주는 건 나인데 내게 해악을 끼친 자를 돕다니 이 무슨 해괴한 짓이냔 말이오. 나 몰래 두 연놈이 정을 통한 것이 확실해 보였소. 그 정도야 딱히 증거를 댈 필요도 없이 알 수 있잖소. 남은 네 명의 호위 무사에게 반역한 호위를 제압하라고 명했지만 그놈들 또한 단체로 돌아버린 것인지 전혀 움직이려고 하질 않고 무거운 표정만을 짓고 있었다오. 그 뒤로 내게 벌어진 일은 지금도 떠올리지 싫은 악몽과도 같소. 나를 지켜야 할 호위 무사에게 두들겨 맞아 열흘간 앓아 누웠으니 내 분노와 수치가 얼마나 클지 짐작할 수 있겠소?

여기까지 읽으며 심온은 '그럼 그렇지, 아주 고소하다'는 표정을 지으면서 당연히 앞으로의 내용은 폭력을 행사한 호위 무사를 잡아달라는 내용일 것이라고 생각했다. 하지만 막상 이어지는 내용은 전혀 다른 길로 향해 있었다.

…그 뒤 다섯 호위 무사는 종적을 감추었고 난 즉시 더 강한 자를 기용하여 놈들을 박살 내야겠다고 생각하였다오. 하지만 이내 그 생각은 바뀌었소. 문득 이 세상에서 믿을 수 있는 존재란 나 자신뿐이라는 사실을 깨달았기 때문이라오. 더불어 내가 만약 힘이 있었다면 한낱 기녀 따위가 거부하는 몸짓을 보였겠으며, 호위라는 자들이 오만방자한 짓을 할 수 있었

겠소? 모든 것이 나의 부족함이란 것을 깨닫자 지금 내 마음은 심히 급박하다오. 부디 내가 천하무적이 되도록 이끌어주시오. 영약을 찾아오고 비급을 구해다 주시오. 결코 쉽게 터득되지 않는다 해도 난 기필코 이루고야 말겠소. 어릴 적엔 신동이라고 불렸던 나이니 비급의 이해에 대해선 염려하지 않아도 되오. 여하튼 최대한 빠른 시간 안에 부탁하리다. 후흑문의 명성이 헛되지 않았음을 내게 증명할 기회가 되리라 믿소.

불손하기 짝이 없는 말로 마무리된 탓에 심온은 쌍심지를 켰다.

세상이 넓은 만큼 미친놈들도 너무나 많다는 것을 새삼 깨달을 수 있었다.

"이런 망할 놈을 봤나!"

심온은 곧바로 붓을 들어 서신을 작성하기 시작했다.

거기엔 멋진 해결책, 정녕 천하제일인이 될 수 있는 어마어마한 비결이 기록되었다. 그대로 따라 한다면 그보다 고소한 일은 없을 것이고, 그러지 않는다 해도 충분히 비웃어주는 것이 되므로 나름대로 만족할 만한 내용이었다.

                    *   *   *

중원표국을 통해 고첨에게 서신 한 장이 전달되었다.

서신 운반을 맡은 표사는 서신의 내용이 일급을 요하는 문서이기에 오직 고첨에게 직접 전해야 한다고 하였던 터라 서신을 눈앞에 둔 고첨은 잔뜩 기대하는 표정이 되어 있었다.

봉인을 뜯고 슬쩍 젖히니 예상했던 대로 반가운 이름이 적혀 있었다.

후흑문.

"클클, 눈이 빠져라 기다린 보람이 있구나."

그는 일급 비밀의 상태로 전달되어졌기 때문에 서신의 내용은 마땅히 그에 상응하는 기쁨의 무게로 가득할 것이라고 믿어 의심치 않았다. 두루마리를 펼쳐 눈 한 번 깜박이지 않고 읽어나갔다.

보내신 의뢰의 내용은 잘 보았습니다. 얼마나 마음이 많이 상하셨습니까? 세상에는 보잘것없는 인간들이 그 보잘것없음을 의(義)와 신(信)을 가장하여 위선을 떨기도 한답니다. 호위 무사들의 패역한 행위는 단언하건대 어리석기 짝이 없는 일입니다. 마음 같아서는 그들을 당장 잡아다 대인 앞에 무릎 꿇리고 백배사죄하게 만들어야 옳겠으나 대인처럼 고결한 분 앞에 몹쓸 놈들의 안면을 들이댄다는 것은 굳이 더러움을 한 번 더 보게 하는 것이 될 것 같아 버려두기로 했습니다. 자기 분수도 모르고 동서남북, 상하좌우를 설쳐 대는 그들은 반드시 그에 합당한 보응을 받을 것이니 대인께서는 속히 그 원한을 잊으시길 바랍니다.

여기까지 읽으면서 고첨의 안색은 환희로 가득했다.

칭찬도 누가 하느냐에 따라 기쁨의 높낮이가 현격히 차이가 나는 법이다. 거렁뱅이나 폐인, 못 배워먹은 하층민들에게 칭찬을 듣는다면 도리어 입맛이 쓸 것이나 대단하게 여기고 있던 후흑문에서 청송을 퍼부어대니 기뻐서 펄쩍펄쩍 뛸 지경이었다.

그에게 심온이 이와 같이 칭찬의 글을 잔뜩 써보낸 것은 이미 고첨의 글을 보고 '포악하면서 멍청한 녀석' 이란 점을 바로 파악했기 때문이다.

함정이란 더욱 안전해 보이고, 더욱 평탄해 보이는 것이어야 하는 것이다.

서신의 내용이 이어졌다.

…다음으로 대인께서 원하시는 천하무적의 무공 비급에 대해서 말씀을 드리겠습니다. 먼저 고하고자 하는 건 본 문으로서도 많은 고민이 있었다는 사실입니다. 세상에는 여러 갈래의 무공이 존재하나 과연 대인께서 만족하실 만한 것을 찾으려니 선뜻 정할 수가 없었던 것입니다. 열흘의 밤과 낮 동안 수많은 정보들을 분석하고, 기이한 고서들을 참고하였으나 최고의 비급을 찾지 못하였습니다. 이제껏 드러나지 않은 무공 중 그나마 목록에 오른 것은 세 가지 정도였습니다.

여기에서 고첨은 입술이 마르고 목이 타는지 혀로 입술을 핥고 마른 침을 삼켰다.

달마칠검(達磨七劍)과 태극천혜진경(太極千慧眞經), 분홍마편칠십이장(分烘魔鞭七十二章)이 바로 그것인데 달마칠검은 소림사의 달마조사가 말년에 자신의 모든 무학의 정수를 담은 것으로 검을 사용하지 않는다는 소림의 통념을 깨고 일검에 산악을 자르고 바닷물을 가르는 위력을 지닌 무공입니다.

태극천혜진경 또한 그에 못지않습니다. 무당파의 개파조사인 장삼봉은 꿈결 같은 많은 무학을 창시하였으나 정녕 태극천혜진경에 비하면 모두 어린아이의 손짓에 불과할 뿐이라고 말하였다고 합니다. 놀라운 것은 태극천혜진경은 무당파에서조차 존재 여부를 모르고 있다고 하니 진정 비밀 중의 비밀이요, 최강 중의 최강의 무공의 자격이 있는 것이지요.

세 번째 분홍마편칠십이장은 유일하게 달마칠검과 태극천혜진경에 맞설 수 있는 무공입니다. 이것은 채찍을 무기로 사용하며 삼라만상의 변화를 담고 있다고 전해집니다. 손을 한 번 떨치는 순간 하늘과 땅은 온통 채찍의 그림자에 뒤덮이고 그 앞에는 그 누구도 온전히 서 있을 수 없다고 합니다. 하지만 치명적인 단점이라면 분홍마편이라 불리는 절세의 병기가 없이는 시전이 불가능하다는 점입니다. 대인께서는 이 셋 중에 하나를 택하여 얻으실 수 있으며, 그중 세 번째인 분홍마편칠십이장을 택하실 경우, 신병을 찾을 때까지 대략 일 년 정도를 기다려 주셔야 하는 수고로움을 몸소 겪으셔야만 합니다.

고첨의 얼굴에 행복한 미소가 달랑거렸다.

그는 마음속으로 세 가지 중 어떤 것을 택하는 것이 옳을까 고민했다.

'단순히 무공의 명칭만으로 보자면 달마칠검이 제일 자세가 나오는구나. 예스러우면서도 검을 사용한다는 것에서 오는 멋이 느껴진다랄까. 하지만 소림사 쪽이면 중들이잖아. 앞으로 강호의 영웅이 된다면 선녀를 방불케 하는 미녀들이 줄을 설 텐데 좀 문제가 될 것도 같은걸. 그럼 태극천혜진경으로 할까? 아니야, 어쩐지 두 번째라는 것이 걸려. 달마칠검엔 안 될 것 같단 말씀이야.'

분홍마편칠십이장은 아예 생각도 하지 않았다. 일 년 동안 기다릴 자신이 없었다.

딱히 한 가지를 정할 수 없고, 또 서신의 내용이 아직 많이 남아 있었기에 고첨은 일단 생각을 접고 다시 서신을 읽어 내려갔다.

그러나 우리는 대인의 인격과 명망을 생각하여 이 세 가지 무공을 권하지 않기로 결정하였습니다. 의뢰금을 얻기 위해 스스로를 속이고 그중 하나를 전해드릴 수도 있으나 그렇게 하면 언젠가는 후회할 것이라고 판단하였기 때문입니다. 대인께서 원하시는 것은 비교를 거부하는 최강이지, 그 무엇과 견줄 수 있는 강함은 아니지 않습니까. 그래서 이제 대인께 고금 이래 그 누구도 도달치 못했던 엄청난 무의 길을 제시할까 합니다. 불굴의 의지와 천년고목의 뿌리보다 견고한 정신력의 소유자인 대인이시라면 능히 이루고도 남음이 있으리라 믿습니다.

고첨의 눈에 호기심이 가득 어렸다. 자신이 불굴의 의지와 견고한 정신력의 소유자란 점은 뭐 그냥 대충 이해하겠는데 대체 그것이 무엇이기에 앞서 소개된 세 가지 무공을 능가한다는 것인지 궁금함을 참을 수 없었다.

대인께선 장차 이러한 이름으로 불려지실 겁니다. '상상초월객' 그렇습니다. 이 경지는 상상을 할 수 없습니다. 인간은 생각을 하면 그에 걸맞는 것을 언젠가는 만들어내고 맙니다. 하지만 이 경지는 상상이 되지 않는 무공입니다. 한번 상상해 보십시오. 상상이 안 되는 무공을 말입니다.

'오호, 상상초월객! 멋지구나.'

자, 이제부터 어떤 과정을 통해 상상초월객에 이를 수 있는지 말씀드리겠습니다.

'그래, 어서어서… 뭘 망설이는 거야.'

상상을 초월한다는 뜻에 대해 먼저 말씀드리자면, 그것은 곧 이 세상에 존재하지 않는다는 것을 의미합니다. 즉, 대인께서 앞으로 익히시게 될 무공은 천상의 무공이자 악마의 무공입니다. 그것은 결코 간단히 얻어지는 것이 아닙니다. 하지만 염려하지 마십시오. 대인이시라면 아무 일도 아닌 것처럼 이루고도 남음이 있을 것입니다. 첫 번째로 해야 할 일은 '마신(魔神)'을 부르는 일입니다. 마신과 계약을 맺으셔야 합니다. 마신은 대인의 소원을 들어주는 대신 틀림없이 '영혼'을 원할 것입니다. 이때 망설이지 마십시오. 영혼을 가져간다고 하지만 그건 모두 얼마나 마음이 확고한지 떠보기 위한 것일 뿐이기 때문입니다. 그러나 마신을 부를 수 없다면 거래 자체가 이루어지지 않으니 무엇보다 마음을 써야 할 일은 마신이 대인께 관심을 가질 수 있도록 노력하는 것입니다. 먼저 그 방법을 말씀드리자면……

고첨은 눈을 반짝반짝 빛내면서 그 나머지 내용까지 읽어나갔다. 거기에는 마신을 부르는 법과 마신과 마주하게 되었을 때의 대처하는 방법 등이 상세히 기록되어 있었다.

"하하하하! 뭐, 이 정도야 식은 죽 먹기지. 나는 불굴의 의지를 지닌 자고, 천 년 묵은 나무의 뿌리보다 더 견고한 정신력의 소유자인데! 으하하하하하!"

놀라운 일이었다. 그는 온통 조롱만이 가득한 서신의 내용을 진심으로 믿고 있었다.

주인 고첨을 모시고 달혼장에서 일한 지 오 년이 넘어가는 막봉은 지금 자신이 보고 있는 것을 믿을 수가 없었다.

장원 내에서 길러지는 총 다섯 마리의 개 중 서쪽 담장 아래에 위치한 개집에서 주인 고첨이 개밥을 훔쳐 먹고 있는 것을 본 것이다.

그가 알고 있는 고첨은 결단코 무슨 일이 있다 해도 개밥을 먹을 위인이 아니었다.

식사도 매일매일이 새로워야만 하고, 한 달 전에 먹었던 음식이 다시 나온다면 식탁을 걷어차 버리는 몰상식한 인간이었다.

그런데 지금은 흐뭇한 표정 아래 맛있게 개밥을 먹고 있지 않은가. 이 놀라운 광경에 개마저 어이가 없는지 미동도 없이 고첨을 바라보고 있었다.

막봉은 잠시 후 자신의 실태를 깨닫고 얼른 몸을 숨겼다. 도대체 무슨 사연으로 개밥을 먹고 있는지 모르지만 혹여 기분이 안 좋아지게 될 때면 이번 일을 꼬투리 잡아 욕을 보일 것이 틀림없기 때문이다.

막봉이 몸을 숨기고 개마저 뻘쭘함을 금치 못할 때 고첨은 개밥의 남은 국물을 후루룩 소리를 내면서 마셨다.

그는 지금 후흑문이 보내온 기밀 문서에 적힌 '마신을 부르는 방법' 1단계를 실행에 옮기고 있는 중이었다. 구체적인 내용은 이러했다.

기쁜 마음으로 개밥을 열흘간 드십시오. 개밥은 반드시 개가 절반을 먹고 난 다음 절반을 먹어야만 유효합니다. 그리고 반드시 얼굴엔 미소를 잃어선 안됩니다. 혹시 누가 그러한 모습을 보게 되더라도 굳이 기억치 마십시오. 이 단계에서 중요한 점은 신과 인간 사이의 거리감을 없애야 한다는 것입니다. 둘 사이에는 도저히 가까이할 수 없는 뚜렷한 구분이 있어 서로에게 접근할 수 없습니다. 개는 사람과 가까우면서도 신을 볼 수 있기에 지극히 낮은 자가 되어 개밥을 먹게 되면 마신을 거리낌없이 볼 수 있는 여건이 조성되는 셈입니다.

이렇게 하여 고첨은 열흘간 하루 세끼를 꼬박 개밥을 먹었다. 입에서는 누린내가 나고 가끔씩 정체불명의 액체가 개국에 떠올라 토할 뻔한 적도 있었지만 상상초월객이 되기 위한 집념 하나로 미소를 띠고 참아냈다.

그사이 달혼장에서는 주인이 미친 것이 아니냐는 소문이 소리없이 퍼지기 시작했다.

기쁨으로 행하는 일은 시간이 빨리 가는 법이라 열흘은 쏜살같이 지났다.

2단계 과정은 좀 더 고난이도에 속했다. 이때에 이르러선 수군거리는 소리는 더욱 커졌다.

그야말로 해괴하기 짝이 없는 작태가 벌어졌기 때문이다.

2단계가 펼쳐진 것이다.

반드시 닭 피여야만 합니다. 아무거나 어때, 라는 심정으로 개나 소의 피를 사용하면 도리어 화를 입게 되실 터이니 명심하십시오. 먼저 큰 욕조 같은 곳에 닭 피를 가득 받아둡니다. 그 속에 벌거벗은 몸을 잠그고 한 시진을 머문 다음 미리 천장에 설치해 놓은 끈을 이용해 거기에 두 발을 묶어 거꾸로 매달려 계십시오. 시간은 두 시진입니다. 닭은 새벽을 여는 짐승입니다. 밤과 아침의 경계에 서 있지요. 그것은 마신을 초청하는 초대장과 같은 역할을 하게 될 것입니다. 닭 피에 젖어 매달리기는 총 육 일 동안 진행되어야 합니다.

닭 피를 얻기 위해 오백여 마리의 닭을 잡았다. 더욱 효험을 높이기 위해 피에 몸을 담글 때는 잠수하는 것도 서슴지 않았다. 거꾸로 매달려 있을 때는 피가 아래로 모아지면서 입으로 코로 들어가는 것이 곤혹스러웠지만 불굴의 의지를 소유한 자로서 꿋꿋이 견뎌냈다.

여기까지 진행하셨다면 이젠 다 이루신 것이나 다름이 없습니다. 몸을 정결히 하신 후 손가락을 깨물어 다섯 장의 혈서를 쓰십시오. 내용은 모두 동일하게 '마신이여, 내 영혼을 팔아 당신과 거래하고 싶소'라고 적으시면 됩니다. 침실의 다섯 방향, 즉 동서남북에 네 장을 마지막 한 장은 천장에 붙여놓으십시오. 얼마 후 마신과 마주한 자신을 발견할 것입니다.

"후후, 이번 건 간단하군."

◆第八章◆ 난항을 거듭하는 계약

Fantastic Oriental Heroes

후흑문주
십 온

아귀진독의 친구들은 하나같이 축하하는 인사말
을 건넸다. 마계에서 늘 외로운 나날을 보내던 아귀진독에게 할 일이
생겼다는 것은 진정 축하할 일이었던 것이다.

아귀진독도 이것이 꿈인지 생시인지 모를 지경이었다. 얼마만의 초
대란 말인가! 미친놈같이 개밥을 먹고 피를 뒤집어쓴 것이 좀 이상하
긴 했지만, 어쨌든 계약을 위해 부른 것이니 기쁘기 그지없었다.

"이봐, 이번에는 제대로 해보는 거야."

"놓치지 마. 또 언제 이런 기회가 오겠어."

"너무 초조해할 필요 없어. 언제나 아쉬운 건 인간 녀석들이란 걸
잊어선 안 돼."

태나지귀를 비롯한 여러 친우들이 용기를 북돋워주었다.

아귀진독은 감격해 마지않았고, 이번 거래를 반드시 성사해 자랑스

러운 마신이 되겠노라 다짐했다.

*   *   *

깊은 밤, 고첨은 웬일인지 숙면을 취할 수 없어 이리저리 뒤척였다. 혈서를 붙여놓은 지 벌써 나흘째인데 여전히 아무 소식이 없었지만 굳이 초조해하진 않았다. 최소 열흘 정도는 기다릴 용의가 있었다.

그러나 정작 아귀진독은 그만큼 기다릴 자신이 없었다.

"나를 찾았느냐?"

고요한 음성, 하지만 영혼까지 울릴 듯한 지긋한 목소리에 고첨은 화들짝 놀라 자리를 박차고 일어났다.

침상에서 약 다섯 걸음 떨어진 곳에 고고한 기상을 드러내는 노인이 서 있었다.

두터운 휘장 탓에 달빛마저 들어오지 않은 어두운 방 안이었지만 굳이 호롱불을 켜지 않아도 노인의 모습은 명확히 빛을 발하고 있었다.

스스로 빛을 내고 있었던 것이다.

백발을 곱게 다듬어 올린 머리, 정기가 흐르는 눈동자, 광채로 번뜩이는 얼굴, 눈이 부실 정도로 빛을 내는 백의, 정녕 보는 것만으로도 경외감이 드는 모습이었다.

노인은 물론 아귀진독이었다. 그는 인간에게 나타날 때면 어떤 형상으로든 변할 수가 있었는데, 여러 고민 끝에 고고한 학과 같은 기상을 드러내는 신비한 노인의 모습을 하기로 정한 것이다. 조금은 고전적인 방법이지만 가장 보편적이고 공감이 가는 모습이랄 수 있었다.

"마신이십니까? 정말 오셨군요. 하하하하."

조금은 경박스러운 기색으로 반가워하는 모습에 아귀진독은 순간 당황했다.

보통 이런 경우엔 얼어붙어서 말을 더듬거나 몸을 덜덜 떨어야 하는 것이 정상이건만 너무도 태연할 뿐 아니라 어딘가 조금은 건들거리는 듯도 보인 것이다.

그는 혹시 자신이 너무 오랜만에 인간과 대면하여 마신으로서의 자세가 나오지 않는 것은 아닌가 염려스러웠다. 하지만 곧바로 당황스러움을 감추고 너털웃음을 터뜨렸다.

"하하하하. 너의 정성이 지극하여 가만히 있을 수 없었느니라."

"먼길을 오시느라 얼마나 고생이 많으셨는지요."

"인간에겐 먼길이라도 내겐 한 걸음도 되지 않을 뿐이다."

이 말을 할 때까지만 해도 아귀진독은 일이 술술 잘 풀릴 것이라고 생각했다. 하지만 그것이 착각이라고 밝혀진 것은 눈을 한 번 깜박이기도 전이었다.

"그렇다면 제가 너무 죄송스럽게 생각하지 않아도 되겠군요."

"무, 무슨 말이냐?"

뒤통수를 얻어맞은 듯 아귀진독이 말을 더듬었다. 인간 앞에서 말을 더듬다니, 정녕 마신으로서의 체통이 붕괴되는 순간이었다.

"전 그쪽이 별로 마음에 들지 않거든요. 어르신은 그냥 돌아가 주시고, 그쪽 세계의 지휘권자에게 여신으로 보내달라고 해주십시오. 헤헤헤헤. 그동안 고생한 것이 가볍지 않은데 이왕이면 여신 쪽이 좋지 않겠습니까."

아귀진독은 할 말을 잃고 얼굴이 경직된 채 뒤로 주춤주춤 물러서더니 등이 벽에 닿는다 싶자 그대로 투과하여 사라지고 말았다.

고첨이 이런 식으로 배짱을 부린 것은 순전히 후흑문으로부터 받은 문서 내용 때문이었다.

마신이 올 때 주의할 점은 절대 기가 죽어서는 안 된다는 점입니다. 언뜻 생각할 때 아쉬운 쪽은 인간인 듯하나 실은 마신의 갈급함은 말로 다할 수 없는 것입니다. 생각해 보십시오. 마신의 정신 상태가 멀쩡하다면 뭐가 아쉽다고 찾아오겠습니까. 그 앞에서 겸손한 모습을 보이되 비굴해서는 안 됩니다. 그리고 가장 중요하다고 할 수 있는 부분을 말씀드리겠습니다. 대개 마신의 등장은 흉악하거나 음습한 남자의 형상이고, 간혹 노인의 모습을 하기도 합니다. 하지만 대인께서 기다리셔야 할 존재는 아름다운 여신입니다. 여신이 아니라면 단호히 거절하십시오. 결국 그쪽에서는 대인이 원하는 방향으로 움직일 것입니다. 여신이 와야 하는 이유는 간단하면서도 중요합니다. 사랑에는 국경이 없다는 말씀을 아시는지요. 사랑에는 그뿐 아니라 시공을 초월하는 힘이 있습니다. 여신이 오거든 대인께서는 함께 잠자리를 가지십시오. 그리고 정열적인 사랑을 나누십시오. 그렇게 사랑의 포로로 만들어놓으면 훗날 불리한 여건에 처하더라도 여신의 도움을 받으실 수 있을 겁니다. 만약 잠자리를 끝까지 거부할 때는 아무 일도 없었던 것으로 하자고 하시면 됩니다. 명심하십시오.

이 모든 내용들이 심온의 비웃음이었으나 뜻밖에도 진정 눈앞에 마신이 등장하였던 터라 고첨은 후흑문을 대단하다고 생각하면서 흐뭇하기 그지없었다.

조만간 눈이 부실 정도로 아름다운 여신이 올 때 뜨거운 밤을 보낼 수 있다고 생각하니 온몸의 잔털까지 흥분으로 솟구쳤다.

이 모든 일은 정작 안내자가 된 심온으로선 꿈에도 생각지 못한 전개였다.

고첨이 미소를 가득 짓고 있을 때, 마계로 복귀한 아귀진독은 부글부글 끓어오르고 뒤집히는 상태로 돌기 일보 직전이었다.

"으아아아~ 개호로자식을 봤나. 으아아아악!"

그의 친구들의 위로와 격려가 이어졌다.

"마수걸이라도 생각해. 고비만 넘기면 그 다음부터는 탄탄대로일 걸세."

"차라리 밋밋한 녀석들보단 낫지. 당장은 괴로워도 훗날을 생각하면 제대로 걸린 거야."

"이렇게 된 이상 여기서 그만두면 안 돼. 끝까지 가야 하네."

"본때를 보여줘야 해! 우리에게 좌절은 없어. 알겠지?"

이번 일은 전례에 없던 인간 유형이었던지라 마계에서도 대단한 화젯거리가 되었다.

심지어 극존마저 아귀진독에게 용기를 북돋워줄 정도였으니 그야말로 마계의 모든 관심이 쏟아지고 있다고 해도 과언이 아니었다.

"마계의 명예를 위해 놈의 영혼을 반드시 취해야 한다. 무슨 일이 있더라도. 알겠느냐?"

거의 명령이라 할 수 있는 말이었다.

아귀진독은 마계의 명예가 자신의 두 어깨에 걸쳐진 것에 부담과 뿌듯함을 동시에 느꼈다.

이젠 피할 수 없는 일이었다.

'그래, 까짓 여자의 모습으로 변장하는 것이 뭐가 어렵겠어. 같이 자

는 것도 아닌데.'

그렇게 아귀진독은 대단한 착각을 하며 마음을 다졌다.

다음날 밤.

고첨의 침실에 안개처럼 나타난 아귀진독은 순간 흠칫하고 말았다.

곳곳에 붉은 초들이 빛을 뿜어내고, 지난밤에는 맡을 수 없었던 향기가 풍기고 있었던 것이다.

문제는 그뿐만이 아니었다. 고첨이 침대 위에서 벌거벗은 채로 한쪽 손으로 머리를 괴고 지그시 바라보고 있는 모습에 불안이 스멀거리기 시작했다.

'저, 저 새끼 왜 옷을 벗고 있는 거야?'

아귀진독으로는 불안을 느끼고는 있었지만 그래도 아직까지는 최악의 상황에 대해서는 염두에 두고 있지 않았다.

고첨이 별빛이 찰랑이는 눈으로 몸을 일으키더니 옅게 미소를 지으며 손으로 탁자를 가리켰다. 그곳엔 붉은 초와 술병, 그리고 두 개의 잔이 곱게 놓여 있었다.

아귀진독은 전혀 뜻밖의 상황이 벌어진 탓에 기선이 제압당한 것이나 다름없어 엉거주춤 자리에 앉았다. 그로선 이곳에 오기 전 고첨의 내실을 '미리 보기' 해두지 않은 것이 아쉬운 순간이었다.

고첨은 두 개의 잔에 술을 채워 그중 하나를 아귀진독에게 내밀었다.

"그대의 아름다움을 뭐라고 표현해야 좋을지… 그저 보는 것만으로 마음이 진탕되는구려. 정녕 인세에서는 찾아볼 수 없는 아름다움이오. 자, 오늘밤을 위해 함께 건배합시다."

오늘밤을 위해서라는 말이 걸리긴 했으나 아귀진독은 어떻게든 고첨의 영혼을 빼앗아야 했기에 뇌쇄적인 미소로 잔을 부딪쳤다.

"만나뵙게 되어 저도 기쁘기 그지없군요."

아귀진독이 꾸민 상태는 숨이 멎을 정도의 아름다움 용모에 그림처럼 매끈하게 이어지는 몸매, 붉게 빛나는 의상, 그리고 각종 장신구들이 적절히 조화를 이루어 세상 그 누구와도 비교할 수 없을 정도로 강렬한 아름다움을 발산하고 있었다.

단 일각이라도 함께 있어주는 것만으로도 영혼을 거래하고 싶을 정도로 지독한 유혹이 주변에 넘실거릴 정도였다. 그렇기에 아귀진독으로서는 고첨이 얼마나 구체적인 요구를 하려 하는지까지는 상상도 못하고 있었다.

"하하하하, 이것이 바로 운명적 인연이 아닌가 싶소. 어제는 사실 얼마나 실망이 컸는지 모를 거외다. 어디서 구르다 온 늙은이인지 칙칙하기 이를 데 없는 놈이 나타나서는 영혼 어쩌고 하는데 곁에 몽둥이만 있었다면 백오십팔 대 정도를 패버렸을 거외다. 그놈을 다시 보지 않은 것이 기쁘기 그지없는데 오늘 당신처럼 미의 화신을 보게 되니 내 마음은 하늘을 나는 것 같소이다."

아귀진독은 그 늙은이가 바로 자신인지라 잠시 흠칫하며 몸을 떨었지만 애써 태연을 가장하며 미소를 띠었다.

고첨은 여신이 특별히 말이 많지 않고 연신 수줍은 미소만 띠고 있자, 자신감이 부쩍 커졌다.

'역시 후흑문은 대단하구나. 어찌 이런 영적인 문제에까지 정확히 답을 할 수가 있단 말인가. 세상에 후흑문이 이루지 못할 일이 없다는 말은 진정 거짓이 아니로구나.'

그렇게 속으로 중얼거리고는 본격적인 작업에 들어갔다.

자신의 꿈은 천하제일고수가 되는 것이며, 세상에 가득한 악을 물리치고 위대한 정도의 인물이 되는 것이라고 포부를 밝혔다. 험한 길일지라도 끝내 이기고 굳건히 서겠노라고 말하며 지켜봐 달라고 말했다.

이에 아귀진독은 마음으로야 당장 때려죽이고 싶었지만 겉으론 신뢰를 가득 담은 눈빛으로 응해주었다.

이때 둘의 만남의 광경은 마계의 모든 신들이 한자리에 모여 천화경을 통해 생생히 살피고 있는 중이었다.

물론 각자 떨어진 상태로도 관찰이 가능했지만 이번 경우엔 특별히 극존의 지시로 함께 관람이 이루어졌고, 모두들 한마음으로 아귀진독을 응원하고 있었다.

"근데 저 녀석은 왜 옷을 벗고 있는 거야? 누가 설명해 주지 않겠어?"

"거창한 이유가 있을 리 없잖아. 저놈은 그냥 변태 중 하나일 뿐이라구."

"혹시 저 녀석 아귀진독에게 사귀자고 수작을 걸려는 건 아니겠지? 그럼 정말 골때리는데."

"어쩐지 저 멍청이는 그런 말을 할 것 같은걸."

"저 녀석 아까부터 물건이 하늘로 솟아 있는데, 내가 잘못 보고 있는 것은 아니지?"

"나도 봤어. 하지만 그냥 난 못 본 것으로 하고 싶어."

"으윽, 저 녀석 이야기하면서 탁자 아래에서 자꾸 만지작거리고 있어. 미치겠다."

"내가 저놈 닭 피 뒤집어쓰고 매달려 있을 때부터 뭔가 이상하다 싶었어."

"난감하군."

모두의 얼굴엔 난처한 기색이 역력했다. 입장이 제대로 바뀐 셈이었다. 이제껏 마신을 앞에 두고 저렇게 뻔뻔한 수작을 부리는 놈은 처음이었기에 그 누구도 안타까워하지 않은 이가 없었다.

마계의 뜨거운 시선 속에서 고첨의 이야기는 이제 어느덧 핵심부로 향해 가고 있었다.

"나는 우리의 이 만남을 단순한 거래로 생각하고 싶지 않소. 그대가 볼 때 내가 어떻소?"

"공자님 같은 분과 이렇게 대화를 나눌 수 있다는 것만으로도 몸둘 바를 모르겠습니다."

"그것이 정말이오?"

"제 어찌 허튼소리를 할 수 있겠습니까? 공자님은 특별하십니다."

고첨은 순간 감동에 젖어 몸을 일으키면서 덥석 아귀진독의 손을 붙들었다. 몸을 세우자 그의 솟구친 물건이 탁자 위로 적나라하게 드러났다.

"낭자, 그럼 우리가 더 이상 뭘 망설일 필요가 있겠소. 자, 어서 침상에 오릅시다."

아귀진독은 이렇게까지 대책없는 놈일 줄은 상상도 못하였기에 그저 놀라 입만 벌릴 뿐 아무 소리도 내뱉지 못했다.

"부끄러워할 필요 없소이다. 내가 이끌어가겠소. 그대는 보아하니 경험이 없는 듯하구려."

탁자를 돌아 아귀진독의 허리를 감싸며 뻔뻔스럽게 내뱉는 말에 마계는 얼어붙고 말았다.

마계 역사상 이런 경우는 처음이었다.

"저, 저 개새끼!"

극존이 신음하듯 욕을 내뱉었고, 그 뒤로 여러 마신들이 분노했다.

"이대로 두면 안 됩니다! 당장 요절을 내야 합니다!"

"어서 명을 내려주십시오. 제가 당장 내려가서 때려죽이고 오겠습니다!"

"더 이상 지켜볼 용기가 나지 않습니다. 마계의 역사에 오점을 남겨서는 안 되는 일입니다!"

"이건 아귀진독에겐 고문이나 다름이 없습니다. 돌아오라고 해야 합니다!"

마계가 통째로 뒤집어질 정도로 수많은 원성이 쏟아졌고, 얼마 후 극존이 무거운 낯빛으로 입을 열었다. 그는 처음 욕을 했을 때에 비해 안정을 찾은 상태였다.

"지켜보도록 한다. 이것은 아귀진독이 스스로 판단해야 할 일이다. 설혹 잠자리를 갖는다고 해도 반드시 수치스럽다고 할 것까지는 없다. 아니, 반대로 이 일로 인해 마계는 새로운 전환점을 맞게 될 것이다. 수치와 모욕을 참아가면서까지 영혼을 탈취할 수 있다면 아귀진독은 마계의 새로운 귀감으로 떠오를 것이다. 안타까운 마음이 없지 않으나 우리는 아귀진독을 응원해야만 한다."

근엄한 극존의 선언에 마신들은 끓어오르는 분노를 억눌렀다. 만약 아귀진독이 수치를 감당하고 끝내 영혼을 탈취하는 데 성공한다면 그는 새로운 경지에 이르게 될 수도 있는 일이었다. 하지만 이겨낼 수 있을 것 같지가 않았다. 마신으로서 인간의 농락을 당한다는 것을 견뎌내기란 지옥의 불에서 미소 지을 수 있을 정도의 강인한 마음이 필요한 것이다.

고첨이 허리를 붙들고 침상 쪽으로 당기려는 행동을 취하자 아귀진독은 당황스러운 얼굴을 고스란히 드러낸 채 황급히 말했다.

"지금 이 뜻은 무엇인지요?"

"하하하하, 정말 모른단 말이오? 참으로 순수하구려. 남녀가 서로 뜻이 통하고 서로 사랑하게 되면 당연히 치러야 할 일이 아니겠소. 아무 염려 하지 마시오. 내 극락을 보여 드리리다."

어찌 아귀진독이 이 수작의 뜻을 모르겠는가.

"저는 마신이옵니다. 어찌 인간과 남녀의 깊은 관계를 맺을 수 있겠습니까? 공자께서는 영혼을 팔아 천하제일고수의 무공을 얻는 것을 소원하시는 것이고, 또 그때가 되면 뭇 천하의 미녀들이 공자 앞에 줄을 설 터이니 지금은 자중하시길 바랍니다."

"그때는 그때고 지금은 지금이 아니겠소. 자자, 빼지 말고 어서 기쁨의 시간을 갖도록 합시다."

고첨은 은근히 곁에 달라붙어 자신의 물건을 아귀진독의 몸에 부벼대면서 이야기를 하였기에 아귀진독으로서는 당장에 때려죽이고 싶은 마음이 굴뚝같았다.

하지만 이곳에 오기 전 극존의 당부가 떠올라 사사로이 행할 수가 없었다.

"마계의 명예를 위해 놈의 영혼을 반드시 취해야 한다. 무슨 일이 있더라도. 알겠느냐?"

'으으… 어찌하여 내게 이런 시련이 닥친단 말인가!'

아귀진독은 몸을 찔러대는 고첨의 물건에 몸서리를 치면서 대응 방안을 생각하느라 정신이 분주했다.

"공자, 작은 것에 연연해하지 말고 먼 미래를 생각해 보십시오."

"하하하하, 말도 참 예쁘게 하는구려. 하지만 내 마음은 확고하다오. 만약 그대가 내 뜻을 따르지 않는다면 영혼이고 뭣이고 다 없던 것으로 하고 말겠소."

단호하게 내뱉는 말에 아귀진독은 잠시 벙찐 표정이 되어 뭐 이런 놈이 다 있나, 는 식으로 바라봤다.

"하하하하하, 그렇다고 그런 표정을 지으면 내가 더 곤란해지잖소. 자자, 이리로 오시오."

아귀진독은 어떻게 해야 좋을지 혼동스러웠다. 만약 이번 기회를 놓친다면 언제 다시 이런 거래의 기회가 찾아올지 알 수 없는 노릇이었다. 게다가 극존의 당부도 무시할 순 없는 일.

아귀진독이 망설이는 모습을 보이자 고첨은 그것을 '긍정'으로 해석하였다.

여자들은 이런 문제에 있어서는 적극적인 행동을 취하지 않는 것이 보편적이기에 여신일지라도 특별히 다르지 않는 것이라 생각한 것이다.

마지못해 이끌려 침상에 누여진 아귀진독은 정신이 하나도 없었다.

이윽고 고첨의 입술이 서서히 다가오자 아귀진독은 눈을 꼭 감았고, 눈물이 흘러내렸다.

눈물을 흘린 것은 아귀진독만은 아니었다. 이 모든 상황을 천화경을 통해 지켜보는 모든 마신들도 울분을 참지 못하여 눈물을 쏟았다.

그들 중 몇은 아귀진독의 이름을 외쳐 대면서 안타까워했다.

극존은 눈물을 흘리진 않았지만 입술을 부르르 떠는 것이 이미 운 것과 크게 다를 바 없었다.

점점 장면은 진해지고, 도저히 눈을 뜨고 볼 수 없는 진한 남녀 관계에 마계는 눈물바다를 이루었다.

그 탓에 지상에는 비가 쏟아졌다.

오로지 기쁨에 들뜬 건 고첨뿐으로 그는 수십 가지 체위를 번갈아가면서 신바람을 냈다.

"오오! 죽인다, 죽여!"

자정을 약간 넘긴 때부터 시작된 남녀 간의 밤운동은 새벽닭이 울고 급기야 해가 솟구쳐서야 끝이 났다.

대충 몸을 준 이후 계약을 체결하려고 했던 아귀진독의 계획은 실없는 것이 되고 말았다.

아침에라도 어떻게 해보려고 했지만 고첨은 정력을 극심히 소비한 탓에 몸을 흔들어도 정신을 차리지 못할 정도로 잠이 들었기에 어찌해볼 수가 없었다.

아귀진독은 처연한 몸을 이끌고 마계로 돌아가려다 이내 주저앉았다. 그들은 모두 위로의 말을 건네겠지만 그것조차 괴로움이 될 것이 분명했다. 일단 이곳에서 고첨이 깰 때까지 기다렸다가 약속대로 계약을 맺어야겠다고 생각했다.

마계는 헤어나지 못할 만큼 깊은 슬픔에 잠겼다.

극존을 비롯한 모두는 지난밤의 영상이 떠올라 미칠 것만 같았다. 남녀가 뒤엉키며 뜨거운 밤을 보낸 것은 틀림없이 흥분될 만한 일이었지만 그 어느 누구도 흥분하는 이는 없었다.

하찮게 여기던 인간 따위에게 농락당하는 동료의 모습에 짙은 패배
감이 먹구름처럼 곳곳을 떠다녔다.

그들은 하나같이 속히 계약이 이루어져 아귀진독이 복수할 수 있기
를 염원했다.

그러나 그 간절함이 깨져 버리는 데는 불과 몇 시간이 걸리지 않았
다.

오후 늦게 깨어난 고첨이 방으로 식사를 가져오라 시키고는 배를 채
우자마자 아귀진독을 덮쳐 버린 것이다.

아귀진독은 온몸이 벗겨진 채로 다시금 처절히 농락당했다. 고첨은
초절정의 미녀를 통해 정욕을 채울 수 있다는 것만으로도 감지덕지하
였기에 비록 인형처럼 꼼짝도 하지 않고 있어도 전혀 개의치 않고 눕
히고, 앉히고, 엎드리게 하고, 서게 하는 등 스스로 힘을 기울여 동작을
취하게 하고는 신바람을 내면서 몸을 굴려댔다.

그렇게 하길 사흘이 지났고, 고첨은 새로운 요구를 해왔다.

"이건 마치 나무토막을 붙들고 나 혼자 씨름을 하는 기분이니 도통
흥이 나지 않는구려. 계속 이럴 거면 아예 없었던 것으로 합시다."

아귀진독은 당장 때려죽이고 싶은 마음이 간절했지만 그것은 우주
의 질서를 깨뜨리는 것이므로 불가능했다. 그에겐 이미 선택의 여지가
없었다. 여기까지 이르는 동안 온갖 고초를 겪었는데 이제 와서 아무
소득도 없이 돌아가야 한다면 그전의 수고와 치욕이 물거품이 되니 이
보다 더 억울한 일은 없는 것이다.

그리하여 아귀진독은 이후 닷새에 걸쳐 온갖 교성을 질러대고, 허리
를 흔들고, 열정적으로 반응하며 고첨을 기쁘게 해주었다.

고첨은 비로소 만족하여 팔 일째 되는 날 밤, 한차례 뜨거운 폭풍 속

을 지난 후 계약에 관해 말을 꺼냈다.

이전까지 서로는 육체의 결합 중에 온갖 미사어구를 동원하여 사랑을 속삭였기 때문에 고첨으로서는 여신의 마음이 이미 자신을 떠날 수 없는 지경에 이르렀다고 생각했다.

"나의 그대여, 이제 때가 된 듯하오. 우리의 사랑은 그 무엇으로도 가를 수 없을 정도가 되었소. 이제 나를 천하제일의 고수가 되도록 해주시오."

아귀진독은 오랜 시련 끝에 결국 뜻을 이룰 수 있게 되자 감개가 무량했다. 감성에 젖자 자신도 모르게 눈물이 왈칵 쏟아졌다. 그 모습에 고첨은 진실한 뜻도 모르고 머리를 감싸주었다.

"울지 마시오. 내 비록 천하제일의 고수가 되고, 뭇 강호인들에게 영웅으로 군림하며, 초절정의 미녀가 눈에 보이지 않을 만큼 길게 줄을 서 있다고 해도 그대를 버리진 않을 터이니 말이오."

아귀진독은 가소롭기 짝이 없었지만 아직은 마음을 놓을 단계가 아닌지라 슬픈 표정을 유지했다. 그러나 그것이 시간을 지연하게 될 줄은 몰랐으리라.

고첨이 아귀진독의 턱을 잡고는 서서히 입을 맞춰간 것이다. 혀가 밀고 들어오는 것이 꼭 뱀이 기어들어 오는 것 같았다. 아귀진독은 스스로를 책망하면서도 어쩔 수 없이 혀로 응대할 수밖에 없었다.

그리고 다시 둘은 순식간에 벌거벗은 몸이 되어 뜨거운 절정으로 치달았다.

때가 무르익어 계약이 이루어질 것으로 보고 눈을 떼지 않고 있던 마계에서는 여기저기서 욕이 난무하기 시작했다.

"저런 머저리 같은 놈, 뭐 하러 눈물을 흘리고 지랄이야!"

"저거 혹시 정말 사랑에 빠진 것 아니야?"

"우웩, 토할 것 같아!"

"흐미, 징하다, 징해."

"아귀진독 저 친구 참 불쌍하다, 불쌍해…….'

"너무 욕하지 말자. 녀석도 죽고 싶을 거 아니냐구."

"그걸 누가 몰라. 화가 나니까 그렇지."

주변의 수군거림에도 근엄한 표정으로 바라보고 있던 극존은 끝내 찝찝함을 견딜 수 없었는지 침을 수차례에 걸쳐 뱉어냈다.

"크아아악, 퉤~"

고첨은 계약을 체결함에 있어 유리한 방향을 선점하려 노력했다. 이 것은 아귀진독이나 마계의 뭇 마신들이 전혀 예상치 못한 치밀함이었 다.

고첨의 요구 사항은 아래와 같았다.

―천하제일의 고수가 될 수 있도록 영약을 아끼지 않는다.

―최고의 비급을 준비한다.

―뜻을 이룰 때까지 살인은 하지 않겠다.

―무공을 익히는 동안에도 여자는 반드시 공급되어야 한다.

―만약 위의 내용 중 하나라도 이행되지 않을 시엔 계약은 무효가 된다.

여기에 아귀진독은 당연하다고 응했고, 마계 측의 계약 내용도 밝 혔다.

―천하제일고수의 조건으로 영혼에 대한 권리는 마계로 이전된다.

―다소나마 수련의 과정이 필요하다.

―천하제일의 고수가 되기 위한 의지를 버리지 말 것.

―더불어 마계는 끝까지 책임을 진다.

고첨은 내용 중 두 번째에 대해 의문을 제기했다.

"수련의 과정이 필요하다니. 그게 무슨 말이지?"

아귀진독은 눈웃음을 쳤다.

"공자께서 원하시는 경지는 이제껏 세상에 드러난 적이 없는 위대한 곳에 오름을 의미하지요. 그것은 거의 신의 경지에 육박한답니다. 만약 원치 않으신다면 수련없이 모두가 놀랄 정도의 경지에 이르실 수 있습니다. 하지만 그 이상의 것이라면 약간의 수고가 필요하다는 말씀이지요."

"아!"

고첨은 이해한다는 듯 고개를 끄덕였다.

"뭐, 그 정도라면 당연히 감수해야겠지. 하하하하하⋯ 자고 이래 없던 영웅의 탄생이 될 테니까."

아귀진독은 속으로 안도의 한숨을 내쉬었다. 가장 중요한 고비를 넘긴 것이다.

"역시 공자님이십니다. 자, 그러면 여기 계약서에 손도장을 찍으시지요."

"도장이 어디에 있나?"

"그저 손바닥을 활짝 펴서 종이 위에 누르시면 흔적이 남게 됩니다."

"오호, 그거참 신기하군."

미심쩍은 손놀림으로 종이에 대었다 떼니 놀랍게도 손의 지문과 손금이 명확히 계약서 위에 찍혀졌다.

그리고 이어 계약서는 핏빛 광채에 휩싸이면서 떠오르더니 흔적도 없이 사라졌다. 고첨으로는 그저 신비한 광경이었지만 실은 마계로 계약서가 전송되는 것이었다.

그와 함께 아귀진독의 모습도 홀연히 바뀌기 시작했다.

눈부신 미모를 뿜어내던 여신의 모습에서 흉악하고 냄새나며 근육질을 지닌 악한으로 모습이 바뀐 것이다.

"헉!"

고첨은 이 돌연한 반응에 놀라 뒷걸음질쳤고, 아귀진독은 잔인한 미소를 풀풀 풍겨냈다.

"크크크크, 그동안 잘도 골탕먹였겠다. 이 망할 놈, 지옥보다 더한 고통을 안겨주마!"

고첨은 일단 아무 소리도 들리지 않았다. 그동안 밤과 낮으로 침대 위에서, 침대 아래에서, 탁자 위에서 벽에 기댄 채 사랑을 나누었던 여신이 사실은 저렇게 흉악한 놈이었다는 생각 때문에 속이 울렁거리고 토할 것만 같았다.

"크와악, 우웩~"

음식물들이 확인차 입 밖으로 쏟아져 나왔다. 그것은 그렇지 않아도 분노에 몸을 떠는 아귀진독의 화를 돋우는 작용을 하기에 충분했다.

"네놈이 날 멸시하고 또다시 날 치욕스럽게 하는구나!"

아귀진독은 즉시 발을 날려 밟아대기 시작했다.

"요절을 내주마. 쌍… 으가각. 죽어라~"

"왜 때리는 거냐! 이건 계약과 다르잖아! 계약은 없던 것으로 하겠다! 어서 꺼져, 이놈아!"

고첨도 열이 받아 맞으면서도 소리를 내질렀다.

하지만 돌아온 대답에 그는 절망의 나락으로 추락했다.

"지금 하고 있는 것은 몸을 쇠처럼 단련시키는 훈련일 뿐이다. 너는 수련에 전념하기나 해라."

고첨의 얼굴이 창백하게 변했다.

이렇게 어이없게 천하제일고수가 되기 위한 수련이 시작된 것이다.

◆第九章◆ 천하제일고수가 되다

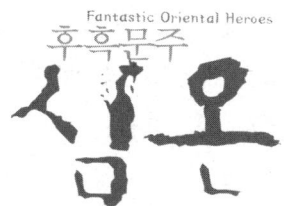

섬이었다. 하지만 어디에 존재하는 섬인지, 섬 주
위에 무엇이 있는지는 알 수가 없었다.

오로지 보이는 것은 끝없이 펼쳐진 바다뿐이었다.

고첨은 자신의 몸이 안개처럼 흩어지는 것을 보았고, 문득 눈을 떴
을 때 안개와 같이 형체가 짙어지더니 외딴 섬에 놓인 것을 알게 된 것
이었다.

그때부터 잠자는 시간을 제외하고는 오직 수련의 나날이었다.

"이건 계약과 다르잖아. 당장 날 돌려보내라. 이건 사기야, 사기!"

이렇게 외쳐 보았지만 돌아온 건 비웃음과 폭력뿐이었다.

반항은 열흘도 지나지 않아 수그러들었고, 아귀진독의 계획에 맞춰
고첨은 천하제일고수가 되기 위해 불철주야 노력했다.

계약 내용대로 영약은 확실히 공급되었다. 아침이면 천년산삼 하나

를 통째로 복용할 수 있었고, 잠들기 전에는 공청석유를 마셨다. 처음 천년산삼을 건네받았을 때만 해도 고첨은 뛸 듯이 기뻐했지만 영약의 쓰임을 깨닫고는 산삼이나 만년하수오, 공청석유 등을 복용하는 것이 죽기보다 싫었다.

─영약의 효과를 극대화시키기 위해 격렬히 힘을 소비할 필요가 있다.

이 가르침에 의해 아침부터 밤까지 섬을 미친 듯이 뛰어다녀야 했다. 경공술을 익힌 것도 아닌 상태에서 오로지 힘껏 달리는 신체 단련이 거의 일 년가량 이어졌다. 덕분에 체력은 전혀 다른 사람이 되다시피 좋아졌다.

섬세한 근육질 몸매가 되었고, 뽀얗던 살결은 구릿빛으로 강건하게 변했다.

그는 이 기간 동안 아귀진독하고만 지냈기에 계약 내용에 따라 여자를 공급해 줄 것을 요구했다. 하지만 아귀진독은 일 년여 동안의 신체 단련 후에 가능하다며 계속 미루어왔다.

이제 드디어 일 년의 세월이 지나자 고첨은 여자를 만날 수 있다는 사실에 흥분을 감추지 못했다.

지금 그의 상태는 매일 영약을 복용하고 또 단련하였기에 정력은 차고 넘칠 지경이었다. 새벽이면 자신도 모르게 몽정을 하는 경우가 허다할 정도로 주체를 못했다.

"오늘이다. 준비는 되었느냐?"

아귀진독의 물음에 고첨은 과장된 몸짓으로 포권을 취했다.

"준비라굽쇼. 준비는 일 년 전부터 되어 있었지요."

"클클클, 멋지게 회포를 풀어보도록 해라."

"뜯어말리지나 마십시오."

"아무렴."

고첨은 흐뭇한 미소를 지으면서도 한편으로 고개를 갸웃했다.

이제껏 아귀진독의 경우 여자에 대한 이야기만 꺼내려고 하면 과거 그가 여자의 모습으로 뜨겁게 밤을 불태웠던 아픈 추억 때문에 폭발할 듯 화를 냈었는데 오늘만큼은 전혀 다른 모습을 보이고 있는 것이다.

더욱 아귀진독이 여자 문제에 민감한 것은 팔 개월이 지날 무렵, 정욕을 참을 수 없게 된 고첨이 내뱉은 말 때문이었다.

"여자를 데려오지 않을 거면 당신이라도 여자의 몸으로 변하면 되잖아. 난 정말 참을 수가 없단 말이다!"

물론 이 말이 나온 뒤 먼지나게 얻어터진 것은 당연했다.

'후훗, 대체 무슨 속셈인지 모르겠군.'

정오가 지날 무렵 고첨의 기다림은 결실을 보았다.

일 년여 동안 배 한 척 지나간 적이 없는 이곳에 저만큼 거대한 범선이 모습을 드러낸 것이다.

배는 위용도 당당히 섬으로 다가왔다.

고첨은 설레이는 마음을 어쩌지 못해 물가로 달려가 손을 흔들었다.

수심 때문에 범선은 약 삼십여 장 밖에서 닻을 내렸다. 뱃머리에 한 사람이 서 있는 것을 보고 안력을 돋우어 살피니 윤곽이 서서히 잡혔다. 그동안 내공심법을 따로 익힌 것은 없었지만 절세의 영약을 꾸준히 복용한 탓에 그의 신체적 능력은 월등히 발전해 있는 상태였다.

"음? 노인이잖아."

잘못 본 것이 아니었다. 백발에 흰 수염이 그득하였고, 마른 채구에 허리는 구부정하니 조금만 바람이 거칠게 불면 휙 날아가 버릴 것만 같았다.

"제길, 영감의 꼬라지를 보니 어째 불안한걸. 할머니들을 데려왔으면 어쩌냐. 뭐, 그래도 아쉬운 대로 힘을 써야겠지만 일 년을 기다린 것치고는 너무 억울하잖아. 그냥 아귀진독한테 여자로 변신하고 있으라고 한 번 더 떼를 써볼까?"

실망스런 낯빛으로 바라보고 있을 때, 노인이 오른손을 들더니 힘차게 내리는 것이 보였다.

그와 함께 전혀 예상치 못했던 상황이 벌어졌다.

배에서 수많은 사람들이 뛰어내리며 필사적으로 헤엄쳐 오는 것이다.

고첨은 잠시 놀랐지만 엄청난 속도로 두 팔을 휘저으며 다가오는 이들이 여자들이라는 것을 보고 환호성을 내질렀다.

"야호~ 이거 대단한걸! 하하하하, 어서 오라. 어서 와… 내 그대들을 극락으로 보내주리다!"

여인들의 나이는 삼십대 초반 정도에서 오십대 후반 정도로 다양하게 분포되어 있었다.

육지에 먼저 닿은 여자 둘은 어깨가 떡 벌어지긴 했어도 얼굴은 곱상하게 생겼기에 고첨은 두 팔을 활짝 벌리고 두 여자를 맞았다.

여인들은 달려오는 중에 입고 있던 옷을 벗어 던졌고, 고첨에게 이르렀을 때는 실오라기 하나 걸치지 않은 상태가 되었다.

물론 고첨 또한 그에 호응하듯 그녀들이 다가오기 전에 옷을 벗었고, 이윽고 셋은 합체했다.

"오냐, 내 힘을 보여주마. 으하하하하!"

얼마나 간절히 바라던 만남이었던가. 고첨은 여인들을 씹어먹기라도 할 듯 덤볐고, 여인들도 두 다리로 허리를 감거나 이로 어깨를 물어뜯으면서 정욕을 마음껏 불태웠다.

그 뒤로도 여인들은 계속해서 섬으로 올라왔다. 그녀들은 가만히 보고 있을 수 없는지 고첨의 손가락 하나라도 붙들겠다는 의지로 달라붙었고, 잠시 후 고첨은 백여 명의 여자와 뒹구는 상태에 이르렀다.

뱃머리에 서 있던 노인은 입가에 미소를 띠더니 허공을 평지처럼 걸어 고첨과 백여 명의 여자들 위를 지나쳐 아귀진독의 곁에 이르렀다.

아귀진독이 손바닥을 들어 보이자 노인은 자신의 손바닥을 부딪쳤다.

"어서 오게. 여자들은 제대로 골랐군."

"물론이지. 굶주린 것으로 치면 저 녀석 못지않은 여자들이야."

노인의 형상을 한 이는 음부귀장(淫婦鬼帳)이었다. 그가 마계에서 맡고 있는 사명은 음욕으로 여자들을 미혹하는 것이었다.

세상엔 음욕에 약한 자가 많았기에 그의 일은 매우 쉬운 편이었다. 이곳에 오게 된 것은 아귀진독의 요청에 의한 것으로 고첨과의 계약 내용을 이루기 위함이었다.

현재 마계에서는 극존부터 모든 마신들이 고첨에 대한 분노에 들끓고 있었기에 아귀진독에게 지원을 아끼지 않고 있는 입장이었다.

"저놈이 영약을 많이 먹어서 조금 걱정이 되는군. 여자들이 부족한 것 같은데… 백 명이라고 해봤자 열 명 정도로밖에는 여기지 않을 것 같거든."

"호호호. 염려 말게. 영약은 놈만 복용한 게 아니야. 저 여자들 하나

하나마다 음기가 뼛속까지 스며든다는 혼음요근(渾淫妖根)을 일 년 동안 복용해 왔으니까 말이야."

"혼음요근이라… 으하하하하! 그렇다면 안심해도 되겠군. 놈은 끝장이 나겠군."

"그렇다니까. 흐흐흐."

고첨과 백 명의 음녀들의 대결은 정녕 불꽃을 튀기는 것이었다. 공청석유와 산삼으로 다져진 정력은 절륜하기 짝이 없어 아무것도 먹지 않고 하룻밤을 꼬박 새었어도 전혀 지친 기색이 없었다.

도리어 더욱 힘이 솟구친다는 듯 모래사장에서 괴성을 지르면서 새로운 해가 솟고, 중천에 이르고, 서쪽으로 저물고 달과 별이 밤하늘에 나타나도록 대결의 양상은 처음과 다를 바가 없었다.

그것은 여인들도 마찬가지여서 대부분의 여인들은 얼굴에 생기가 돌며 새로운 힘을 충전받은 것처럼 활력에 넘쳤다.

개중에 나이가 오십 세를 넘긴 여인들이 피로를 호소했지만 그들에 대해서는 음부귀장이 잠시 쉬는 틈에 하수오와 혼음요근을 복용할 수 있도록 배려하였기에 다시금 음기가 충만해져서 고첨을 향해 달려들었다.

여인들에게 뒤덮여 지낸 지 오 일째 되는 날, 이날 오전에 고첨에게 변화가 찾아왔다.

한참 허리를 격심히 움직이는데 쌍코피가 툭 하고 터져 주르르 흘러내린 것이다. 잠시 머리가 핑 돌면서 몸에서 힘이 빠져나갔지만 잠시라도 쉴 시간은 없었다.

한 여인이 어느새 그의 코에 입을 대고는 코피를 남김없이 빨아먹으며 쉴 틈을 주지 않았기 때문이다.

벌써 닷새가 지났지만 아직까지 한 번도 사랑을 해주지 않은 여자가 이십 명가량이나 남아 있었다. 그들은 구경만 하고 시작도 하지 않았기에 결코 고첨을 쉽게 하지는 않았다.

게다가 문제가 하나 더 있었는데, 그것은 바로 고첨이 지금 닷새가 지나가고 있는 것을 전혀 깨닫지 못하고 있다는 점이었다.

그는 여자들에게 둘러싸여 밤인지 낮인지도 구분할 수 없는 상태였고 오로지 여체의 숲에 갇혀 시간의 흐름이나 공간감조차 없이 정욕을 해소하는 데 온 힘을 쏟고 있었던 것이다.

코피가 터진 것은 몸이 경고 신호를 보낸 셈이다. 적당히 여기서 물러서야 한다고 알려왔지만 고첨은 수렁에서 벗어날 수가 없었다.

시간은 빠르게 흘러 다시 사흘이 지났다. 연신 코피가 쏟아지고 팔과 다리가 풀리면서 힘을 쓸 수가 없는 지경에 이르렀지만 여인들은 고첨을 놓아주지 않았다.

고첨의 상태는 손가락 하나도 까닥할 수 없는 지경이었지만 그녀들에게 중요한 것은 손가락이 아니었기에 그의 물건만 세워진다면 그것으로 충분했다.

고첨은 거의 실신 상태에서 여인들에게 농락당하면서 정력의 극심한 고갈 상태에 빠졌다.

그렇게 총 보름의 시간이 지나 여인들은 수줍은 미소를 짓고 떠났다.

"너무 멋졌어요. 다음엔 두 배로 즐겨요."

"그대는 멋쟁이."

"다시 올 때까지 정력을 모아두고 계셔요."

"이런 기분 처음이야."

물론 고첨은 반 기절 상태로 무슨 말을 하는지도 듣지 못했다.

얼굴은 물론이고 몸 전체가 앙상해졌고, 눈에는 정기를 찾아볼 수가 없었다.

공청석유와 산삼을 통해 기력을 북돋우려 했지만 정기가 훼손당하였던 터라 쉽게 회복되지 않았다. 면역력이 약해져서 몸살에 시달리고 자주 아팠다.

한 달이 지나자, 영약의 효험이 지극한 탓에 그나마 점점 회복되어갔다.

고첨은 어설프게 시간을 끌다간 앞으로 더 험한 경험을 하게 될 것이라고 생각하여 아귀진독에게 진지하게 말했다.

"체력 단련은 일 년이면 된다 하셨으니 이제부터는 본격적인 무공 수련을 하고 싶습니다. 최강의 무공을 알려주십시오."

아귀진독은 말을 듣지 못한 사람처럼 전혀 다른 말을 물어왔다.

"기분은 좋았느냐? 흥분이 지나친 것 같더니."

"아, 그 말씀도 드리려 했습니다. 이제 앞으로는 무공 수련에만 전념하겠습니다. 여인들을 가까이 하는 시간도 아깝습니다."

아귀진독은 한쪽 입꼬리를 치켜올리며 웃었다.

'무공 수련 좋아하시네.'

"그건 안 될 말이야. 계약은 이행되어야 하거든. 석 달 간격으로 여인들을 태운 배가 올 것이다. 만약 계약을 깬다면 너의 영혼은 곧바로 나에게 귀속된다. 그래도 괜찮겠느냐?"

"헉! 석 달이라뇨!"

고첨은 사색이 되어 뒤걸음질쳤다. 석 달에 한 번씩 찾아온다면 이

삼 년을 넘기지 못해 수명이 다하고 말 것 같았다. 여인들은 즐거움이 아니라 악몽이요, 공포 그 자체였다.

"전 이제 필요없습니다. 최강의 무공을 익히기 위해서는 정력을 보존하고 있어야 하지 않습니까?"

"무슨 말을 해도 피할 순 없다, 계약은 계약이니까."

고첨은 다리가 풀리면서 그 자리에서 허물어졌다. 여인들이 떠나고 한 달을 누워 있었다. 그럼 이제 두 달밖에 남지 않은 것이다. 벌써부터 아랫도리가 흐물거리는 것 같았다.

"하지만 방법이 없는 건 아니다."

"여인들이 오지 않게 하는 방법입니까?"

아귀진독은 고개를 가로저었다.

"그녀들은 온다. 내가 해줄 수 있는 것은 두 가지. 여인들이 오는 시간을 임시로 뒤로 미룰 수 있다. 지금부터 일 년 뒤까지 미루고 그때부터 다시 삼 개월 단위로 찾아오게 할 수 있는데 그렇게 하겠느냐?"

고첨은 그나마 당장 두 달 뒤에 오지 않는 것만으로도 감지덕지하였기에 고개를 끄덕였다.

"또 한 가지는 무엇입니까?"

"일 년 동안 너는 여인들을 상대하기 위한 새로운 무공 수련에 돌입할 수 있다. 십이성에 이르게 되면 백 명이 아니라 오백 명, 천 명이라도 전혀 몸이 상하지 않을 것이다."

고첨의 눈이 번쩍 떠졌다.

몸만 상하지 않는다면 여인들은 공포가 아니라 예전처럼 즐거움이 될 것이다.

게다가 훗날 최강의 무공을 익히고 강호에 나가게 될 때 뭇 강호의 미녀들을 상대함에 있어서도 절륜한 정력으로 수없이 많은 처와 첩을 거둘 수 있을 것이라 생각하니 기쁨이 용솟음쳤다.

"최선을 다해 배우겠습니다. 감사합니다. 감사합니다."

큰절을 올리며 연신 머리를 조아렸다.

"너는 철사장(鐵砂掌)이라는 무공을 들어본 적이 있느냐?"

"어깨너머로 들은 기억이 납니다. 뜨겁게 달군 가마솥에 쇠 구슬과 모래를 집어넣고 손을 넣었다 뺏다를 반복하여 손을 강철처럼 단련하는 것이 아닌지요?"

"맞다. 손을 쇳덩이처럼 단단하게 만드는 것으로 철사장을 익히면 맨손으로 쇠를 뚫고 바위를 부술 수 있는 가공할 위력을 지니게 된다. 네가 익히게 될 무공은 철사장과 매우 흡사하다. 다른 점이 있다면 손이 아니라 네 물건을 그와 같이 단련한다는 점이다. 이름은 철사봉(鐵砂棒)이라고 한다."

"네?!"

고첨의 눈이 경악으로 물들었지만 이미 언약이 맺어진 후였다.

철사장의 수련의 과정을 들여다보면 처음부터 뜨겁게 달군 모래에 손을 집어넣지는 않는다.

큰 포대 자루에 쌀이나 곡류를 담아두고 그 속에 수도로 찌르기 연습을 한다. 그 뒤에는 미지근한 약물에 손을 담가 근육의 피로를 풀고 여독이 머물지 않도록 하면서 점점 강도를 높인다.

곡류에 익숙해진 뒤에는 모래로 단련하는데, 이때도 불에 달군 모래는 사용하지 않는다. 불에 달구어진 모래는 적어도 이삼 개월 정도가 지나야 하고 일 년여가 지났을 때는 단련의 정도를 살펴 쇠 구슬로 대체하기도 하는 것이다.

"크아아아악~"

처절한 비명 소리가 섬에 울려 퍼졌다. 당연히 고첨이었다.

그는 실오라기 하나 걸치지 않은 상태로 밧줄에 묶여 있었는데 두 팔과 두 다리를 각기 앞뒤로 쭉 뻗은 상태로 엎드린 자세로 결박되어져 있었다.

그의 등 쪽으로 밧줄이 기둥에 매달렸는데 몇 개의 받침대를 지나 밧줄의 끝은 아귀진독의 손아귀에 쥐어진 상태였다.

아귀진독이 밧줄을 풀면 몸이 아래로 내려가면서 그 아래 넓게 깔려진 모래 통에 고첨의 물건이 닿게 되는 식이었다. 모래 통 아래는 장작이 활활 타오르고 있음은 물론이다.

"크아아아악!"

고첨의 물건은 화상을 입은 상태로 뜨거운 모래를 파고들기를 반복했다.

"참아야 해. 지금의 고난은 훗날 거대한 성취감으로 돌아올 테니까. 강호는 그리 만만한 곳이 아니다. 무림 역사상 지독한 음녀들을 물리치지 못해 좌절한 영웅이 한둘이더냐. 여자의 품에서 녹아나 큰 뜻을 행하기도 전에 한 줌 이슬이 된 이들의 뒤를 밟지 않으려면 이 정도는 참아낼 수 있어야 한다."

아귀진독은 침착한 설명과 함께 그날 하루종일 단련시켰고, 고첨은 기절했다가 깨어났다가를 반복하면서 지옥을 맛보았다.

철사봉 수련은 첫날부터 강도 높게 이루어진 만큼 이후의 수련의 양상은 상상을 초월했다.

모래에 꽂아 넣는 것은 한 달 만에 끝내고 이어진 것은 벌겋게 달구어진 쇠 구슬이었다.

보기만 해도 숨이 막힐 정도로 이글거리는 쇠 구슬이라 고첨은 미친
듯이 절규하며 그만두겠다고 난리법석을 떨었지만 마신에게 있어서 그
런 몸짓은 아무 의미가 없었다.

"크아아아악~"

철사봉 수련은 대단한 성과로 나타났다. 고첨의 물건은 육 개월이
되면서는 쇠처럼 단단해졌고 크기도 원래의 세 배 정도가 되었다. 하
지만 문제가 전혀 없는 것은 아니었다. 솔직히 고첨에겐 대단히 충격
적인 상황이었다.

"이게 어떻게 된 일입니까? 아무 느낌도 없잖습니까?"

그렇다. 별 짓을 다 해도 전혀 흥분이 되질 않는 것이다. 성감을 자
극할 만한 신경이 모두 차단되어 자기 몸이 아닌 것 같았다.

"문제될 건 없다. 이제 너는 여자에 관한 한 무적이다. 널 상대하는
여자는 환장을 하지 않고는 견딜 수 없을 것이다."

아귀진독은 뿌듯해했다.

"제 말은 그게 아니잖습니까? 여자를 만족시키면 뭐 합니까? 여자가
환장을 하면 뭐 하냔 말입니다! 정작 내가 느끼지 못하고 환장을 못한
다면 그건 노동일 뿐입니다!"

고첨은 육 개월의 고난의 끝이 참담한 결과로 나타나자 미쳐 버릴
것만 같았다.

"후후후, 넌 아직 강호의 무서움을 전혀 모르는구나. 나중에 저절로
알게 될 것이다."

아귀진독의 말에서 일말의 희망은 읽을 수 있었으므로 고첨은 더 이
상 따지지 않았다.

그리고 다시 그전보다 더욱 혹독한 철사봉 수련이 이어졌다.

고첨은 극한 경지에 이르게 되면 감각이 돌아올 수도 있지 않을까 싶어 이를 악물고 단련에 힘썼다. 그러나 일 년이 되어도 아무 느낌도 얻을 수 없었다.

'아, 나는 멀쩡해 보이지만 이제 고자나 다름이 없구나.'

여자들이 오기로 한 날이 되어 해변에 나가 기다리면서 고첨은 길게 한숨을 내쉬었다.

두렵지도, 설레지도 않았다. 몽둥이에 감각이 없는 것처럼 누가 오든 아무 느낌도 없었다.

그저 무뚝뚝한 표정으로 누워 막대기를 휘둘러 주면 여자들은 알아서 환호하고 괴성을 질러대다가 기절할 것이다. 철사봉을 수련하는 중에도 매일같이 공청석유와 산삼을 복용한 그다. 세상에 어떤 여인이 견뎌낼 수 있을 것인가.

봉으로 땅을 팔 수도 있고, 나무를 팰 수도 있을 정도다. 쇳덩이로 강하게 내려쳐야 겨우 통증을 느낄 수 있을 정도이니 여인들의 연약한 피부는 말할 바도 아니었다.

드디어 저만치 범선이 모습을 드러냈고, 여인들이 작은 배를 타고 해변으로 다가왔다.

지난번처럼 바로 배에서 뛰어내려 미친 듯이 헤엄쳐 올 것이라고 생각했던 고첨으로서는 의아한 광경이었다.

그뿐이 아니었다.

"뭐야? 저게 다야?"

이번에는 극한의 수련도 있었던 만큼 오백여 명가량은 올 것으로 생각했고, 또 그 정도는 와야 혹시 느낌을 받을 수 있을 것 같았는데 작은 배로 다가오는 여인들의 숫자는 고작 이십여 명에 불과했던 것이다.

"쯧쯧, 실로 가소롭구나. 어서 와라. 본때를 보여주마."

고첨은 일각(15분) 안에 끝내고 차라리 빨리 쉬는 것이 낫겠다고 생각했다. 장장 일 년여의 철사봉 수련 기간을 생각하면 일각도 긴 것이라고 할 수 있었다.

여인들은 삼십대 후반에서 사십대 초반이 대부분이었고, 그중 한 여인은 가장 젊어 보였는데 이십대 후반 정도로 보였다. 얼굴들은 결코 미녀라고 부를 수 없는 용모였고 몸매도 그다지 빼어난 구석이 없었기에 고첨으로서는 설레이는 감정 자체가 생겨나질 않았다.

배가 해변에 닿자, 여인들은 씩씩한 용사처럼 모래사장을 걸어왔다.

마치 전투를 하려는 듯 그녀들은 딱딱히 굳은 표정이었고, 발걸음이 진중하기 그지없었다.

이미 여인들은 상의를 전혀 걸치지 않은 상태였고, 하의도 고작 천 조각 하나만을 두른 상태였는데 다가오는 중에 아래쪽을 가린 천을 뜯어내고는 우왁스럽게 고첨을 바닥에 눕혔다.

고첨은 약간 이상하다는 생각은 했지만 별 염려는 하지 않았다.

평범해 보이진 않지만 막상 올라타 허리를 흔들고 나면 금방 축 처져서 흐물거리면서 내려올 것이 틀림없을 것이기 때문이다.

'후후, 하룻강아지 범 무서운 줄 모른다더니…….'

그러나 그것이 엄청난 착각이었다는 것을 알게 된 것은 첫 번째 여인이 올라타고 결합된 순간이 되어서였다.

"커헉!"

자신의 물건은 삽 대신 땅을 팔 수도 있고, 도끼 대신 벌목을 할 수 있을 정도이건만 결합이 된 순간 마치 쇠 구멍에 끼어진 것처럼 엄청난 강도와 압박을 느낀 것이다. 이건 정녕 사람이라고 하기 힘들었다.

'대체 이 무슨 조화란 말인가!'

고첨은 어리둥절하여 정신을 차리기 힘들었다.

그와 같은 광경을 저만치 떨어져서 구경하고 있던 아귀진독과 음부귀장은 껄껄거리며 대화를 나누었는데 그들의 말을 듣고 나서야 고첨은 비로소 상황을 파악했다.

"철녀들을 이십여 명이나 데리고 오다니 놀랍군."

"그야 당연한 것 아닌가. 철사봉을 익힌 사내를 상대하려면 철사혈을 익힌 여자라야만 상대할 수 있으니까. 결코 실망시키는 일은 없을 것이네."

"녀석의 표정을 보니 꽤 놀란 모양이야."

"이번 기회를 통해 하늘 위에 하늘이 있다는 것을 깨닫는 것도 나쁘진 않지."

고첨은 정녕 경악을 금치 못했다. 세상이 얼마나 넓은지를 실감했다. 무슨 짓을 해도 느낄 수 없었던 자신의 쇠몽둥이가 아려오고 있는 것이다.

'도대체 이 여인들은 어떤 수련을 했기에… 철사혈이라고 했던가.'

그는 대충 짐작 가는 바가 있어 입을 쩍 벌리고 다물지 못했다. 자신이 나름대로 힘든 수련의 나날을 보냈다고 생각했건만 여인들에 비하면 자신은 아무것도 아니란 생각이 든 것이다.

그로부터 보름에 걸쳐 고첨은 처절한 육체의 향연을 지나 정력 고갈을 맞이하였다.

피골이 상접한 것은 물론이고 서 있을 힘조차 없어 이십여 일이나 빌빌거렸다.

그 후 자리를 털고 일어난 고첨은 철사봉이 칠성가량의 성취에 이른 것만으로도 세상엔 상대할 여자가 없을 것이며, 흉내 낼 수 있는 사내는 찾을 수 없을 것이라고 자부하던 마음이 얼마나 어리석었는지를 깨닫고 십이성을 성취하기 위해 부단히 노력했다.

그런 자세를 보며 아귀진독은 만족스러워했다.

"지금이라도 깨달았다니 다행이다. 무림이란 그런 곳이다. 이 정도면 되겠지라고 생각하는 순간 저만치 뒤로 밀려나고 말지. 그러니 매 수련마다 불만을 품지 말고 극성으로 연마하기 전까지는 함부로 자부하지 말아야 한다."

"자만을 버리고 오직 최선을 다하겠습니다!"

"좋다. 오늘부터는 철사봉 수련과 병행하여 만독불침에 나아가도록 하겠다. 무림에는 온갖 독으로 무공을 무력화시키는 무리들이 많다. 내력이 강한 자는 어느 정도의 독성에는 꿈쩍도 하지 않기에 독을 쓰는 무리들은 내공으로는 어쩌지 못하는 독을 연구하는 데 심혈을 기울이게 된다. 그것을 막아내지 않고서는 결코 천하제일인이 될 수 없다."

이제 이 년이 지났다. 고첨은 총 수련의 시간을 스스로 계산하길 오 년에서 육 년 정도를 염두해 두고 있었다.

일 년은 순수 체력 단련이었다. 이 년째는 철사봉 수련, 삼 년째를 맞는 지금부터는 독공을 연마하니 남은 이삼 년에는 절세의 신공을 배울 수 있을 것이라고 생각했다.

그 다음부터 강호는 자신의 발아래 놓이게 될 것이다. 오 년 바짝 고생하고 평생을 군림천하할 수 있다고 생각하니 가슴이 벅차왔다.

그러나 그의 희망 섞인 의지는 불과 몇 시진도 되지 않아 붕괴되는 상황이 이르렀다.

아귀진독이 만독불침을 위해 한 번 빠지면 혼자 힘으로는 결코 올라올 수 없는 깊이의 뱀굴에 집어 던져 버렸기 때문이다. 독을 떠나 수천의 뱀들을 깔아뭉개고, 또 뭉개지는 상황에 놓인 것 자체가 말로 할 수 없는 공포였다.

"으아아악~ 살려주세요… 만독불침 같은 것은 안 할랍니다! 제발 꺼내주세요. 으아아악~"

응답은 당연히 없었다. 도리어 외침은 뱀들을 자극해 거대한 이빨로 삼켜 버릴 것처럼 덤벼들게 할 따름이었다.

그곳에서 이틀가량 뱀에 물린 고첨은 몸이 퉁퉁 부은 상태로 혼절했다. 아직 죽지 않은 것은 그동안 공청석유와 천년산삼을 꾸준히 복용한 덕분에 어느 정도 정화 작용을 하였기 때문이다.

아귀진독은 고첨을 해독시키고 정신을 차리게 한 다음, 공청석유와 산삼을 버무린 밥을 배불리 먹게 하였다.

"미리 말씀이라도 해주셨으면 마음의 준비라도 했을 텐데 솔직히 너무 놀랐습니다. 무섭기도 했구요. 그래도 어쨌든 이렇게 도와주셔서 고맙습니다."

고첨이 불만과 함께 예를 갖춰 말하자, 아귀진독이 뚱한 표정으로 바라보았다.

"아직 안 끝났다."

그러고는 바로 뱀굴로 다시 밀어버렸다.

"으아아아악!"

뱀들은 기다렸다는 듯 달려들었고, 얼굴부터 발끝까지 서로 물어뜯으려고 엉겨붙었다.

그중 몇 마리의 뱀들은 고첨의 몸을 물다가 죽음을 맞았는데, 그건 철사봉에 연마한 그의 물건을 물다가 충격을 받고 숨이 끊어진 것이었다.

뱀굴 생활은 두 달 반을 맞아 끝을 맺었다.

그때부터는 뱀에게 물려도 아무렇지도 않게 된 것이다. 그렇다고 만독불침의 수련이 끝난 건 아니었다. 다음으로 이어진 건 독전갈과 독지네였고, 각기 석 달과 두 달 반의 기간 동안 독의 면역력을 키웠다.

이후로는 주로 독을 지닌 식물들을 복용하는 과정을 한 달가량 거쳤는데, 고독(蠱毒)을 복용한 것을 제외하고는 이미 극독에 단련된 탓에 큰 어려움을 느끼진 않았다.

"그동안 고생이 많았다. 결코 쉬운 길이 아니었음에도 잘 견뎌주었다. 이제 만독불침의 수련은 마지막 한 관문만을 남겨놓게 되었다. 이 관문을 지나면 세상에 무서워할 독은 없게 된다."

아귀진독의 말에 고첨은 의아함을 금치 못했다. 이미 세상에 존재하는 독이란 독은 모조리 섭렵했을 터인데 또 뭐가 남았단 말인가. 그러다 보니 불안한 마음은 전혀 없었다. 지금까지 겪어온 독보다 더 지독한 독은 생각할 수도 없었다. 그 무섭다는 고독까지 견뎌내지 않았던가.

"무엇이든 상관없습니다. 어서 인도하시지요."

"좋은 자세다. 너는 반드시 천하제일인이 될 것이다."

이윽고 아귀진독이 인도한 곳에 이른 고첨은 얼굴이 하얗게 질려 버리고 말았다.

아귀진독은 흐뭇한 표정을 지으며 고첨의 어깨를 두드려 주었다.

"사실 이 독에 대해서는 생략할까도 생각했으나 아까 너의 각오를 들으니 내가 너무 안일한 마음을 품었다 생각했다. 세상에 가장 지독한 독이라도 어찌 너를 해할 수 있겠느냐. 너는 능히 이겨낼 수 있을 것이다.”

“저… 저……”

당장이라도 울 것 같은 얼굴로 고첨은 엉덩이를 뒤로 쭉 빼고 도망갈 태세를 갖추었다.

그때 아귀진독이 망설임없이 고첨을 번쩍 들더니 깊은 똥통으로 던져 버렸다.

푸욱!

고첨은 깊은 똥의 늪에 빠져 허우적거렸다.

“사, 살려주십시오! 빠지려고 합니다.”

그냥 머리만 내밀고 있는다면 그나마 참을 수 있으련만 수렁에 빠진 듯 몸이 자꾸 가라앉으려 하니 난감하기 그지없었다.

“잠수가 기본이다. 억지로 몸을 빼내려 하면 도리어 빨리 잠기게 되니 평안한 마음을 갖도록 하여라. 힘을 빼고 흐름에 몸을 맡기면 적당히 몸이 떠올랐다 가라앉았다를 반복하게 될 것이다. 세상에서 가장 무서운 똥독의 수련은 이 개월이다. 길다면 길고 짧다면 짧은 기간이니 잘 버티도록 하여라.”

고첨은 그 말을 다 듣지도 못하고 끝내 머리가 잠기고 말았다. 코로 입으로 밀려들어 오려는 똥의 압박에, 더러운 공포감에 온몸이 부르르 떨렸다. 만약 이렇게 죽게 된다면 이보다 더 추악한 죽음은 없을 것이었기에 이를 악물었다.

‘난 살아남고야 말겠다! 세상에 군림할 그날을 보고야 말리다!’

“크아아악~”

그는 마음을 다지기 위해 자기도 모르게 고함을 내지르다가 쑤욱,

밀려드는 똥에 질식사할 뻔했다.

섬에서 생활한 지 어언 십 년이 흘렀다.

똥독을 끝으로 만독불침에 이른 고첨은 곧바로 천하를 굽어볼 신공을 연마하게 되리라고 생각했다. 하지만 그것은 희망 사항에 불과했다.

신공을 수련하기 전에 갖추어야 할 세부적인 수련 항목들은 의외로 많았고, 그러다 보니 십 년이 훌쩍 지나 버린 것이었다.

그동안 그가 수련한 것들은 아래와 같았다.

―절벽에서 뛰어내리기.

―오래도록 은신하기.

―고문 견뎌내기.

―천하제일고수에 합당한 여러 학문.

어느 것 하나 황당하지 않은 것이 없었기에 그때마다 왜 이따위 수련이 필요하냐고 외쳤지만 돌아온 대답은 나름대로의 논리를 갖추고 있었다.

절벽에서 뛰어내리기에 대해 아귀진독이 한 말은 이러했다.

"사람이 아무리 강하더라도 강호에는 갖가지 인간 군상이 있게 마련이라, 측근에게 배반을 당할 수도 있고 암수에 당할 수도 있다. 그렇게 한두 차례 어려운 상황이 닥치게 될 터인데 그때 가장 많이 겪게 되는 것이 바로 절벽에서 추락하는 것이다. 그러니 지금부터 열심히 뛰어내리는 연습을 해두게 되면 반드시 유용하게 쓰이게 될 날이 올 것이다."

이리하여 고첨은 그 높디높은 절벽에서 맨 몸으로 뛰어내리기를 반복했다.

내공을 익히거나 신법을 배운 바가 없이 떨어지는 것이니만큼 몸이 성할 리 만무했다.

처음 뛰어내리던 날 두 다리가 부러지고 허리가 꺾이는 중상을 입었고 약 삼 개월을 꼼짝도 못하고 누워 있어야 했다. 그리고 낫자마자 바로 또 뛰어내려 다시금 다리가 열 조각으로 부러졌다.

그렇게 뛰어내리고 부러지고 몸져눕고를 반복하길 수십여 차례, 장장 삼 년여에 걸쳐 절벽 뛰어내리기가 시행되었다.

그 다음 '오래도록 은신하기'는 인내에 관한 수련이었다. 물론 이제까지 수련한 것들 중 인내가 없이 이룰 수 있는 것은 하나도 없었기에 설명을 들은 고첨으로서는 식은 죽 먹기나 다름없다고 생각했다.

그렇기도 한 것이 그냥 아무 말 없이 가만히 앉아 있기만 하면 되니 어려울 것이 없었던 것이다. 그러나 역시 이제까지 그러했던 것처럼 그의 예상은 보기 좋게 빗나갔다.

사방이 꽉 막힌 공간에서 두 다리를 오므리고 갇혀 있는 것은 처음 한 시진 정도까지는 참을 수 있었으나 그 이후로는 답답함에 미쳐 버릴 지경이 되었다.

나무로 만들어진 좁디좁은 틀은 천장이고 바닥이고 사면이 몸의 규격에 딱 맞춰진 상태라 오로지 그곳에서 한 자세로 지내야 하는 것은 지옥이 따로 없었다.

하루에 한 번씩 작은 구멍이 열리고 그곳을 통해 물과 식사가 떠 먹여졌다. 하지만 문제는 먹는 것이 아니라, 배출에 관한 것이었다.

소변은 싼 후에 마를 때까지 기다리면 그만이었지만 대변을 처리하는 것은 도저히 다른 방법이 없었다.

그저 참는 것이 최선이었지만 삼 일째가 되어 결국 덩어리들이 꾸역꾸역 기어나왔고, 잊고 싶었던 똥독의 추억이 떠올라 미칠 것만 같았다.

그렇게 버틴 기간이 장장 석 달이었다. 외로움과 꿈틀거리고 싶은 욕망, 시원스럽게 배설하고 싶은 열망 속에서 보낸 처절한 시간이었다. 무엇보다 옷을 갈아입고 싶다는 소망과 목욕을 하고 싶다는 소망은 다른 것과 비교할 수가 없었다.

다음으로 온갖 고문을 당하였는데, 이유는 강인한 정신력을 고취시키기 위한 것이라고 했다. 이 세월이 이 년이나 지속되었다.

그리고 다시 이 년 동안 여러 고상한 학문을 배우게 되었다. 물론 암기력은 뛰어나도 공부를 죽기보다 싫어했던 고첨으로서는 고문과 다를 바 없었다.

물론 이 과정이 이루어지는 중에도 여인들의 습격은 여전해서 철의 여인들이 다녀가고 난 뒤에는 반드시 보름이나 한 달가량 피골이 상접한 채 바닥을 기어다녀야 했다.

고첨은 십 년의 세월이 지나 어느덧 서른 살을 바라보게 되자 초조한 마음을 금할 수가 없었다.

자신이 바라던 바는 젊은 나이에, 그러니까 적어도 이십오륙 세가량에는 강호에 나가 무림을 제패하고 칭송받으며 뭇 미녀들을 처첩으로 거두어 쾌락을 즐기며 사는 것이었다.

한데 지금 상황을 보니 신공은 그림자조차 볼 수가 없고 엉뚱한 것들만 잔뜩 배우게 되니 잘못되어도 단단히 잘못되었다고 생각했다.

"계속 이런 식으로 나온다면 계약을 해지할 수밖에 없습니다. 천하제일의 무공은 도대체 언제 배울 수 있는 것입니까? 억지로 시간을 지연시키려 하는 것 같은데 그런 식이라면 여기서 관두지요!'

더 이상 물러서지 않겠다는 기상을 보이자, 아귀진독도 흠칫했다. 물론 그것은 흠칫하는 척이었다.

"음, 좋다. 이제 부수적인 내용은 거의 다 익혔으니 천하를 오시할 절세의 무공을 전수토록 하겠다. 그동안 십 년의 세월은 지금을 위한 것이었음을 명심하고 최선을 다해주기 바란다. 강호의 평안이 네 손에 달려 있다는 것도 잊지 말고."

의외로 확정적인 말이 떨어지자 고첨은 벅찬 감동에 휩싸여 눈물을 글썽였다.

"물론입니다. 최선을 다해야지요. 그동안 고생한 보람을 찾고야 말겠습니다."

아귀진독의 눈에도 눈물이 글썽였고, 둘은 감격스럽게 서로를 끌어안았다.

"널 믿는다."

"실망시키지 않겠습니다."

그동안 서로 죽일 듯하던 관계가 삽시간에 화사하게 변해갔다.

분위기가 화기애애해지자 고첨은 문득 옛 생각이 났다.

"저, 한 가지 부탁을 드려도 되겠는지요?"

"무엇이냐?"

"여신으로 변신한 다음에……."

말을 줄였지만 그 다음 말이 무엇인지는 충분히 짐작하고도 남음이 있었다.

아귀진독은 끌어안은 상태에서 무릎으로 복부를 가격했다.

"이런 썩을 놈을 봤나! 너 이 자식, 오늘 죽어봐라. 죽어~"

신공을 약속받은 십 년째 되는 날, 고첨은 거의 반 죽었다.

· 신공의 명칭은 상당히 길었다.

─만류귀종능광연환구구팔괘단월원형검법

(萬流歸宗凌光連環九九八掛斷月圓形劍法).

고첨은 일단 이름은 마음에 들었다. 거기에 이은 파괴력도 물론 마음에 들었다.

아귀진독은 이 검법의 위력을 이렇게 말했다.

"만류귀종능광연환구구팔괘단월원형검법을 상대할 무공은 세상에 없다. 삼성의 경지에 이르면 검을 뽑는 순간 산을 가를 수 있고, 바다를 바닥이 드러날 정도로 가를 수 있게 된다. 오성에 이르면 단 한 번 그은 검격에 의해 도시를 가를 수 있다. 칠성의 경지에 이른 순간 검은 더 이상 필요가 없어진다. 몸 자체가 검이니 손을 움직이는 것만으로 검을 든 것과 같은 위력을 발휘하게 된다. 그 후 십성의 경지부터는 손도 필요치 않다. 마음을 기울이면 그 자체가 검이다. 살의가 이는 순간 모든 것이 파괴된다."

고첨이 쾌재를 부른 것은 당연했다. 하지만 문제는 그 다음에 이어진 말이었다.

"이 만류귀종능광연환구구팔괘단월원형검법은 총 구십오만 육천칠백팔십구 초식으로 이루어져 있다. 하나하나를 완벽히 터득해 가면서 결국은 이것이 하나의 위대한 초식으로 결합되어지는 것을 깨닫게 될 것이다. 그러기 위해서는 반드시 구십오만 육천칠백팔십구 초식을 온전히 익히고 깨우쳐야만 한다."

쿠궁!

뭔가 암울한 기운이 전신을 휘감았다. 불안이 스멀거리면서 등줄기가 서늘해졌다.

그때 만약 아귀진독의 위로의 말이 없었다면 고첨은 실신하고 말았을 것이다.

"그동안 너는 혹독한 수련을 거쳤다. 그것에 비한다면 이 만류귀종능광연환구구팔괘단월원형검법은 아무것도 아닌 것이다. 희망을 가져라. 넌 할 수 있다."

듣고 보니 불끈 자신감이 솟았다. 얼마나 험한 역경을 뚫고 지금 이 자리에 섰던가. 뱀굴에 들어갔을 때, 똥통에서 잠수하고 있을 때, 철사봉을 익히느라 시뻘겋게 달아오른 쇠 구슬 사이에 몸을 밀어 넣을 때 등등 다시 하라고 한다면 죽기보다 싫은 일들이었다.

그런데 지금 하라고 하는 것은 좀 많다는 것이 마음에 걸린다 뿐이지 힘들 것은 없었다.

"힘이 납니다. 해보겠습니다."

굳은 의지가 묻어나는 음성을 토해내자 아귀진독은 어깨를 두드리며 대견하다는 눈빛을 보냈다.

세월은 유수와 같이 흘러 고첨은 사십오 세가 되었다.

어느덧 만류귀종능광연환구구팔괘단월원형검법을 익히기 시작한 지 십육 년이 흐른 것이다.

이때까지 고첨은 십일만 이천육백오십삼 초식까지 터득하였다. 이 초식은 '월세송허(月歲送虛)'이라는 이름을 지녔는데 검을 뽑아 들고 위로 열일곱 번 쳐올리고 순식간에 아래로 그어가는 동작이었다.

이 절세무적의 검법은 이름이 검법일 뿐 사실 그 속에 내공과 경공, 장법, 지법까지 포괄하고 있었기에 고첨의 무공 수위는 가히 놀라운 경지에 이르렀다 할 수 있었다.

만약 지금 당장에라도 무림에 발을 들여놓는다면 일 초식을 받아낼 수 있을 자는 없을 정도였다. 하지만 아귀진독은 고첨의 무위를 볼 때마다 깊은 시름을 섞어 한탄했다.

"좀 서둘러야만 해. 지금 이 정도로는 백대고수에도 들지 못한다. 더욱 정진하여라."

계절이 바뀌길 수십여 차례, 고첨의 나이 오십칠 세가 되었다. 새파랗게 젊은 청년이 어느새 환갑을 바라볼 나이에 이른 것이다.

이때까지 고첨은 삼십육만 오천오백삼십구 초를 터득했다. 아직 갈 길은 멀고도 멀었다.

고첨은 멀리 끝없이 펼쳐진 수평선을 바라보며 길게 한숨을 내쉬었다.

"언제쯤 강호에 나갈 수 있을까. 아! 꿈을 펼쳐 보고 싶건만……."

콰과과광!

단 일 검이었다. 산봉우리를 겨냥하여 검을 뽑아 긋는 순간 봉우리는 깨끗하게 절단되어 무너져 내렸다.

고첨의 나이 칠십이 세.

그는 칠십이만 구천삼백오십팔 초식까지 연마하였고, 어느덧 만류귀종능광연환구구팔괘단월원형검법을 삼성까지 터득했다. 그러나 아직 이십여 만 초가 더 남아 있었다.

"아, 허무한 인생이여……."

덧없이 지나온 세월을 회상하니 자신의 삶이 얼마나 어리석었는지 한탄이 절로 나왔다.

무공을 연마하는 것 외에 또 다른 괴로움은 여전히 석 달 간격으로 찾아오는 철의 여인들이었다. 그가 백발이 성성해진 것처럼 찾아오는 여인들도 이젠 다 늙고 쭈그렁텅한 할머니가 되어 있었다.

거친 피부와 쭈글거리는 외모와 달리 힘은 여전하여 그녀들이 다녀가고 나면 최강의 신공을 수련하고 있는 그조차도 다리가 휘청거리고 한동안 거동을 못할 지경이었다.

그는 이미 오래전부터 무적이었지만 아귀진독의 말에 의하면 이제 고작 '강호 서열 이십팔위'에 머물고 있었다.

그러니 섬을 나가고 싶어도 나갈 수가 없었다. 위로 이십칠 명이나 고수가 존재한다면 고생한 보람도 없이 맞아 죽고 말 것이라고 생각했기 때문이다.

고첨이 하루하루 힘든 나날을 살아가는 동안 마계에서는 여간 흐뭇해 마지않았다.

아귀진독은 유명 인사가 되었고, 날마다 고첨을 바라보며 웃음의 재료로 삼았다.

더 이상 희망이 보이지 않았다.

그가 막 팔십사만 오천육백삼십삼 초식을 달성하였을 때, 아귀진독이 찾아와 건넨 말이 그를 절망의 구렁텅이로 몰아넣었다. 이때 그의 나이 팔십오 세였다.

"좋지 않은 소식과 좋은 소식이 각각 하나씩 있다."

"매도 먼저 맞는 것이 나으니 좋지 않은 소식부터 듣죠."

"무림에 천재들이 대거 등장했다. 그로 인해 너의 서열은 이십팔위에서 삼십구위로 떨어졌다."

고첨의 안색이 검푸르게 변한 것은 당연했다.

"그럼 좋은 소식이란 무엇입니까?"

"앞으로 어떤 천재가 나온다 해도 너를 능가할 수 없도록 새로운 무공을 전수하기로 결정이 났다. 만류귀종능광연환구구팔괘단월원형검법을 다 익힌 후 총 이백만 초로 구성된 쾌활난로팔면혼공(快活爛路八面魂功)이라면 영원한 강자로 군림할 수 있게 된다. 어떠냐? 하하하하하."

아귀진독이 호쾌하게 웃고 자리를 뜨자, 혼자 남게 된 고첨은 이미 제정신이 아니었다.

"으아아아악~"

그는 갑자기 검을 뽑아 들고는 괴성을 내지르면서 검격을 날려댔다.

땅이 갈라지고 공간이 흉물스럽게 베어졌다가 합쳐지는 등 가히 상상할 수 없는 막강한 위력이 뿜어져 나왔다. 이어 신법을 전개하여 아귀진독에게 달려가 수천의 초식을 쏟아냈다.

하지만 아귀진독은 그가 베어낼 수 있는 사람이 아니었다. 절대무적의 무공이긴 하나 차원이 다른 존재에게까지 영향력을 끼칠 수 있는 무공이 아닌 것이다.

도리어 아귀진독은 흐뭇한 미소와 함께 박수 갈채를 아끼지 않았다.

"그래, 바로 그런 자세다! 미쳐야만 미칠 수 있는 법이거든. 좋다,

좋아."

고첨의 무위는 실로 어마어마한 것이었다.

한 번 도약하면 백 장(삼백 미터) 높이로 치솟는 것이 가능했고, 검을 한 번 그을 때마다 섬의 일부가 떨어져 나갈 지경이었다. 검을 허공을 향해 감으면 거대한 회오리가 솟아나면서 휩쓸 때마다 나무가 뿌리째 뽑혀 나갔다.

세상 그 어느 누구도 감당치 못할 어마어마한 무위를 드러내며 꼬박 하루가 지났을 때, 섬은 걸레 조각처럼 너덜너덜해진 상태가 되었다.

무림인들이 이러한 광경을 목격했다면 누구라도 엎드려 경배하지 않을 자 없었으리라.

그는 곧바로 지존이라 칭해지며 부와 명예, 그리고 수많은 미녀들이 줄을 이을 것이었다. 하지만 그의 곁에는 아무도 없었고, 그저 보이는 것은 망망대해뿐이었다.

그는 최강의 전사이며 천하무적이었다. 하지만 그의 슬픔은 무찌를 상대가 없는 천하무적이라는 점이었고, 찬사를 해줄 사람이 없는 최강이라는 것이었다. 게다가 그는 스스로 천하무적임도 깨닫지 못하고 있었다.

조각나 버린 섬에 우뚝 선 고첨은 눈물을 흘리며 하늘을 올려다보았다.

지나간 삶들이 주마등처럼 스쳐 지나갔다. 어린 나이에 막대한 재산을 상속받아 세상에 무서운 것이 없이 살았었다. 헛된 욕망, 천하제일인이라는 꿈을 쫓아 여기에 이른 그는 비로소 소중한 것이 무엇인지 절실히 깨달았다.

평범한 것들의 소중함.

수고하여 흘린 땀방울을 닦아주는 평범한 아내의 손길.

보잘것없는 찬이지만 배고파 허겁지겁 먹는 식사.

힘이 없기에 서로 의지하며 사는 것.

군림하기보단 조화를 이루는 삶.

충분히 그리 살 수 있었다. 지금 절세의 무공을 터득하는 중에 생각해 보니 한심스럽기 짝이 없었다.

숫자의 끝이 존재하지 않는 것처럼 힘을 얻는 길도 끝이 없어 영원에 이르는 시간까지 한없이 수련만 하게 되리라.

그는 초절한 무공을 활용하여 사람을 죽이고, 굴복시키고, 존경받고, 사랑받고자 했지만 지금에 와선 그중 아무것도 할 수 없는 형국이 되었고, 오로지 할 수 있는 일은 한 가지뿐이라는 사실을 깨달았다.

"결국 내가 무공을 익힌 이유는 이것을 하기 위함인가……."

부인하고 싶었지만 어쩔 수 없는 사실이었다.

그는 검을 하늘 높이 던졌다. 거대한 검강이 검을 둘러싸면서 치솟더니 어느 지점에서 다시 아래로 수직 낙하했다. 검끝이 향하는 곳은 정확히 고첨의 정수리였다.

이때 바위 뒤에서 얼굴을 쏙 내밀고 있던 아귀진독은 말아 쥔 오른손을 깨물며 흥분을 감추지 못했다.

"클클… 그래, 멋진데. 바로 그거야!"

또한 마계의 모든 마신들도 천화경을 통해 지켜보며 숨을 죽였다.

이윽고 검이 고첨의 정수리를 꿰뚫고 목이 지나 배꼽 부분까지 관통하자, 마계는 경쾌한 음률이 퍼지면서 축제에 휩싸였다.

"애썼다, 이 썩을 놈아."

"멍청한 녀석, 결국 이렇게 가는구나."

"이것으로 다 끝난 것이라고 생각했겠지. 실은 지금부터인데 말이야."

"그걸 알았으면 자살했을 리 만무하지."

"이제부터 본때를 보여주자구."

그랬다. 숨이 끊어진 후 고첨의 혼은 홀연히 육신을 빠져나와 아귀진독이 쥐고 있던 작고 투명한 호리병 안으로 빨려 들어갔다.

"영혼을 판 대가가 어떤 것인지 알게 될 것이다."

아귀진독과 마계의 뭇 신들은 고소한 미소를 머금었다.

고첨은 지금부터 최악의 상황이 시작되었으며, 이제 앞으로는 스스로 죽이는 것도 불가능하다는 것을 알지 못했다. 정녕 영혼을 판 자의 길은 이처럼 비참했다.

◆第十章◆ 두 가문의 원한

후흑문주

심온

Fantastic Oriental Heroes

하북에는 팽가와 더불어 이름을 날리고 있는 가문
이 있었으니 '하북진가'가 바로 그들이었다. 가전으로 내려오는 무공
은 천하오대세가에 버금가고, 깊은 전통과 품격 높은 예법을 강조하는
가법에 의해 강호는 그들을 존중했다.

하지만 모두가 그러한 것은 아니었다.

하남의 독고세가는 하북진가를 마치 없는 자들처럼 여겼고, 간혹 그
존재를 인정해야만 하는 상황에서는 맹렬히 비난하거나 코웃음을 치거
나 심지어 저주를 퍼붓기까지 했다.

그렇다고 해서 독고세가를 나무랄 수만은 없는 일이었다. 왜냐하면
하북진가 또한 독고세가를 대함이 그와 다를 바가 없었기 때문이다.

하북진가와 하남독고가의 갈등은 하루 이틀에 걸쳐 쌓인 것이 아니
었기에 강호의 명숙들 또한 그들을 화해시키는 것에 대해서는 포기한

지 오래였다.

명숙들의 사부가 태어나기도 전, 다시 그 사부의 사부가 나기도 전부터 하북진가와 하남독고가는 으르렁거리는 사이였기 때문이며, 이제껏 명망있는 무림인들이 나서서 두 가문을 화해시키려 갖은 방법을 다 동원하였지만 이제껏 그 누구도 성공을 거두지 못한 것이다. 그러니 후대의 누군들 마음은 있어도 선뜻 나서는 자가 없었다.

이 원한 관계는 너무도 오래된 것이라 무엇 때문에 두 가문이 원수가 되었는지 제대로 알고 있는 사람이 없었다.

갈등의 원인에 대해 호사가들은 여러 가지 말들을 쏟아냈지만 그나마 가장 설득력있게 전해지는 이야기는 아래와 같았다.

지금으로부터 팔백 년 전 진앙과 독고충은 절친한 친구 사이였다. 그러나 두 사람의 우정에 금이 가기 시작한 건 한 여자가 나타나면서였다.

그 여인은 당시 천하에서 가장 아름다운 다섯 미녀 중 한 명으로 화미미라고 하였는데, 진앙과 독고충이 모두 그녀를 사랑하여 서로에 대한 믿음이 깨어지고 연적으로 서로를 경계하기 시작한 것이다.

만약 이때 화미미가 한쪽을 과감하게 내치고 다른 한쪽을 택하였다면 당장에는 서글픈 마음이 있었겠지만 훗날까지 커다란 원한의 골은 생기지 않았을 것이리라.

이 일로 결국 진앙과 독고충은 서로에게 칼을 겨누게 되었고, 그 결과 진앙은 한쪽 팔과 오른쪽 눈을 잃었으며, 독고충은 왼쪽 발과 오른손목을 잃었다.

서로에게 씻을 수 없는 상처를 안긴 두 사람은 그러나 안타깝게도 화미미를 차지할 수가 없었다. 화미미 그녀는 두 사람의 대결 결과를 듣고 자결하였기 때문이다.

그러나 일부에서는 위의 이야기는 전혀 근거없는 것이라며 반박하기도 했다. 그들은 전혀 다른 이야기를 했는데 내용은 이러했다.

약 팔백오십 년 전쯤 강호에는 천하제일을 다투는 고수로 진우환과 독고염이 있었는데 이들은 어느 날 누가 제일 강하냐를 놓고 대결을 벌이게 된다.

진우환은 가전의 비법인 '천하우주삼라무한진경(天下宇宙森羅無限眞經)'의 신공을 사용하였고, 독고염은 '환우지존백팔신기루환상공(寰宇至尊百八神奇樓幻想功)'을 펼치게 되는바 바야흐로 이 둘의 격돌은 하늘과 땅이 놀라고 산과 들, 바다가 뒤집어지는 어마어마한 격전이었다.

장장 오십여 일을 한 끼 식사는커녕 물 한 모금 마시지 않고 결투를 벌인 두 사람은 결국 동귀어진하고 말았는데, 이 일로 인해 하북진가에서는 천하우주삼라무한진경의 비결을 전수받지 못했으며, 독고세가는 환우지존백팔신기루환상공을 소실하게 되어 그 후로 철천지원수가 되었다는 이야기였다.

이외에도 여러 설이 있었지만 강호에서는 극히 일부만이 위의 내용을 받아들였을 뿐, 사실 대부분의 사람들은 진앙과 독고충, 그리고 화미미와의 삼각관계로 인해 원한 관계가 형성되었으리라 믿었다.

그러나!
진실은 아주 먼 곳에 있었다. 그것은 오로지 두 가문의 적통을 잇는

한 사람에게만 계속해서 이어져 내려왔는바 죽음이 이를 때 유언과 함께 과거의 이야기를 전해주는 방식이었으며 부인에게도 자식에게도 철저히 비밀을 유지하였다.

그렇기에 가문의 사람들은 대부분이 강호에서 신빙성있게 떠도는 삼각관계에 대한 내용을 사실인 것처럼 믿었고, 이에 별다른 의문을 품지 않았다.

하지만 정작 진실을 이어받게 된 적통들은 진실의 무게를 감당할 수가 없어 누구든 그 이야기를 듣고 거처에서 식음을 전폐하지 않은 이가 없을 정도였다.

이런 현상은 주변에 곧바로 영향을 미쳤는바, 정녕 삼각관계 속의 더 자세한 내막이 얼마나 가슴 아픈 것이었으면 그러하겠는가 하는 추측을 낳았다.

여기서 일단 적통들에게만 이어져 내려온 두 가문이 대립하게 된 진실한 사연을 살펴보자.

팔백 년 전 진앙과 독고충은 우연히 객잔에서 만나 술잔을 기울이게 되었다. 마침 가는 길이 같았던 두 사람은 적적함을 떨쳐 내고자 동행하기로 했다.

함께한 지 이틀째가 되었을 때 두 사람은 묘운산 자락을 넘게 되었는데, 문제가 생긴 것은 바로 그때부터였다. 산에서 우연히 한 여인을 만나게 되는데 그 여인을 보고 진앙이 한눈에 반해 버리고 만 것이다.

여인의 이름은 화미미였는데 포근한 인상에 복스럽게 생긴 얼굴을 지니고 있었다. 그녀의 외모는 결코 미녀라고 부르기 힘들었지만 진앙은 그처럼 복스러운 얼굴의 여인을 평소 바라고 있었던지라 독고충에게 그녀가 마음에 든다고 말하며 힘껏 응원해 줄 것을 당부했다.

독고충은 그녀가 자신의 취향과는 거리가 멀어도 한참 멀었기에 당연히 그러마고 화답하였다.

진앙은 곧바로 그녀에게 다가가 말을 걸었는데 평소 화통하던 그의 모습은 온데간데없고 조심스러움만 가득하였다.

그녀는 산 아랫마을에 사는 처녀로 약초를 채집하는 것으로 집안일을 돕고 있다고 했다.

진앙은 그녀를 위해 약초를 함께 캐기로 했는데 중간에 산딸기인 줄 알고 착각하여 먹은 이름 모를 과실로 인해 복통을 일으키고 말았다.

그는 곁에 여인을 두고 차마 응가를 볼 수 없었지만 실로 상황은 급박하여 뱃속은 거대한 파도가 솟구치는 듯하고 정신은 혼절 직전이고 항문을 향한 응가들의 압박은 가공할 만한 것이어서 당장이라도 바지를 끌어 내려야 할 판이었다.

그는 황급히 독고충에게 말하여 옆 숲 속에서 일을 볼 테니 그녀를 저만큼 유인해 달라고 부탁하고는 급히 풀숲으로 들어갔다.

이때 독고충은 장난기가 발동하였는데 그녀를 멀리 데려가는 척하고는 느닷없이 진앙의 눈앞에 그녀와 함께 나타나 버린 것이다.

엉덩이를 까발리고 대장에 묵혀 있던 험악한 음식 찌꺼기들이 퇴비가 되게 하기 위해 노력하던 진앙으로서는 놀라움을 금할 수 없는 상황이었다. 그는 진실로 마음에 드는 여인 앞에서 조롱당했다는 생각에 눈앞이 캄캄해져서는 몸을 일으키는 순간, 옆에 놓아둔 검으로 독고충의 배를 쑤셔 박았다.

이때 진앙의 상태는 미처 옷을 추스르고 할 상황도 아니었기에 앞의 물건이 덜렁거리고 뒤로 삐져 나오려던 덩어리들도 춤을 추고 있었다.

그럼에도 불구하고 진앙의 검은 정확히 세 번에 걸쳐 독고충을 난도질했다.

한 사람은 추접한 일격을 가한 것이고, 또 한 사람은 더러운 폭행을 당한 것이다.

이 황당한 상황에 독고충은 숨을 제대로 쉬지 못하고 허겁지겁 그곳을 벗어나 달아났고, 화미미는 그동안 다정하게 대하던 진앙이 똥을 갈기다 말고 갑자기 검을 빼 들어 사람을 죽이는 것을 보고 경악에 찬 비명을 내지르면서 멀어져 갔다.

그녀는 이제껏 미친 사람을 여럿 보아왔지만 오늘처럼 황당하게 미친 사람은 처음이었던 것이다.

진앙은 피를 흘리며 달아나는 독고충의 뒷모습과 사랑하는 여인의 기겁한 표정 후의 달아남, 그리고 자신의 추악한 몰골을 돌아보고는 더 이상 살아야 할 소망을 잃고 그 즉시 절벽을 달려 아래로 투신했다.

이후 하북진가에서는 진앙의 행방을 찾던 중 그의 시체를 발견하고—물론 엉덩이를 깐 채로 죽어 있었다—떨어진 것으로 추측되는 절벽으로 가서 그곳에 남겨진 검으로 새긴 듯한 유언을 발견하게 되었다.

화미미, 나는 그대를 사랑하였소.

이 글귀를 토대로 산 아랫마을 뒤진 결과 화미미라는 여인을 찾을 수 있었고, 그들은 그녀에게서 모든 사실을 들을 수 있었다.

한편 독고세가에서도 이러한 사실을 알게 되었는데 독고충이 우여곡절 끝에 목숨을 연명하여 본가로 돌아간 뒤 이 모든 사연을 이야기하고 결국 죽음에 이르자 그 분노가 극에 달했다.

두 가문의 어른들은 도저히 이 죽음을 납득할 수가 없어 당장 결판을 내려 했다.

하북진가의 주장은 이러했다.

—똥 쌀 때 갑자기 나타나면 어쩌겠다는 것이냐?

그에 맞서는 독고세가의 목소리가 결코 작지 않았다.

—아니, 똥 싼 걸 좀 봤기로 사람을 죽여? 이런 쌍!

서로의 주장은 팽팽하여 어느 누구도 잘못을 시인하지 않았고, 두 가문의 전쟁은 그때부터 처절히 시작되었다.

이 모든 진실은 어둠 속 깊은 곳에 감추어놓은 채 두 가문은 오늘 이때까지 냉전 상태에 이르러 있었던 것이다.

◆第十一章◆ 두 개의 함정

후혹문주

Fantastic Oriental Heroes

심온

팔백 년 전의 묵을 대로 묵어 구린내가 풀풀 나는 사건으로 인해 도저히 서로를 바라볼 수조차 없는 거대한 벽이 형성된 두 가문 사이에 벽을 부수기 위해 망치질을 하는 이들이 있었다.

그들은 진초연과 독고헌이었다.

그들은 만나 서로에 대한 호감을 품고 결국 연정에 이르게 될 때까지 상호 간의 가문의 원한을 꿈에도 모른 상태였다. 그리고 지독한 원수 가문이란 것을 서로 알게 되었을 때는 이미 사랑은 더 이상 허물어뜨릴 수 없을 만큼 커져 있어서 가문의 원한은 '고작', '따위' 정도로 치부되는 입장에 놓이게 되었다.

그렇다고 가문을 아예 무시할 수는 없는 노릇이었다. 몰래 연애를 즐길 수는 있어도 언젠가는 결혼을 해야 했고, 아이도 낳아 집안 식구들에게 보이고 싶었기 때문이다.

둘은 죽음이 갈라놓기 전에는 결코 사랑을 포기할 마음이 없었기에 각기 집안에 이 사실을 알리게 되었다.

물론 결과는 포악한 함성과 고함, 감금으로 이어졌다.

그러나 그에 맞서는 두 사람의 의지는 강력했다. 금식을 선언하고 물조차 마시지 않고 죽음을 각오하고 나섰다.

거의 열흘가량 금식이 이어지자 팔다리가 돌아가고 거의 죽기 직전이 되었고, 그제야 집안 식구들은 쉽게 해결되지 않을 것이라는 것과 진정 사랑하고 있다는 것을 깨달았다.

하지만 원수를 집안으로 끌어들여 놓고 싶진 않았다.

진초연과 독고헌 또한 속절없이 죽는다고 해결되는 문제가 아니란 것을 알았기에 못 이기는 척 금식을 해제하고 험난한 감시의 눈을 피해 만남을 가졌다.

"고생이 많았지?"

"그대도요."

"우린 이제 새로운 방법을 찾아야겠어."

"맞아요. 우리의 염원도 염원이지만 그동안 원한의 세월이 너무 길었으니까요."

"다른 이의 힘을 빌릴 생각이야."

"누가 도움이 될 수 있을까요?"

"후흑문."

"아, 해결하지 못하는 것이 없다는……. 하지만 후흑문이 의뢰를 받아들일까요?"

"장담할 수는 없지만 그만한 가치가 있다고 판단하길 바라는 수밖에."

"그래요, 그렇게 해요. 당신을 사랑해요."

"사랑해."

이렇게 두 사람의 사연은 후흑문에 전달되었고, 다행스럽게도 후흑문은 의뢰를 수락하였다. 그들의 예상대로 두 원수 가문의 사랑 이야기는 후흑문주 심온을 비롯한 그 수하들의 구미를 당기기에 충분했던 것이다.

*   *   *

후흑문에서는 곧바로 회의가 진행되었다. 두 사람의 간절한 염원을 어떻게 원만히 해결할 수 있겠는가라는 논의가 이루어져야 함에도 불구하고 정작 회의의 내용은 두 가문이 현재까지 왜 이 모양 이 꼴이 되었는가에 대한 토론으로 이어졌다.

강호의 객점에서 삼삼오오 이야기를 나누던 내용들이 재탕되었으며, 진실과는 거리가 먼 내용들이 꼬리에 꼬리를 물었다.

그렇게 거의 한 시진 넘게 떠들다 정작 본론에 이르러 진지한 논의를 한 것은 딱 일 다경뿐이었다.

그런 상황은 마치 이미 해답을 알고 있었던 사람들 같았고, 실제 그들 중 어느 누구도 기이하게 여기는 사람이 없었다.

그들이 내놓고 일치를 본 의견은 이것이었다.

"우린 아무것도 아는 것이 없습니다."

재화당주 엄장의 말에 모두는 일제히 고개를 끄덕이며 동조했던 것이다.

"그렇지. 하하하하."

"그럼 일단 알아보자구."

"그래야겠는걸."

"그럼 누가 알아보는 것이 좋을까?"

"아무래도 만추당이 수고를 하는 것이 좋을 것 같습니다."

추적과 정보 수집에 능한 만추당은 그렇게 선별되었다.

두 달의 시간이 지나 만추당이 밝혀낸 것들은 상당히 고무적인 것들이었다.

주머니에 담아온 귀중한 정보들을 하나씩 끄집어 내놓았다.

—두 사람의 사랑의 깊이는 이미 하늘에 닿을 정도임.

—두 가문의 수장들은 의외로 너그러운 편임.

—가장 큰 반대자는 독고화연과 진찬월임.

이 세 가지 정보를 놓고 여러 머리들이 조각을 맞추기 시작했다. 그리고 얼마 지나지 않아 해법을 찾아냈다.

—가장 반대하는 이들이 적극적으로 지원하게 만든다.

—겹사돈을 만든다.

—지금은 사용하지 않고 있는 뇌옥을 활용한다.

이 기초를 토대로 비밀 작전의 벽과 기둥이 올라가고 대들보가 쌓아졌다.

                    *   *   *

　풍화루의 점소이 백표는 점심 시간이 한참 지나고 졸음이 몰려올 시기에 주렴을 걷으며 들어오는 한 사람을 보고 얼굴을 찌푸렸다.

　주루에는 총 다섯 명의 점소이가 일하는데 손님이 없는 시간에는 한 명만 남겨두고 나머지는 뒷방에서 잠시 휴식을 취한다. 다들 쉬는데 혼자 일하고 싶은 마음이 들 리 만무하였기에 이 시간대의 손님은 누가 되었든 '짜증나는 인간'이 될 수밖에 없었다.

　백표는 의자에 달라붙어 떨어지기 싫어하는 엉덩이를 억지로 떼내며 애써 미소를 지으며 인사를 올렸다.

　"어서 오십시오. 자리는 많으니 편안한 곳에 앉으시지요."

　일층과 이층을 합해도 손님의 숫자는 다섯 명이 되지 않았기에 좋은 자리는 널린 터였다.

　속마음과 달리 백표는 꽤 친절한 음성을 발하고 있었다. 그 이유는 손님의 인상과 지닌 무기에 의한 것이었다.

　차가운 기운이 물씬 풍기는 청의무복을 입은 삼십대 정도로 추정되는 손님은 정기가 흐르는 눈동자에 예기를 머금고 있어 슬쩍 곁눈질로 마주쳤음에도 오금이 저려왔고, 등에 걸린 장검은 일체의 어색함도 없이 마치 몸의 일부인 양 어울렸기 때문에 결코 함부로 대해서는 안 된다는 충고가 대뇌에 강하게 울려 퍼진 것이다.

　점소이 백표의 그러한 변신은 매우 현명한 판단이랄 수 있었다. 하잘것없는 알량한 자존심을 내세워 처음 먹었던 귀찮은 감정을 표면화시키지 않은 것은 위선이라기보다는 처세술이라고 해야 옳았다.

　백표야 손님의 정체가 무엇인지 모르는 것이 당연하였지만 어느 정도 강호의 고수를 볼 줄 아는 안목을 지닌 자라면 그가 당금 무림의 신예 중 단연 돋보이는 무공을 지닌 하북진가의 장남인 청의예검(靑衣銳劍) 진찬월이라는 것을 알았을 것이다.

진찬월은 늘 사람들 앞에 모습을 드러낼 때마다 청의를 입었기에 그의 별호에는 자연스럽게 청의가 들어가 있었고, 검법의 날카로움을 가리켜 예검이라는 단어가 덧붙여졌다.

"이곳에서 잘하는 요리를 가지고 오게."

진찬월은 이층 창가에 앉고는 곁에 서서 엽차를 따르는 점소이를 향해 말했다.

"네, 회고육으로 준비하겠습니다. 충분히 만족하실 겁니다요. 술은 무엇으로 하시려는지요?"

"술은 됐네."

"네네, 잠시만 기다리시면 곧바로 대령하겠습니다요."

점소이 백표가 물러나자 진찬월은 여유있게 창밖의 광경을 살폈다.

삼삼오오 무리를 지어 희희낙락거리는 아이들이 몰려왔다가 멀어졌다. 이어 한 노파가 걷는 것이 힘겨운지 나무 그늘 아래에서 걸음을 멈추고 잠시 숨을 돌렸다.

가전의 정심한 내공심법을 이어받은 그의 눈에 언뜻 예기가 서리면서 노파의 오른쪽 어깨를 주목하였다. 노파의 어깨는 오른쪽이 처져 있었고 힘들어 보였는데, 자세히 보니 그곳엔 파리 한 마리가 앉아 있었다.

피식.

진찬월은 슬며시 웃고 말았지만 한편으로는 애처로운 마음이 들었다.

검은 머리라곤 한 올을 찾기 어려운 백발에, 뼈는 삭고, 피부는 검버 섯이 피어올라 이젠 파리 한 마리가 어깨에 앉아도 무겁겠다는 염려가 될 정도라니.

자식들을 위해 일평생 헌신하여 몸을 아끼지 않았을 그녀는 분명 지 금도 한 치의 후회도 하지 않고 있으리라.

노파가 자리를 뜬 후 얼마 지나지 않아 음식이 나왔다. 시간이 꽤나 걸린 것이었지만 여러 상념에 빠진 탓에 시간 가는 줄 모르고 있었기 에 진찬월은 점소이가 금방 돌아온 것만 같았다.

"손님, 오래 기다리게 해서 너무 죄송합니다요. 점심때가 지난 후에 는 조금 시간이 걸리는 터라서……."

백표는 연신 허리를 숙여 사과했다.

"괜찮네. 이 정도면 결코 늦었다고 할 수 없으니 미안해할 필요 없 네."

백표는 이 손님이 겉모습과는 달리 의외로 다정한 것을 보고 얼굴이 환해져서 인사를 올린 후 총총히 물러났다. 역시 사람은 겪어보지 않 고는 알 수 없는 것이라는 생각을 떠올렸음은 물론이다.

음식 맛은 생각했던 것보다 훨씬 좋았기에 진찬월은 속으로 주루 이 름을 되뇌었다.

그는 이번에 낙양의 외가에 다녀오는 길이었는데 이제껏 이곳을 지 나면서도 풍화루는 처음 들어와 보았다.

여기 임주(林州) 지역은 산서성과 하남성, 호북성의 경계에서 가까운 요충지라 제법 상권이 발달되어 있어 여러 객잔과 주루들이 자리한 탓 에 선택의 여지가 많았던 것이다.

식사를 거의 마쳐 가며 포만감이 가득 차 오르는 중에 그의 시선은 다시금 창밖으로 향했다.

그곳엔 이미 사라진 아이들과 노파 대신 한 쌍의 원앙 같은 젊은 남녀가 다정히 팔짱을 끼고 걸음을 옮기고 있었다.

연인들의 걸음은 한 걸음을 뗄 때마다 일 년 정도는 족히 걸릴 것처럼 지극히 여유로웠고, 모든 대화 속에 미소와 웃음이 가득했다.

진찬월은 그 광경을 흐뭇하게 바라보다가 이내 얼굴이 어두워졌다.

여동생 진초연이 떠올랐기 때문이다. 사실 그가 이번에 낙양에 다녀온 것도 여동생의 일 때문이었다. 그녀는 이 세상 수많은 남자들 가운데서 결코 만나서는 안 되는 원수 집안의 아들을 사랑하였고, 그것은 무슨 일이 있어도 막아내야 할 일이었다.

지금 현재 상황은 무엇보다 급박하고 간절했다. 강경해야 할 아버지께서 이미 팔백 년 전의 일이 아니냐며 흘러가는 대로 둬보자고 말하였을 때 그는 자신의 귀를 의심해야 했다.

또한 여동생의 고집은 단순히 고집이라는 단어만으로는 설명할 수 없는 가공할 집착을 보이는 탓에 모든 가족들의 일치단결한 거부가 필요했다.

아버지와 어머니를 열렬히 설득하는 한편 여러 친척들에게 이 사실을 고하면서 만일의 사태가 발생하였을 경우 힘을 보태주십사는 뜻으로 그는 요즘 바쁜 나날을 보내고 있었다.

그는 젊은 연인들에게서 시선을 거둬들이고 마저 식사에 전념했다.

그 짧은 순간에 입맛은 줄행랑을 놓아버려 아까의 맛을 느낄 수가 없었다. 그는 몇 젓가락을 끼적대다가 내려놓았다.

그때 주루 안이 소란스러워졌다.

두 사람의 목소리가 조용히 가라앉아 있던 실내를 휘몰아치면서 장터를 방불케 했다.

단 두 사람의 목소리가 거의 이십 명 정도 되는 분량의 시끌벅적함을 나타낼 수 있다는 것에 웃기는 경외감을 느끼며 진찬월은 서서히 길 떠날 준비를 했다.

옆 의자에 놓아둔 장검을 잡고 막 등에 걸쳐 메려 할 때 두 사람은 어느새 자신의 탁자로 행진해 오고 있었다.

"와아, 저거 맛있겠는걸. 나 저거 한번 먹어보고 싶다."

"뭐 어려울 것 있나. 먹어보면 되지."

"하지만 시켰는데 맛이 없으면 어쩌지? 겉으로 볼 때는 맛있어 보이는 것도 실제 맛이 별로인 것들이 많잖아."

"그것도 그렇군. 그럼 저기 좀 남은 것 같은데 좀 먹어보자구."

그들이 말하는 것은 진찬월이 남겨놓은 음식이었기에 점소이는 사색이 되어 앞쪽으로 나서서 두 팔을 벌리고 가로막았다.

"어찌 먹다 남은 음식을 드시려는 겁니까? 맛은 확실히 보장할 테니 좋은 자리에 앉아서 기다려만 주십시오."

점소이 백표가 염려하는 것은 진찬월이 언짢아하여 검을 뽑아 들고, 그로 인해 피가 철철 나는 시체를 자신이 처리해야 할지도 모른다는 염려 때문이었다.

"뭘 그리 놀란 눈으로 바라보는 게야. 저 사람은 이제 갈 테고 어차피 버려질 음식인데 우리가 먹으면 안 된다는 법이 어디에 있어."

"네놈도 눈깔이 있으면 좀 봐라. 막 떠나려고 채비하는 중인 것이 보이지 않냔 말이야."

다시 백표가 자신이 지어 보일 수 있는 최대한의 불쌍한 표정으로 두 사람을 만류할 때, 진찬월은 찬찬히 이 괴상한 인간들을 살펴보았다.

두 사내는 대략 이십대 후반 정도, 하지만 그것은 어디까지나 '나는 이십대 후반이오' 라고 강변하고 있는 어설프기 짝이 없는 역용술(이렇게 부르기가 민망할 정도였지만)로 꾸몄기에 망정이지 냉철한 시선으로 판단하건대 고작 이십대 초반 정도 되어 보였다.

나름대로는 신경을 썼다고 쓴 것인지 콧수염도 붙이고, 눈 밑과 귓가 쪽으로 피부의 탱탱함을 감추었지만 그 정도로는 점소이의 눈이나 겨우 가릴 수 있을 정도였다.

본시 변장을 한다는 것은 뒤가 구리다는 것을 의미함과 동시에 자신의 존재를 드러내지 않기 위함인데 이들은 동네방네 유세를 떨듯 소란스러우니 진찬월은 가슴 밑바닥으로부터 서서히 언짢은 감정이 피어오르기 시작했다.

'흥, 정말로 괴상한 작자들이로군. 나 정도는 안중에도 없다는 것이냐?'

"이 음식은 내가 주문하여 돈을 지불할 것이니 버린다고 해도 내 소유라 할 수 있소. 그러니 두 분은 억지 부리지 마시고 물러나도록 하시오."

그는 점잖게, 하지만 명확하게 자기 의사를 밝혔다.

백표는 염려했던 청의검사가 다행히도 검 대신 논리적인 말로 타이르자 일이 커지지는 않을 것 같아 마음이 놓였다.

"이분 말씀이 맞습니……."

백표의 음성은 중도에서 잘려 나갔다.

"어허, 이거 참 사람이 보기보다는 엄청 쫀쫀하네. 이보시오. 사람이 생긴 건 멀쩡한데 왜 그렇게 쩨쩨하오? 그대가 만약 음식을 소중히 여기는 마음에 다시 자리에 앉아서 마저 먹는다면 우리는 곱게 허리를 숙여 인사를 드리고 물러나겠지만, 이것을 버리면서까지 자기 권리를 주장한다면 난 그대를 중원에서 제일 쩨쩨한 사람으로 믿어버리겠소."

오른쪽 사내는 침을 튀기고 삿대질을 해가면서 말을 하였고, 왼쪽에 있던 사내는 옆에서 연신 입을 벌렁거리고 침을 삼키면서 동료의 말이 끝나고 자신이 말할 차례가 오기를 애타게 기다렸다. 드디어 그의 차례가 오자, 한 번도 쉬지 않고 입을 놀리기 시작했다.

"나는 이제껏 삼십 년을 살아오면서 총 다섯 명의 쫀쫀한 사람을 만났는데 그들의 쫀쫀함과 쩨쩨함은 정녕 경악으로 눈이 튀어나와 바닥을 다섯 번 구른 다음에 허망하게 으깨어져 버릴 정도로 대단한 것이었다오. 하지만 난 오늘에서야 그들이 하찮은 존재라는 것을 진심으로 깨닫게 되었소. 그대는 아무리 봐도 쩨쩨함에 있어서는 지존이 분명할 터. 나랑 같이 먼저의 다섯 사람을 보러 갑시다. 그들은 필시 당신 앞에 무릎을 꿇고 영원한 충성을 맹세할 것이 틀림없소."

두 사람이 쏟아내는 말의 속도는 가히 폭발적이었기에 백표와 진찬월은 끼어들 엄두를 내지 못했다. 이미 아래층에서 식사를 끝마친 사람들과 새로 들어온 사람, 그리고 뒤채에 있던 주인장 내외까지 몰려와 이 사태를 주시하였지만 그들 중 누구도 입을 열지 못했다.

"세상에는 다섯 가지의 의(義)와 세 가지 인(仁)이 있소. 그중 식의(食義)와 식인(食仁)이 말하는 바는 이것이오. 식의란, 배부르지도 굶주리지도 않은 가운데서야 의를 이루기 쉽다고 하였고, 식인이란 식욕을 닫음이 덕의 시작이란 뜻이오. 그런데 지금 그대는 충분히 배가 부름에도 불구하고 억지로 떼를 쓰고, 자신이 남긴 음식이 아까워 먹지도 않을 음식에 식욕을 부리니 어찌 의와 인을 이룰 수 있겠소. 보아하니 강호를 종횡하는 무림인인 듯한데, 내 근자에 먹기를 이렇듯 탐하는 강호인이 있다는 소문은 들어본 적이 없소만 그대의 별호가 심히 궁금하기 짝이 없구려."

"내 얼핏 보아하니 청의를 걸치고 검을 등에 메는 것이 마치 하북진가의 청의예검과 비슷해 보이는구려. 하지만 그대는 청의예검이 될 수 없소. 그는 당신처럼 남은 음식을 애써 지키려는 무뢰배가 아니기 때문이오. 혹여 그대가 청의예검 진찬월을 사칭한다면 그는 틀림없이 자신의 있는 힘을 총동원하여 당신의 목을 베려 할 것이오. 자, 그럼 이제 당신의 이름이 어찌 되는지 말해 보시오."

이렇게 되자 진찬월은 스스로를 밝힐 수 있는 길이 원천봉쇄되어 버렸다. 만약 자신이 바로 청의예검이라고 말한다면 두 사람은 그 즉시 크게 웃어버릴 것 같았고, 그렇다고 말을 안 하자니 유구무언(有口無言)이 된 것은 너무나 당연하다는 말이 튀어나올 것이 틀림없었다. 사람들의 이목의 모든 초점은 진찬월의 입술로 모아진 상태였다.

"두 분이 드시구려. 난 이만 가보겠소."

진찬월은 현명한 판단을 내렸다. 굳이 자신의 이름을 들먹일 필요 없이 개에게 아무 쓸모 없는 뼈다귀를 던져 주듯이 남은 음식을 선물한 것이다.

'흐흐, 녀석들.'

그는 스스로 생각해도 만족스러웠고, 이 두 사람이 보일 당황스런 반응을 여유있게 기다렸다. 설마 하니 이렇게 쉽게 음식을 건네줄 것이라고는 생각지 못하였을 것이니 제대로 뒤통수를 갈긴 셈이었다.

그러나 그의 기대는 너무나 쉽게 무너져 내렸다.

"야호! 우리가 이겼다."

"유후! 그럼 그렇지. 우리가 이긴 거야. 이겼다고!"

너무나 기뻐하는 두 사내의 모습에 진찬월은 적에게 암습을 당한 것마냥 어두운 기색이 되었다.

그것은 뒤에서 지켜보던 이들도 마찬가지였지만 분위기는 어찌 되었든 두 사람에게로 넘어간 것은 확실했다.

"후후, 그럼 맛있게 드시오."

급히 마음을 추스른 진찬월이 자리를 뜨자, 구경하던 이들도 분분히 자기 자리로 돌아갔다.

이 두 사람은 진찬월이 떠나든지 말든지 즉시 남은 음식을 집어 들고는 게걸스럽게 먹어대기 시작했다.

"저 녀석 좀 봐. 어깨를 바르르 떠는데?"

"역시 쩨쩨한 놈이었군."

"사람은 생긴 것 가지고는 정말 모른다니까."

"원래 말쑥하게 빠진 놈들이 더해요. 전에 거 있잖아, 산서성 묘추에 들렀을 때 보았던 인간?"

"아, 그때 그 녀석. 그렇지. 그러고 보니 저놈하고 많이 닮았는걸."

두 사람은 나름대로 소곤거린다고 하는 것이었지만 안타깝게도 진찬월의 청력은 매우 발달되어 있었다.

그는 계단을 중간 정도 내려가다 걸음을 멈추었다.

"쟤 멈추네? 혹시 우리 말이 들리는 건 아니겠지?"

"설마, 지가 무슨 개도 아니고 그렇게 귀가 밝을 리가 없잖아."

"하긴 그렇네. 우리 목소리가 들리면 그건 개지, 개."

"저거 혹시 돈이 없는 건 아닐까?"

"뭐야, 그럼 우리보고 음식 값 내라고 하면 어떡해?"

"그래도 우린 할 말이 있지. 왜냐면 녀석이 먹으라고 한 것이니까."

"흐흐, 그렇군. 그나저나 왜 안 가고 계속 서 있어, 신경 쓰이게."

"내버려 둬. 식기 전에 어서 먹기나 하자구."

진찬월은 분노에 치를 떨며 당장 달려가 요절을 내려 했다. 하지만 이내 지금 이 순간 자신이 몸을 돌리게 되면 한순간 개가 되어버릴 수 있다는 생각에 그 자리에 굳어버리고 말았다.

그러나 그것도 잠시 이내 말장난으로 이루어진 장애를 부숴 버리고는 신형을 뽑아 두 사람 앞에 나타났다.

"이놈들, 다 들었다!"

두 사람은 화들짝 놀라 창 쪽으로 등을 붙이고는 놀라 소리를 질렀다.

"뭐야, 이거 개새끼였던 거야?"

"그럴 리가! 내가 보기엔 사람 새끼처럼 보이는데 개새끼일 리가 없어. 검을 등에 메고 다닌다는 개새끼를 본 적이 없다구. 하지만 정말로 우리 말을 들은 거라면 이 녀석은 정말 개새끼가 되는 건데 사람이 갑자기 개가 되어버리다니 이거 이거 보통 일이 아닌걸."

"어서 몽둥이를 집어. 개새끼에겐 몽둥이가 약이잖아."

"워이, 워이! 물러가라, 물러가."

진찬월은 대놓고 모욕을 당하자 얼굴이 벌겋게 달아올랐다.

그는 지금으로부터 십 년 전 산길을 걷다가 노인장에게 얻어터진 일 이후로 이런 수모를 당한 적이 없었기에 더욱 화가 났다.

당시 노인장은 잘 가고 있던 그를 불러 세워놓고는 실실 웃으면서 용돈을 좀 달라고 했다.

그때 그의 나이는 이십 세였고, 강호에 대해 잘은 몰랐지만 노인장의 산만한 표정과 몸짓을 통해 이것이 돈을 뜯어내는 수작이라는 것을 알아차리고 호통을 쳤다. 그리고 그 결과 산만하기 이를 데 없는 충고와 주먹질을 받았으며, 다다음날 정오까지 뻗어버렸다.

그 뒤 무공 수련에 온 힘을 기울인 것은 당연하였으며, 그 결과 오늘날의 명성에 이른 것이었다.

그는 당시 이 노인장의 정체가 원수 집안인 독고가의 인물이 아닌가 싶어 뒤에서 많은 조사를 해보았지만 독고세가 어디에서도 그 비슷한 노인장을 찾아내지 못했었다.

지금 문득 그의 뇌리로 노인장이 떠오른 것은 이 두 사람의 산만함이 가히 당시의 노인장과 흡사한 부분이 많았기 때문이다.

그의 이러한 추측은 사실은 정확히 맞아떨어지는 것이라고 할 수 있었다.

십 년 전에 진찬월 앞에 나타나 삥을 뜯으며 폭력을 행사한 노인은 다름 아닌 후흑문의 전대 문주인 심온의 사부 신비무영이었으며, 현재 소란을 떤 이 두 사람은 심온과 담유설이었기 때문이다.

"내 너희들을 제대로 훈계하리라!"

진찬월은 살인멸절하고 싶은 마음은 없었고 단지 뼈다귀 몇 개 정도를 부러뜨려 놓으려 했기에 가전의 금나수법을 이용하여 손을 뻗었다.

심온과 담유설은 모두 화들짝 놀란 표정을 짓고는 탁자를 뒤엎어 진찬월을 막고 창문을 통해 밖으로 몸을 날렸다.

"이 자식, 아주 악질이야, 악질. 먹으라고 해놓고 이제 와서 사람을 죽이려고 들다니… 뭐, 이런 새끼가 다 있냐구!"

"조용히 좀 해. 귀가 얼마나 밝은지 방금 봤잖아. 아까도 그렇게 작게 중얼거렸는데 개새끼마냥 다 들었는데 이렇게 큰 소리로 욕을 하면 우리는 매를 곱절로 버는 것이란 말이야. 이제부터는 입 닥치고 우리의 장기 중의 장기인 달리기로 놈을 뿌리칠 수밖에 없어."

"오늘 정말 운수 사납군. 개에게 쫓기는 날이 될 줄은 몰랐는걸."

심온과 담유설은 이층에서 곧바로 뛰어내려 발이 땅에 닿기가 무섭게 경공을 펼쳐 달렸고, 그 와중에도 시끄럽게 떠들기를 주저하지 않았다.

진찬월은 뜻밖에도 금나수가 허공을 할퀴고, 둘의 신법이 소란스러운 중에도 매우 안정되어 있는 것을 보고 인상을 찡그렸다.

그에겐 제정신이 아닌 놈들이 어찌하여 저런 무공을 쥐게 되었는지 답답할 따름이었다.

십 년 전의 깡패노인도 돈 몇 푼을 바라고 험한 주먹질을 퍼붓더니 이젠 또 별 희한한 놈들이 심기를 건드리는 것이다.

'미친놈들에겐 그만한 보상을 해줄 필요가 있다. 이대로 보내준다면 또 다른 누군가에게 해를 끼칠 것이 아닌가.'

당시 깡패노인도 힘만 믿고 그 뒤로도 젊은 놈들의 푼돈을 뜯어내었을 것이라는 생각이 들어 무공을 더욱 열심히 연마했던 그였다.

하지만 정녕 그가 모르고 있는 것이 있었으니, 그건 당시 깡패노인, 즉 신비무영이 실은 그를 위해 주먹을 휘둘렀다는 점이었다.

그의 자질은 뛰어나나 고비를 넘기지 못하고 무공의 경지가 정체되는 것을 간파하고 타법을 통해 혈맥을 열어주었던 것이다.

또한 지금도 이 두 해괴하기 이를 데 없는 사람이 먼 장래를 위해 함정을 파고 있다는 것을 깨닫지 못하고 있었다.

결국 놓치고 말았다.

숨바꼭질은 열흘이나 계속되었다. 잡힐 듯 잡힐 듯하면서도 손아귀를 빠져나가더니만 이젠 아예 종적을 찾을 수 없게 되고 말았다.

아니, 좀 더 솔직히 말하자면 오 일이 지나면서 진찬월은 그만 쫓고 싶다는 생각을 하기 시작했다. 그럼에도 열흘이란 시간을 보내야 했던 건 두 가지 이유에서였다.

두 놈이 시야에 잡힐 때면 어김없이 숨을 헐떡였다는 것이 첫째 이유였다. 당장 쓰러질 듯 숨을 몰아쉬는데 그 광경을 보고는 도저히 포기할 수가 없었던 것이다.

둘째는 자신이 청의예검이라는 사실을 눈치챘기 때문이다. 보기 좋게 놓친 것이라면 몰라도 눈앞에 두고도 쫓지 않는다면 두 놈의 시끄러운 언변을 감안할 때 강호상에 괴상한 소문이 돌 것은 불을 보듯 뻔하리라는 생각이 그를 쉴 수 없게 만든 것이다.

─청의예검은 겁쟁이다.

─겁이 났던 거지. 막상 잡는다고 해도 이긴다고 장담할 수 없었을 테니까.

─내가 저만치 있는데 못 본 척하고는 옆으로 달리더라니까.

─그 녀석 귀만 밝았지, 싸움은 동네 양아치 수준도 안 되더군.

이런 소문들은 다시금 눈덩이처럼 불어나 결국 자신을 덮쳐 올 것이라는 걸 알았기에 진찬월은 이를 악물고 쫓을 수밖에 없었다.

그런데 이제 해방이 된 것이다. 놈들의 탁월한 경공과 도망자로서의 끈기에 박수를 보내주고 싶었다.

"푸풋."

지난 며칠을 돌아보자 실없이 웃음이 나왔다.

이 동서로 광분하며 날뜀이 사실 알고 보면 고작 음식 찌꺼기가 발단이 되었다고 생각하니 어이가 없었다.

"당시 내가 못 들은 척하고 주루를 나섰다면 어땠을까? 옛말에 이르기를 현자는 많이 듣고 많이 보는 자가 아니라, 부러 듣지 않고 부러 보지 않는 자라는 말이 실감나는구나."

실제로 지금껏 일어난 강호의 수많은 분쟁을 보자면 대다수가 자신의 감정을 억누르지 못하고 자존심을 죽이지 못해 일어나는 것들이었다.

하지만 생각은 이렇게 정리했어도 만약 다시 같은 상황이 벌어진다면 똑같이 행동했을 것이라는 생각이 들자 이번엔 쓴웃음이 떠올랐다.

진찬월은 이틀 정도 객방에 머물며 휴식을 취했다.

밤과 낮을 가리지 않고 추격하느라 잠도 제대로 자지 못하고 먹을 것도 챙겨 먹지 못해 기력이 쇠한 부분을 회복해야만 하는 것이다.

이틀이란 시간은 본래의 진찬월로 돌아오게 하기에 충분했다.

다시금 상쾌한 상태로 돌아온 진찬월은 산서성 쪽으로 틀어진 길을 하북성 쪽으로 바로잡아 나아갔다.

지름길을 택해 나아가려다 보니 험한 산길을 택하였고, 어느덧 곡주산(曲周山)을 넘는 길이었다.

이른 아침에 산을 올랐기에 정오 무렵에는 산을 통과할 수 있을 것이라 생각했는데 어찌 된 일인지 좀처럼 산을 빠져나가지 못하고 있었다.

아니, 빠져나가긴커녕 도리어 깊숙한 곳으로 한없이 빠져드는 느낌이 드는 터라 그의 미간은 잔뜩 찡그린 상태로 펴질 줄을 몰랐다.

산(山)사람이라도 만나면 좋으련만 아침나절에 산을 오르면서 서너 사람을 본 이후로는 아무도 구경을 못하고 있는 상황이었다.

이 큰 산에 사람이라곤 마치 자신만 있는 것처럼 한 사람도 만나지 못하니 답답한 마음을 금할 길이 없었다.

"여기 아무도 없습니까? 길을 잃은 것 같습니다. 혹시 근처에 누가 있다면 이쪽으로 와주시오!"

내공을 발휘하여 큰 음성으로 외쳤다. 거기에 대해 응답한 건 메아리가 되어 돌아온 자신의 목소리뿐이었다.

혹시 목소리를 듣고 찾아오는 사람이 있을지도 모르는지라 조금 시야가 트인 곳에 자리를 잡고 기다렸다.

그러길 한 시진, 그는 머리를 마구 쥐어뜯으면서 자책했다.

"이 나이에 길을 찾지 못하다니… 어찌 이리도 바보 같을 수가 있단 말인가."

더 기다려 봤자 별 소득이 없을 것 같았기에 죽이 되든 밥이 되든 산을 내려가 보기로 했다.

이제 두 시진 정도만 있으면 해가 질 것이기에 서둘러야 했다.

지나왔던 곳의 풀과 나무 등에 표시를 남기며 걸음에 속도를 높여 산을 누비길 일 식경 정도 지났을까. 그의 얼굴에 순간 화색이 돌았다.

감각을 활짝 열어놓고 인기척을 찾아내던 그에게 반가운 소리가 들려온 것이다.

틀림없이 사람의 음성이었다. 아직은 꽤 먼 거리였기에 무슨 내용인지는 파악할 수 없었으니 적어도 두 명 이상은 되는 것 같았다.

사막에서 샘을 발견한 나그네처럼 있는 힘껏 달려가려던 그의 몸이 한순간 차분해졌다.

오늘 하루는 어쩐지 예기치 못한 상황에 접하게 될 것만 같은 느낌이 든 탓이다. 어린아이마냥 산을 헤맨 것도 그렇고, 이제껏 사람을 못 보다가 겨우 찾은 것도 희한한 일이었다.

그는 자신이 선 곳이 바로 강호요, 무림이라는 사실을 자각하였고, 앞으로 보게 될 사람들이 평범한 약초꾼이나 농사꾼이 아닐 수도 있다는 점을 상기했다.

돌다리도 두드려 보고 건너라, 는 속담을 마음속에 중얼거린 후 아주 조심스럽게 기척을 죽이며 접근했다.

천천히, 신중하게, 저곳에 자신이 감당치 못할 마두가 서 있을 수도 있다는 경계심으로 다가갔다. 거리가 가까워질수록 이야기하는 소리가 미세하게 들려오기 시작하고 어느 지점부터는 명확히 대화를 듣게 되었다.

그 순간 진찬월의 안색에는 검은 비가 주르륵 내린 듯 사색이 되고 말았다.

"하하하하, 재밌지 않으세요? 그래서 저와 이 친구는 이렇게 말하고 말았답니다. '뭐야, 이거 개새끼였던 거야?' 하고 말이죠. 솔직히 그렇게 조그맣게 소곤거린 것을 듣다니 정녕 개가 아니면 뭐냐는 거죠."

"물론 그 뒤에는 도망치느라 정신이 없었어요. 정말 미친개가 쫓아오는 것 같았지요. 우리도 달리기는 꽤 하는 편인데 놈은 그동안 몸에 좋은 것들을 얼마나 처먹었는지 지칠 줄 모르는 것 같더라니까요. 하지만 우리도 잡히면 죽는 것이니 젖 먹던 힘까지 짜내서 달렸죠. 이렇게 살아서 할머니와 이야기할 수 있다니 얼마나 다행스러운지 모르겠어요."

"아, 하지만 아직도 한 가지 아쉬운 것이 있다면 음식을 다 먹지 못하고 나온 것이랍니다. 그 녀석이 생긴 것과는 달리 그렇게 쩨쩨하게

굴 줄은 생각지도 못했거든요. 이번에 강호의 친구들을 만나면 청의에 검이라는 작자가 얼마나 좀생이 같은지 확실히 가르쳐 줄 겁니다."

대화의 내용!

목소리!

진정 고래 힘줄만큼이나 질긴 인연이었다.

진찬월은 이 끈질긴 악연을 이번에는 잘라내야겠다고 다짐하였다. 계속 이어지는 대화를 통해 보건대 시골 노파를 앉혀놓고 알아듣지도 못하는 말을 열심히 해대고 있는 중인 것 같았다.

노파가 다치지 않게끔 신속하게 처치해야 했다.

비록 그와 떠버리들 사이에는 기다란 풀숲이 가로막고 있어서 서로를 볼 수 없었지만 그는 이미 음성의 크기를 통해 어느 정도의 거리인지 계산을 끝내놓은 상태였다.

그는 마음으로 앞으로 펼쳐지게 될 상황을 그려보았다.

그대로 신형을 뽑아 올려 기다란 풀숲을 뛰어넘는다.

이어 착지하는 순간 검은 뽑아져 두 놈의 목을 베어낼 것이다.

그 즉시 노파에겐 수혈을 짚어 잠들게 한다면 깨어날 때 그저 악몽을 꾼 것이라고 생각할 터.

'내 오늘 저승의 문을 열리라!'

그의 신형이 허공으로 솟구쳤다. 뜬 상태에서 바라보니 어느새 눈치를 챘는지 두 놈이 노파를 가운데 두고 경악에 찬 눈으로 바라보고 있었다.

"앗, 피해야 해!"

두 놈이 노파의 한 팔씩 붙들고 뒤로 물러났고, 진찬월의 신형은 아까 한참이나 떠들어댔던 곳 바로 앞 지점에 착지했다.

진찬월은 도망치는 데 일가견이 있는 놈들이기에 그 정도는 감안하였던 터라 착지하는 순간 튕기 듯이 몸을 날려 목을 취하려 했다.

하지만 그것은 마음속에 그려진 영상이 되었을 뿐 안타깝게도 그의 몸은 착지하는 순간 땅으로 움푹 꺼져 들어가고 말았다.

그의 의지는 땅을 박차고 앞으로 나아가는 것이었던 데 반해 실제 몸은 속절없이 함정 속으로 빠져 버린 것이라 일시 제대로 대응하기엔 무리가 있었다.

그건 마치 일상생활 속에서 계단을 밟고 내려가는 중에 마지막 계단 하나가 더 남은 줄 알고 밟았으나 실은 계단이 끝난 터라 발이 어색하게 딛어지는 것과 같은 원리여서 진찬월 같은 고수도 어떻게 할 도리가 없었다.

"으아아악~"

끝이 없는 어둠의 먹이가 된 뒤 정체불명의 쇠 마찰음이 들렸다.

기이잉, 철컥.

진찬월이 떨어지고 나자, 심온과 담유설이 쪼르르 달려와 마구 소리치기 시작했다.

"도대체 이게 어떻게 된 일이지?"

"여기에 함정이 있었던 거야."

"오호라, 고놈 참 쌤통이다!"

"천지신명께서 우리를 도우셨구나. 아무렴, 그렇지. 악한 놈들은 하늘의 그물을 피할 수 없는 법이니까."

"저기에서 평생 살게 되는 거라면 그래도 꽤 불쌍한데……."

"불쌍하긴 뭐가 불쌍해. 만약 저놈이 빠져나오기라도 한다면 온 천하를 뒤져서라도 우릴 찾아내고 말 텐데 그땐 어떻게 감당할 거야."

"흐흐, 그럼 못 나오는 게 낫겠네."

"아무렴. 자, 그럼 위대한 검사여, 영원히 안녕!"

두 사람은 홍겹게 작별을 고한 뒤 노파에게로 갔다.

노파는 두 사람을 보면서 뚱한 표정으로 말했다.

"이놈들아, 집에 데려다 주지 않고 뭐라고 자꾸 중얼거리는 거냐?"

"앗, 죄송합니다. 고생 많으셨어요. 하지만 좋은 일 하신 것은 확실하니까 너무 원망하진 마세요."

심온이 얼른 달려가 노파를 엎고는 산 아래 마을로 향했다.

오늘 이곳 곡주산에는 간단한 진법이 펼쳐졌고, 거의 대부분은 아예 산을 오르지도 못하였는데 노파는 어찌하다 길을 잃게 된 것을 발견하여 심온이 진찬월을 유인하는 작전에 참여시킨 것이었다.

진찬월이 빠진 곳은 오래전에 후흑문의 지하 뇌옥으로 사용하였던 곳으로, 그가 빠진 후 금속성이 난 것은 아래쪽의 삼중 철망이 작동한 소리였다.

또한 심온과 담유설이 진찬월이 함정에 빠진 후에도 여전히 엉뚱한 말로 대화를 나누었던 이유는 진찬월이 어떤 음모에 의해 자신이 함정에 빠진 것임을 깨닫지 못하게 하기 위함이었다.

그저 지독히 운이 없어 괴상한 함정에 빠졌다고 믿어야만 했다.

왜냐하면 이미 함정에는 진찬월의 짝이 될 독고화연이 또 다른 작전에 의해 갇힌 상태였기 때문이다.

말하자면 두 사람은 바다에서 표류하다 무인도에 단둘만이 살게 된 것과 같은 입장이 된 것이다.

◆第十二章◆ 외나무다리에서 만난 원수

후혹문주

심온

Fantastic Oriental Heroes

*진찬월*은 뇌옥으로 떨어지면서 그만 혼절하고 말았다. 추락하는 중에 무리하게 위로 솟구치려 기를 끌어올린 탓에 기혈이 뒤틀린 탓이었다.

하지만 다행인 점은 뇌옥 안에 먼저 와서 기다리고 있는 사람이 있다는 것이었다. 문제는 그녀가 여인임에도 불구하고 무공이 호락호락하지 않을 뿐 아니라 가문의 원수 집안이라는 것이었다.

독고세가의 만딸인 독고화연, 강호에서 불리는 그녀의 별호는 북풍냉화(北風冷花)였다.

오 년 전 낙양의 한 공자묘에서 섬서삼숙과 시비가 붙은 적이 있었는데, 당시 섬서삼숙은 그녀의 북풍한설 같은 차가운 얼굴을 보는 것만으로 그만 굳어버려 손을 제대로 써보지도 못하고 곤란한 지경에 빠진 것이 북풍냉화라는 별호가 된 이유였다.

뒤에 냉화라는 말을 통해서 단순히 차가운 여인만이 아니라 아름다운 용모를 지녔다는 것도 알 수 있었다.

그러나 외모와는 달리 그녀의 속마음이 무척이나 따뜻하다는 것을 아는 사람은 매우 드물었다.

그녀가 뇌옥에 갇히게 된 것은 사흘 전이었다. 그리고 오늘 새로운 동료를 맞은 것이다.

그녀는 혼절한 진찬월을 바라보고 다시 높은 천장으로부터 미세하게 비치는 빛을 올려다보고는 길게 한숨을 내쉬었다.

사흘 동안 오만 가지 방법을 다 동원해 탈출 방법을 생각해 봤지만 도무지 답을 찾지 못하고 있던 터였다. 그런데 이제 무슨 마법처럼 위쪽의 철장이 열리면서 한 사람이 떨어져 내렸으니 귀신이 곡할 노릇이었다.

처음 이곳에 갇히게 되었을 때는 그래도 빠져나갈 수 있을 것이라고 생각했었다. 하지만 하루가 가고 이틀이 지나면서 초조함을 금할 길이 없었고, 결국 누군가가 꺼내주지 않는다면 영영 빠져나갈 수 없다는 것을 알게 되었다.

아직 시집도 가지 않은 그녀는 멋진 남자를 만나고 싶었고, 아이도 갖기를 원했다. 하지만 뇌옥에 갇혀 세상과 단절된 채 병들고 늙어간다고 생각하니 미쳐 버릴 것만 같았던 것이다.

벽을 타고 올라가 위쪽 천장을 뚫고 나가기는 애초에 불가능했다. 천장까지는 점점 좁아지는 원통형으로 되어 있고, 경사가 급격할 뿐 아니라 매끄러운 재질이라서 도무지 잡고 올라갈 방도가 없었던 것이다.

다른 출구가 없는가 하고 여기저기를 둘러보았지만, 결국 깨달은 것은 한숨을 쉬는 것이 전부라는 것이었다. 불행 중 다행이라면 그나마 물과 식량을 발견한 것 정도였다.

자신의 능력으로는 아무것도 할 수 없다는 것을 알게 되기까지 엿새가 흘렀고, 그때부터 독고화연은 하늘을 향해 기원을 올리기 시작했다.

그녀가 간절히 구한 것은 이곳을 벗어나게 해주십사, 하는 것이었으나 엉뚱하게도 하늘의 응답은 말쑥한 남자 하나를 떨어뜨려 주셨다.

"하늘이시여, 이건 아니잖습니까! 여기에서 혼인을 하고 아이를 낳고 잘살아보라는 말씀이십니까? 자꾸 왜 그러세요."

그녀는 정말 울고 싶었다.

독고화연이 뇌옥에 빠진 것은 그녀로서는 세상에서 가장 재수없는 경우를 당했다고 생각하였지만, 실은 진찬월과 다름없이 함정에 빠진 것뿐이었다.

작전명, '산삼'.

만추당주와 그의 직속 부하 두 명이 관여했다.

만추당주는 산삼을 발견하고 도주하는 역할을 맡았고, 두 부하가 쫓는 자가 되었다.

만추당주는 몸 곳곳에 부상을 당한 상태로 위장하였고, 중도에 독고화연을 만나 그녀의 도움을 받으며 도주하였다.

그러던 차에 곡주산(曲周山)까지 이르렀고, 추적자들을 피하는 와중에 그녀가 유인하겠노라고 하다가 결국 뇌옥에 빠져 버리고 만 것이었다.

반 시진 정도가 지나자 진찬월이 정신을 차렸다.

독고화연은 뇌옥의 선배 된 입장에서 조금은 느긋한 자세로 깨어나는 것을 바라보았다.

이제부터는 보지 않으려 해도 지긋지긋하게 보게 될 텐데 벌써부터 호들갑을 떨 필요는 없는 것이다.

진찬월은 정신이 들자 벌떡 일어나 천장을 향해 소리부터 지르기 시작했다. 이때 그는 오로지 자신이 추락했다는 생각만 하고 있어서 곁에 누가 있는 것을 알아차리지 못한 상태였다. 경황이 없는 탓도 있지만 주위를 기울이지 않으면 사물을 식별하기 어려울 만큼 어두웠기 때문이다.

"이봐, 거기 아무도 없어? 떠버리 녀석들아, 어서 나타나란 말이다!"

아무 반응이 없자 진찬월은 천장으로 기어올라 가려 했다.

하지만 떨어지면서 발을 잘못 딛는 바람에 발목 인대가 늘어나서 몸을 움직이기가 여의치 않았다. 물론 몸 상태가 최고조라 해도 좁아지는 미끄러운 원통형의 높은 벽을 오른다는 것은 불가능한 일이었다.

오르고 미끄러지길 반복할 때, 가만히 보고 있는 것도 못할 짓이라 독고화연이 나직이 말했다.

"괜한 헛수고 하지 말아요."

진찬월이 화들짝 놀란 것은 당연한 일이었다.

어두컴컴한 곳에서 만나게 되면 가장 두려울 존재는 짐승이 아니라 사람이다. 그것도 여자.

"누, 누구요?"

경계심 가득한 몸짓으로 그녀를 바라보며 묻는 말에 독고화연은 어깨를 으쓱했다.

"놀라지 말아요. 난 사흘 전에 함정에 빠졌죠. 나도 처음엔 마구 소리를 지르고 기어오르려 했지만 얼마 안 가 포기했답니다. 벽을 타고 올라간다는 것은 불가능이에요. 거기에다 아래에서 아무리 내력을 실어 외친들 소리는 밖으로 빠져나가지 않아요. 위를 자세히 보면 무슨 말인지 이해할 수 있을 겁니다."

진찬월은 그제야 찬찬히 지형을 살폈다.

잠시 후 그는 그녀의 말뜻을 온전히 깨달았다. 위쪽 철장의 미세한 구멍들에 이르기까지 원통형으로 좁아져 가는 천장은 나선형 문양이 아래를 향해 끊임없이 이어진 형상을 띠고 있었다. 아마도 저 굴곡이 소리를 아래쪽으로 끌어내리고 막아내는 역할을 하는 것이 틀림없었다.

진찬월은 맥이 풀려 그 자리에 주저앉았다.

그렇다고 아예 절망한 것은 아니었다. 여인은 사흘 동안 지내면서 아직까지 빠져나갈 길을 찾지 못한 듯 보였으나, 그건 여인의 능력이 부족한 탓이지 자신이 노력한다면 조만간 탈출구를 찾게 되리라 믿었다.

단지 지금으로선 머저리들을 잡으려다 자신이 그만 머저리 같은 상황에 빠져 버린 것 때문에 의기소침해진 것이었다.

"혹시 제가 떨어진 다음 무슨 소리를 듣지 못하셨습니까?"

진찬월은 가능성은 없겠지만 혹시 자신이 의도된 함정에 빠진 것은 아닌지 확인하고 싶었다.

"그다지 좋은 말은 아니라 듣고 나면 후회할 텐데요."

"괜찮소. 빠짐없이 들려주시오."

진찬월은 독고화연을 바라보며 말했다. 그녀와의 거리는 약 다섯 걸음 정도 떨어져 있었는데, 어둠 중에 고운 선이 이어지는 얼굴을 보며 참 아름다운 여인이라고 생각했다.

"처음 젊은 사내의 목소리가 나더군요. '도대체 이게 어떻게 된 일이지?' 그러자 그 옆에서 다른 목소리가 '여기에 함정이 있었던 거야'라고 했고, '오호라, 고놈 참 쌤통이다' 라고 하더군요. 그리고 비슷한 말로 연신 놀리더니 '자, 그럼 위대한 검사여, 영원히 안녕!' 이라고 하더니 사라졌죠."

진찬월은 분명히 다른 목소리로 전해 들었을 뿐인데도 대화 내용만으로 충분히 그 억양에 묻은 놀림을 잡아낼 수 있었다. 일단 우연히 함정에 빠진 것이라는 점에서는 안심이 되었지만, 속이 부글거리는 것은 어쩔 수 없었다.

"죽일 놈들, 내 목숨이 붙어 있는 한 네놈들을 반드시 찾아내 갈가리 찢어 죽이고 말겠다!"

진찬월이 이를 부드득 갈았기에 독고화연은 부쩍 호기심이 일었다. 얼굴을 봐서는 호락호락 당할 인물은 아닌 듯한데 중도에 어떤 곤란한 일을 당한 것이 분명해 보였다.

"어쩌다 이곳까지 오게 된 것인지 물어도 실례가 되지 않겠는지요?"

"그러니까 그게……."

무심결에 이야기하려던 진찬월은 그만 입을 다물었다. 돌이켜 보니 이건 정말 괴이한 일이자 웃기는 일이었다. 누가 듣더라도 틀림없이 비웃고 말 것인데 절세의 미녀에게 털어놓자니 비웃음을 살 것만 같았다.

슬쩍 여인을 보니 궁금함을 참지 못하겠다는 듯 눈을 크게 뜨고 깜박대고 있었다. 상황에 맞지 않게도 그 모습은 너무나 귀여웠기에 진찬월은 슬쩍 입술을 깨물었다.

"웃지 않겠다고 약속한다면 내 말씀을 드리리다."

독고화연은 뭐, 그 정도 못하겠느냐는 식으로 약속했다.

"어찌 남의 불행을 보고 함부로 웃을 수 있겠습니까."

그녀의 다짐은 확고했다.

"푸하하하하, 아, 이러면 안 되는데… 너무 죄송해요. 호호호호, 하하하하… 고의로 이러는 것은 아니거든요."

결과적으로 약속은 산산이 깨어졌다.

진찬월의 이야기가 중간에도 이르기 전에 독고화연은 약속을 깨뜨리고 웃느라 정신을 차리지 못했다.

진찬월의 얼굴은 깊은 우수에 잠겼다.

아니, 웃지 않는다 해놓고 왜 웃는 거요? 사람을 너무 무시하는구려, 라고 말할 수도 없었다. 솔직히 자신이 제삼자의 입장에서 누군가에게 이런 말을 들었다면, 그 누구보다 크게 웃었을 것도 같았기 때문이다.

어렵게 이야기가 끝났는데도 독고화연은 한동안 웃음을 멈추지 못했다. 애써 웃음을 참으려다 보니 그것이 더 자극이 되어 끊임없이 웃음이 터져 나왔다.

"그쪽은 어떻게……?"

진찬월은 궁금하기도 했지만 그보다는 말을 시켜 어떻게든 웃음을 멈추게 하려고 했다.

하지만 속수무책이었다. 그녀는 한 손으로는 배를 움켜쥐고, 한 손은 마구 내저으면서 지금 이야기할 상황이 아니라는 동작을 취했다.

당황스럽긴 해도 진찬월은 기분이 나쁘지 않다는 점에서 스스로에

대해 의아한 기분을 느끼고 있었다. 곰곰이 생각해 본 그는 문득 자신이 이 처음 만난 여인에게 호감을 품고 있다는 것을 깨닫고는 살짝 얼굴을 붉혔다.

이제껏 강호를 종횡하며 수많은 여인들을 만났고 그중에는 내로라하는 미녀들이 즐비했지만, 지금처럼 짧은 시간에 호감을 느낀 여인은 단 한 명도 없었다. 여자 쪽에서 먼저 접근해 오는 경우에도 그는 대부분 냉담하게 반응해 절로 멀어지게 만들곤 했는데, 이 여인에게선 애초에 거리감 따위가 느껴지지 않았다. 단순히 곤란한 처지를 같이 당하였다는 공통점 때문이 아닌 설명하기 힘든 일체감이었다.

그러나 곧바로 냉정한 표정을 지어 보이려 노력하면서 속마음이 드러나지 않도록 스스로를 경계했다. 그는 남녀의 연애에 대해서는 애송이에 불과했기에 짐짓 이러한 호감이 여인에게 고스란히 노출되는 것이 두려웠다.

그때 독고화연의 막무가내식의 웃음은 점점 막을 내리고 있었다.

"호호호, 하하하, 이거 미안해서 어쩌죠. 웃지 않기로 약속했는데 너무 많이 웃고 말았네요. 아, 아까 제 경우를 물으셨죠?"

진찬월이 어색한 표정으로 고개를 끄덕였다.

독고화연은 숨을 여러 차례 크게 들이 마시고 내뱉고를 반복하여 마음을 진정시키고 사연을 말하기 시작했다.

"사실 제 이야기도 황당하긴 하죠. 지금도 왜 제가 이곳에 빠지게 된 것인지 어리둥절할 뿐이니까요. 어려움에 처한 사람을 도왔다는 것에 후회는 없지만, 어쩐지 남의 불행에 끼어들었다가 그 불행을 엉뚱하게 뒤집어쓴 기분이 드니 난감하네요."

그녀는 쫓기는 이를 불쌍히 여겨 도와주다가 추적자들을 유인하는 과정에서 함정에 빠졌다고 설명했다.

진찬월은 뭔가 특별한 사정이 있지 않을까하고 나름대로 웃을 준비를 하고 있었지만 그녀의 사정은 맥이 풀릴 정도로 단순했다.

"그렇군요. 하지만 너무 상심하지 마십시오. 이제 혼자가 아니라 둘이잖습니까?"

진찬월의 말에 독고화연이 빙긋 웃으며 운을 띄웠다.

"백지장도!"

"맞들면."

그 다음 마무리는 두 사람이 함께했다.

"낫다."

진찬월과 독고화연은 비록 어려운 지경에 처했지만 다행히 마음이 맞는 사람과 함께여서 다행이라고 생각했다.

'혹여 탈출이 늦어지더라도 심심치는 않겠는걸.'

'괜찮은 사내를 이런 곳에서 만나게 될 줄이야……'

심온과 담유설은 할머니를 집으로 모셔다 드리고 다시금 산으로 들어갔다.

심온이 진찬월과 독고화연의 감금 생활을 훔쳐 보자고 제안했기 때문인데, 담유설도 호기심에 있어서는 세상 누구 못지않기 때문에 눈을 반짝거리며 뒤따른 것은 당연했다.

한정된 공간 안에서 한참 왕성히 활동할 남자와 여자가 놓이게 될 때 비록 그 관계가 원수일지라도 어떠한 변화를 갖게 될 것인가는 관찰할 가치가 충분한 것이었다.

"그러니까 절대 들키지 않을 비밀의 방이 있다는 거죠?"

"도대체 몇 번이나 답해야겠어. 제발 날 좀 믿어. 나는 이래 뵈도 문주야, 문주. 게다가 총관에게 몇 차례나 확인을 했단 말씀이야."

"흐흐흐, 이거 제대로 기대되는데요."

"근데 이거 함께 봐도 괜찮은 건지 모르겠네. 좀 어색한 풍경이 펼쳐질지도 모르는데 방종당주는 그냥 돌아가는 게 어때?"

심온이 말하는 것이 남녀 사이의 뜨거운 잠자리에 대한 것임을 못 알아들을 담유설이 아니었다.

"그게 어쨌다는 거예요? 문주님은 제가 아직 어리다고 생각하시는 건가요? 이래도 알 건 다 알아요. 혼자만 재밌는 구경하려고 그러시네."

담유설이 워낙 당당히 말하였기에 심온은 땀을 삐질거릴 수밖에 없었다.

"뭐, 그렇다면야 괜찮고……."

담유설은 뾰로통해져서 혼잣말로, 하지만 충분히 들릴 정도로 중얼거리기 시작했다.

"아, 거참 아니꼽고 더러워서 원. 지가 무슨 내 아버지라도 된 것처럼 말하네. 거지 같은 놈이, 누가 저를 사내 녀석이라고 의식하는 줄 아나… 꼴도 보기 싫은 녀석, 죽어버렸으면 좋겠네. 멍게, 말미잘 같으니……."

"이봐, 지금 다 들리거든. 제대로 중얼거려 주지 않을래?"

심온은 지그시 입술을 깨물었다.

진찬월과 독고화연은 애써 태연한 척하려고는 했지만 어쩔 수 없이

두려움의 조각들이 얼굴에 떠오르는 것을 막을 수 없었다.

거의 하루를 꼬박 넘기면서 탈출구를 찾아다닌 두 사람이었다. 그러나 그 어디에도 빠져나갈 길이 보이지 않았다. 어쩌면 이곳에 갇힌 채로 늙고 끝내는 죽게 될지도 몰랐다. 아니, 늙을 만한 시간도 주어지지 않을 것이다. 구석에 놓인 작은 옥병 속의 벽곡단은 고작 한 달 분량뿐이었기 때문이다.

뇌옥의 형태는 매우 단순했다.

제일 위쪽으로 작은 구멍이 삼중 철망으로 차단되어 있고, 그로부터 점점 원통형이 넓어지면서 바닥은 지름이 약 십 장 정도였다. 그 외에 다른 문은 아예 찾을 수가 없었다.

"난감하군요."

벽에 기대 서로 마주 보는 상태에서 독고화연이 중얼거렸다. 답답한 마음 탓에 무슨 말이라도 하지 않으면 가슴이 터져 버릴 것만 같았기 때문이다.

"다른 방법이 있을 겁니다."

"뭘 찾으셨는지요?"

"확실한 방법이 아니라서……."

그래도 가능성이 있다는 말투였기에 독고화연의 반색을 하며 채근했다.

"무엇입니까? 쉽게 나갈 생각은 이미 접은 지 오래이니 개의치 마시고 말씀해 보십시오."

진찬월은 턱을 어루만지면서 어렵게 입을 열었다.

"제가 볼 때 오로지 출구는 우리가 들어왔던 천장뿐인 것 같습니다. 물론 천장까지 단숨에 솟아오르지 않고 저 매끄러운 벽을 타고 기어올라 간다는 건 무리죠. 하지만 물건을 쌓아 올린다면 이론적으론 가능합니다. 문제는 시간이 많이 걸린다는 점과 천장에 닿는다 해도 막힌 철장을 걷어낼 수 있느냐입니다."

독고화연은 탄성과 함께 무릎을 쳤다.

"그 방법이 있었군요. 그럼 어서 바닥의 돌을 파내고 그것으로 탑을 쌓도록 하지요."

진찬월도 독고화연이 적극적으로 나서자 용기가 났다. 역시 혼자보다는 둘이 나았다.

그는 그나마 검을 지니고 있다는 것이 얼마나 다행인지 몰랐다.

"그럼, 해보겠습니다."

진찬월은 검을 빼 들고 내력을 모았다. 검신에 옅은 광망이 어른거렸다.

독고화연은 그 모습을 보며 은근히 감탄했다. 보통 수준의 강호인은 아닐 것이라고 짐작은 했지만 검기를 발출하는 경지에 이르렀을 줄은 생각지 못했던 것이다.

'다행이다. 이 정도면 돌을 쌓아 올리는 것은 무리가······.'

그러나 그녀의 독백은 거기에서 뚝 끊어졌다. 진찬월의 검이 어이없게도 세 토막으로 부러져 버렸기 때문이다.

"이, 이런······."

진찬월의 표정도 부러진 검마냥 황당한 기색이 역력했다.

"어찌 된 일입니까?"

"보통 돌이 아니로군요."

독고화연은 시험 삼아 바닥에 장력을 내려쳐 봤다. 그러나 돌아온 건 시큰하게 아려오는 통증뿐이었다. 검격에 당한 바닥은 어떤 손상도 없었다.

두 사람은 황당하다는 반응이었지만, 실상은 이곳이 후흑문의 뇌옥이었다는 점에서 당연한 결과였다. 바닥을 깨서 중앙에 돌무더기를 쌓아 올려 빠져나가려는 시도에 대한 대비책 정도는 마련되어 있었던 것이다.

절망과 공포가 무겁게 주변을 휘감아 돌았다. 두 사람은 서로 위로하는 것조차 잊고 암담한 현실을 떠올렸다.

'길어야 한 달 반이다. 아니다. 이십 일도 버티지 못할 것이다. 한 달 분량의 벽곡단이 있다 한들 물이 없으면 무슨 의미가 있는가. 나의 마지막이 이렇게 어이없고 비참할 수가……'

진찬월은 두 놈을 떠올리며 큰 원한을 품었지만 복수조차 할 수 없는 현실 앞에 긴 한숨만을 내쉴 뿐이었다.

그것은 독고화연도 마찬가지였다. 아니, 그녀의 염려는 사실 더 컸다.

'앞으로 어떻게 해야 하지. 차라리 혼자라면 좋으련만……'

그녀가 염려하는 것은 죽음도 죽음이었지만, 죽음에 이르기 전까지 여기에서 버티는 동안 용변을 어떻게 처리할 것인가에 대한 것이었다. 자신의 용변을 처리하는 것도 문제였고, 상대의 용변을 어떤 식으로 바라보아야 하는지도 난감했다.

소리는 물론이고 냄새를 어떻게 한단 말인가. 아무리 두 남녀가 갇혀 있기로 이런 상황이라면 감성적인 기분이 날 리가 없었다. 마지막 사랑을 불태운다, 따위는 저 멀리 날아가 버린 것이나 다름없었다. 특히 사내가 마음에 들고 멋지다고 생각하였기에 그 갈등은 더욱더 컸다.

둘은 거의 한 시진가량 아무 말이 없었다.

그러다 먼저 입을 연 것은 진찬월이었다. 이때까지도 독고화연은 용변 문제에 대한 고민에서 벗어나지 못하고 있는 상황이었다.

"어떻게든 벗어날 수 있을 것이라고 생각해서 소개는 뒤로 미뤘는데, 이젠 아주 느긋해져야 할 것 같으니 서로를 좀 알 필요가 있겠군요."

독고화연은 특별히 대답하지 않고 그저 소리 내지 않고 한숨을 내쉬었다.

"인사 올립니다. 저는 진찬월입니다. 강호에서는 청의예검이라 불리고 있지요."

잔잔히 듣고 있던 독고화연의 귀에 갑작스레 천둥 번개가 내리쳤다. 그녀는 벌떡 일어서서 경악에 차서 외쳤다.

"하북진가의 진찬월?"

갑자기 분위기가 싸늘해지며 존대가 사라지자 진찬월은 눈을 멀뚱거렸다.

"그렇습니다만……."

"이 원수 놈을 여기서 보게 되다니……. 난 하남 독고세가의 독고화연이다!"

진찬월은 어처구니가 없다는 표정을 지으면서 서서히 몸을 일으켰다.

"원수는 외나무다리에서 만난다더니, 아주 잘 만났구나."

아까까지 서로에 대해 배려하던 모습은 온데간데없이 사라지고 둘 사이엔 흉흉한 살기가 폭주했다.

"진찬월이라는 놈이 멍청하다고 하더니, 역시 소문 대로였구나. 어디 병신 같은 놈들에게 속아 함정에 빠지고… 미련한 놈이 어디서 감히 얼굴을 뻣뻣이 쳐드는 게냐!"

진찬월도 지지 않고 맞섰다.

"거울이 없는 것이 한이로구나. 네년의 몰골이 얼마나 흉악한지 보여주면 스스로 자결을 할 텐데 말이다."

"오냐, 터진 입이라고 잘도 지껄이는구나, 이 개자식아!"

"이쌍! 죽고 싶어 환장했구나!"

그때부터 두 사람은 엉겨붙어 싸우기 시작했다. 무공에 있어서는 진찬월이 한 수 위였지만, 그는 발목 부상을 입은 상태고 주 무기인 검이 부러진 상태라 형세는 막상막하였다.

둘은 각 가문에서 가장 강성파였기에 살수를 아끼지 않고 전개하여 일각도 지나기 전에 각기 몸에 무수한 찰과상을 입었다. 또한 싸움에 있어 감정이 깊게 배어 있는 상태여서 일반적인 무인들의 격전과는 다른 면모도 있었다. 그리하여 반 시진이 지나 잠시 소강 상태에 이르러 서로 벽에 기댄 상태에서 두 사람의 몰골은 그야말로 참담하기 이를 데 없었다.

진찬월은 볼이 할퀴어져서 피가 맺혔고, 인대가 늘어난 부분을 집중 공격당해 한쪽 다리를 엉성하게 들고 있었다.

독고화연은 머리가 산발이 되어 귀신을 방불케 했으며, 옷자락이 너덜거리는 것이 마을 어귀에서 꽃을 꽂고 돌아다니는 광녀(狂女)가 아닌가 싶을 정도였다.

숨을 몰아쉬던 두 사람은 서로 어떤 신호를 주고받지 않았음에도 거의 동시에 달려들었다.

"죽여 버릴 테다."

"개자식아~"

싸움은 거의 이틀이나 진행되었다.

격렬하기 이를 데 없는 싸움이, 그것도 한정된 공간에서 이루어지니 두 사람은 기진맥진해져 손가락 하나도 들 수 없는 상태가 되었다.

몸을 움직이기 어렵게 되었다고 싸움이 끝난 것은 아니었다. 입은 아직 살아 있어 상대의 마음을 긁어 파냈다.

"지독한 새끼, 아주 독종이구나."

"내가 할 소리다, 이 썩을 년아. 그러니 아직 시집도 못 갔겠지."

"지금 걱정해 주는 거냐, 망할 놈아."

"걱정은 얼어죽을……. 내 네년의 두 다리를 분질러서 평생 기어다니게 해주겠다."

"그전에 네놈 모가지가 한 바퀴 제대로 돌아갈 테니 정신 바짝 차리는 것이 좋을걸."

둘은 주거니 받거니 욕을 교환하더니 서로 참을 수 없는 지경에까지 이르렀다. 이대로 누워 꿀맛 같은 단잠에 빠지고 싶었지만 있을 수 없는 일이었다. 그건 원수에게 나를 죽여달라고 웅변하는 것과 다름이 없었다.

그러나 시간이 지나면서 극도의 피로감이 몰려온 탓에 버티다 버티다 결국 독고화연이 먼저 잠에 빠져들었다. 이틀 동안 정신과 육체를 소모하였기에 스스로 잠이 들었는지조차 의식하지 못했다.

'흐흐, 하늘이 내게 기회를 주시는구나. 오냐, 내 기꺼이 죽여주마!'

진찬월은 회심의 미소를 머금고 안간힘을 쓰며 독고화연 곁으로 질질 몸을 끌어갔다.

조금씩 움직일 때마다 뼈마디가 바스러지는 듯한 통증이 몰려왔다.

"으으으……."

고통 때문에 당장이라도 의식의 끈이 끊어질 지경이었다.

그래도 불굴의 의지를 발휘하여 끝끝내 진찬월은 독고화연 곁에 이르렀다.

'머리를 부숴주마.'

힘겹게 손을 들어 독고화연의 머리에 일장을 날렸다.

탁!

독고화연의 머리가 으깨지고 뇌수가 사방으로 튀어야 했다. 하지만 그런 일은 벌어지지 않았다. 내력이 바닥을 드러낸 상태였기에, 안타깝게도 독고화연의 머리에 닿은 진찬월의 손바닥은 슬쩍 툭 건드렸을 따름이다.

탁! 탁! 탁!

몇 차례 있는 힘껏 손을 내갈기던 진찬월은 이미 마지막까지 남은 힘을 쏟아 부었던 터라 손을 뻗어 독고화연의 머리에 댄 채로 의식을 잃고 말았다.

왜 그런 꿈을 꾸게 된 것인지는 알 수가 없었다. 그는 두말할 것 없는 철천지원수인데 말이다. 하지만 분명한 건 꿈속에서 두 사람은 매우 다정했고, 행복했다는 점이다.

독고화연이 꾼 꿈은 이러했다.

그녀는 중한 병에 걸려 있었다. 명의나 신의라 불리는 이들조차 고개를 저으며 방도가 없다고 말했다. 시든 꽃처럼 죽을 날만을 기다리던 중 한 남자가 나타났다. 진찬월이었다. 매일 아침마다 그는 소금기가 느껴지는 물을 마시라고 했다. 세상에서 다시 찾기 힘든 영약이라는 말과 함께 건넨 잔을 독고화연은 말없이 받아 들었다.

그러길 두 달여, 그녀는 생기를 되찾았고, 예전의 화사한 아름다운 모습으로 돌아왔다.

이후 그녀는 영약이 무엇인지 알게 되자 그만 눈물을 참을 수 없었다. 매일 마신 물은 다름 아닌 진찬월의 눈물이었던 것이다.

꿈은 꽤 감동적이었지만 잠에서 깬 독고화연은 찝찝한 마음을 떨쳐 버릴 수가 없었다.

왜 하필 이 상황에서 원수와 사랑을 나누는 꿈을 꾼단 말인가. 아무리 선택의 여지가 없다고 해도 그건 있을 수 없는 일이었다.

깨어나면서 그녀는 머리 위에 손 하나가 올려져 있는 것과 바로 옆에서 엎드린 채 잠들어 있는 진찬월의 모습을 보고 화들짝 놀라 뒤로 물러났다. 도대체 이놈은 왜 자신의 머리를 만지면서 잠이 든 것인가.

그녀는 단숨에 죽여 버리려 손을 치켜들었다.

"내 이놈을……."

진찬월은 서서히 의식이 돌아오는 중에 불현듯 자신이 처한 상황을 떠올렸다. 누가 먼저 일어나느냐에 따라 사느냐, 죽느냐가 정해진다는 생각에 벌떡 몸을 일으켰다.

사방을 두리번거리며 경계 태세를 갖추는데, 저만큼 벽에 기대 부러진 검날을 잡고 손톱을 매만지는 독고화연이 보였다. 그는 망치로 한 대 얻어맞은 것처럼 그 자리에서 굳어버렸다.

그녀가 마음만 먹었다면 자신은 영영 세상과 작별하고 말았으리라. 손에 들고 있는 검날이 그것을 더욱 큰 소리로 말해 주고 있었다. 가볍게 목을 긋는 것으로 끝났을 것이다. 그런데 그녀는 살수를 펼치지 않았다. 힘이 쭉 빠졌다.

"왜 죽이지 않았지?"

반대편 벽에 등을 기대고 앉으며 진찬월이 물었다.

독고화연은 아무 말이 없었다. 잠시 침묵이 이어졌다. 그리고,

"어차피 우리 모두 죽을 테니까."

"후훗."

진찰원의 웃음엔 슬픔이 가득 배어 있었다. 그렇다. 어차피 이곳에서 죽게 되는 것이다.

"좋아, 관두지. 그동안 지난날을 돌아보고 마음의 준비도 하자구."

팽팽한 긴장감은 가신 지 오래였고, 둘 사이의 공기는 허무하기 이를 데 없었다.

원수이든, 사랑하는 사람이든 아무 소용도 없는 일이었다. 결국 추한 꼴을 보이며 죽음에 이를 것이다.

"오, 이런 곳에 길이 있었군요."

담유설은 흥미진진한 표정을 감추지 못했다. 독고화연과 진찬월이 갇힌 함정에서 약간 떨어진 곳에 자리한 동혈로 들어간 심온이 특정한 부분을 타격하자 동혈의 벽이 거짓말같이 열린 것이다.

"자, 기대하라구. 흐흐흐."

심온이 먼저 들어가고 바로 담유설이 뒤를 따르자 저절로 석문이 닫혔다.

지하도는 길게 이어졌다. 야명주는 넓은 간격으로 천장에 박혀 있었고, 그것만으로도 두 사람에겐 사물을 구분하는 데 문제될 것이 없

었다.

중간중간 몇 개의 철문이 좌우로 보였기에 담유설은 문 손잡이를 잡고 열어보려 했다.

"여기는 뭐 하는 곳이죠?"

문은 꿈쩍도 하지 않았다.

"다른 감옥이야. 지금은 아무도 없지."

굳이 냄새나는 감옥을 구경할 필요는 없었기에 담유설은 호기심을 멈추고 심온의 뒤를 밟는 데 열중했다.

그 뒤로 철문을 열 개 정도 지나자 드디어 끝이 보였다. 하지만 그곳엔 그저 돌 벽이 덩그러니 가로막혀 있을 뿐이어서 어떤 의미가 있는 것인지 담유설로서는 알 수가 없었다.

"음, 이 중 하나인데……."

심온이 머리를 갸우뚱거리자 그제야 담유설은 단순한 벽이 아닌 기관으로 이루어진 것임을 깨달았다.

"뭐, 하나씩 들어가서 확인해 보면 되겠죠."

"음? 하긴 그렇네. 뭐, 그렇게 하지."

심온은 좌우와 정면의 벽 중에서 정면을 향해 지법을 펼쳐 마치 혈도를 짚어나가 듯 훑었다. 그러자 벽이 아래에서부터 위로 들어 올려지면서 길을 내주었다.

이곳에는 총 세 곳의 방이 존재했는데, 그중 하나가 독고화연과 진찬월이 머무는 곳을 엿볼 수 있도록 되어 있었다.

두 사람이 안으로 들어가자 돌문이 다시 위로부터 내려왔다. 마치 사람을 인식하는 듯 정교하게 구조된 것에 담유설은 내심 감탄을 금치 못했다.

이윽고 돌문이 가볍게 쿵 하는 소리를 내며 닫히자 석실 내부에 빛이 들어왔다.

사방 벽에 술독이 그득하고 마른 안주거리들이 산재해 있었다.

"오, 술을 마시면서 멋진 구경을 하라는 하늘의 계시로군요."

담유설의 감탄을 뒤로하고 심온은 사면의 벽을 하나씩 세심하게 살피기 시작했다. 심온도 사실 여기까지 온 것은 처음이었다. 바깥의 동혈 입구에서 설명을 들은 것이 전부였다. 단지 기관진식을 열고 닫는 해법은 동일한 것이었기에 어디든 오갈 수 있었다.

"여기는 아니군."

"술은 좀 챙겨 가는 게 어때요?"

"흐흐, 좋아. 한 독만 챙기자구."

"얼쑤, 좋구나."

담유설이 어깨춤을 덩실거리는 것을 보고 심온은 피식 웃어 보이며 석문을 열었다.

손을 빠르게 놀려 석벽을 가격하고는 문이 열리길 기다렸다.

'실수했나?'

석벽은 전혀 미동도 없이 굳건히 마주 바라볼 따름이었다.

뭐 그럴 수도 있지, 하는 마음으로 다시 손을 놀렸다. 하지만 여전히 석문은 올라가지 않았다. 심온은 얼굴이 벌겋게 달아올라서는 연신 지법을 날렸다. 그때까지도 담유설은 전혀 위기의식 없이 극상품의 술을 찾느라 콧노래를 흥얼거렸다.

거의 일각 정도가 지나면서 심온이 땀을 뻘뻘 흘리며 어쩔 줄 모르다가 급기야 자리에 주저앉았다. 그제야 담유설이 심온 쪽을 바라보았다.

"최고의 술 발견입니다. 으하하하!"

그러나 당연히 맞장구를 치고도 남을 심온은 망연자실한 표정으로 석문을 바라볼 따름이었다. 담유설도 문득 긴장하였으나 여기에 갇히는 따위의 황당한 일은 없을 것이라고 스스로를 위로하며 물었다.

"왜, 피곤해요? 하긴 좀 피곤하긴 하네요."

심온은 천천히 담유설을 보더니 힘겹게 입을 열었다.

"우린… 갇혔어."

"서, 설마……."

"아무리 해도 되질 않아. 기관 장치가 고장이 난 게 틀림없어."

"이 거짓말쟁이, 무슨 말도 안 되는 소리야! 아까까지 멀쩡하던 것이 왜 고장이 난단 말이야! 어서 문 열지 못해!"

그러나 담유설은 심온의 표정에서 거짓이 아니라는 것을 명확히 알 수 있었다.

"오, 이런…… 오, 이런……. 이럴 수가… 내가 갇히다니… 이럴 순 없어."

담유설은 그 자리에 털썩 주저앉았다.

독고화연과 진찬월 두 사람을 맺어주려 강금한 두 사람이 어이없게도 똑같은 상황에 처하고 만 것이다. 당연히 넋이 나갈 만한 충격에 사로잡힐 수밖에…….

심온과 담유설이 절망의 구렁텅이로 하염없이 빠져드는 순간, 손으로 입을 막으며 낄낄거리는 무리들이 있었다. 그들은 희락공자 이호와 변왕 담천변, 총관 오교, 그리고 장로 노공이었다.

"멍청한 녀석. 지금쯤 어떤 표정을 짓고 있을까나?"

희락공자 이호는 천진난만한 웃음을 날리면서 고소해 죽겠다는 표정이었다.

심온은 석문의 기관 장치가 고장이 난 것으로 생각하였지만, 실상 수작을 부린 것은 바로 이 네 사람이었다.

"이거, 딸아이한테 죄를 짓는 것은 아닌지 모르겠습니다."

변왕 담천변은 말은 그리하면서도 기쁜 표정만은 굳이 숨기지 않았다. 이 계획을 실질적으로 밀어붙인 것이 그였으니 당연한 것이라 할 수 있었다.

노공은 그 말에 너털웃음을 지었다.

"허허허, 이제 와서 후회하는 것은 아니겠지?"

이호가 당장에 쏴붙였다.

"이 상판이 후회하는 얼굴로 보이냐?"

그나마 이들 중 가장 정상에 가까운 인간은 총관 오교였다. 물론 여타 무림인에 비하면 오교도 상당히 이상한 과에 속했지만, 지금 곁에 있는 이들은 연배부터 다르고 성격도 특이하여 논리적인 사고가 불가능했다. 오교는 어색한 웃음을 흘리며 염려하는 바를 조심스럽게 말했다.

"혹시 불상사가 일어나지는 않을지……."

오교가 볼 때 심온과 담유설 모두 성격이 지랄 맞아서 폐쇄된 공간에 갇혀 있게 되면 예측치 못한 결과를 맞이하게 될까 불안했다. 솔직한 심정으로는 사랑이 싹트기는커녕 누구 하나 반병신이 될 것 같았다.

그러나 어느 누구도 오교의 말에 귀를 기울이지 않았다.

"괜찮아. 다 싸우면서 정도 들고 하는 게지, 걱정을 사서 하고 그래.

안에는 술도 가득하니 주거니 받거니 하면서 춤도 추고 노래도 부르고 좋잖아."

희락공자 이호가 오교의 뒤통수를 갈기면서 말했고,

"아, 그러고 보니 술이 좀 땡기는군요. 나가서 한잔해야죠."

변왕 담천변이 맞장구를 쳤다.

그 옆에 노공 장로는 여전히 너털웃음을 지으면서 당연히 그래야 한다는 듯 고개를 끄덕이며 지하도를 빠져나갔다.

뒤에 남은 오교는 석문 쪽을 바라보고, 또 앞서 나가는 선배들을 바라보며 갈등하다 길게 한숨을 내쉬고는 일행의 뒤를 따라 나갔다.

'잘하는 짓인지 모르겠군. 후흑문 역사상 최초로 벌어진 문주 감금 사태라니……'

오교는 일이 어쩌다 이 지경에 이르렀는지를 떠올리며 머리를 감싸 쥐었다.

사건의 발단은 하북진가와 하남독고가의 화해를 위한 방안이 확정되고 심온과 담유설이 장원을 떠나게 되었을 때, 느닷없이 희락공자 이호와 변왕 담천변이 찾아오면서 시작되었다.

전후 사정을 들은 이호가 심온하고 담유설도 꽤 어울리지 않겠냐는 말을 꺼냈고, 이에 담천변이 이 기회에 심온과 담유설을 두 가문처럼 똑같은 방법으로 맺어주는 것이 어떻겠느냐고 제안하고 나선 것이다.

도저히 친아버지가 맞는지 의심스러운 발상이었지만 이호가 박수를 치며 적극 밀어붙이면서 힘을 받게 되었다. 장로들의 우두머리라 할 수 있는 노공이라도 정신을 차리고 그건 아니지 않느냐고 했으면 사정이 달라졌겠지만 원래부터 노공은 이호를 워낙 좋아하고, 그의 말이라면 뭐든 찬성하고 보는지라 당연하다고 맞장구치자 이후로는 누구도 반대하는 사람이 없게 되었다.

이에 심온에게 은근슬쩍 엿볼 수 있을지도 모른다는 말을 흘렸고, 미끼를 덥석 문 심온은 오도 가도 못하는 신세가 되고 만 것이다.

◆ 第十三章 ◆ 원수를 사랑하라

진찬월과 독고화연은 하루 내내 아무 말이 없었고, 그 자리에서 꼼짝도 하지 않았다.

두 사람의 머리에는 오로지 '결국은 죽는다' 라는 말만 계속해서 떠올랐다.

미칠 듯 소리라도 쳐보고 싶었지만 그저 상대를 피곤하게 할 뿐 '결국은 죽는다' 라는 그물에서 벗어날 수 없다는 것을 다시 확인하는 것일 뿐이라 석상처럼 굳어져 있었다.

희망을 단 한 줌도 간직하지 않고 있을 바로 그 순간, 놀랍게도 새로운 변화가 나타났다.

그으으으으웅.

바닥이 진동하는 소리에 놀라 두 사람 다 벌떡 몸을 일으켰다.

진동의 원인은 벽의 한 단면이 뒤로 밀리더니 이어 통째로 들리고 있는 까닭이었다.

누가, 어떻게, 왜 등등의 의문을 따지고 있을 여유는 없었다. 일단 이곳에 계속 머물고 있는 건 죽음을 기다리는 것에 불과했기에 두 사람은 황급히 열린 공간으로 몸을 날렸다.

벽은 사람의 키 높이만큼 들렸다가 다시 원상 복구되었다.

새로운 환경을 눈을 부릅뜨고 바라본 두 사람의 얼굴에 안도와 기쁨이 서렸다.

그곳은 거대한 석실이었는데 천장에는 야명주가 십여 개 이상 박혀 있어 석실을 전체적으로 밝게 비추어주었고, 도저히 갇혔다고 보기 힘든 여러 편의 시설이 마련되어 있었던 것이다. 그 외에도 여기저기를 살펴보는 중에 두 사람은 놀라움을 금치 못했다. 넓은 침상과 주방 시설, 풍족한 양식, 그리고 석실의 한쪽 칸은 따로 구성되어 용변을 처리할 수 있도록 되어 있는 것이다.

그러나 그 무엇보다 두 사람이 간절히 찾아 헤맨 것은 탈출구였다. 또한 다른 사람이 머물지 않나 세심히 뒤져 보았다. 하지만 안타깝게도 빠져나갈 만한 곳은 어디에서도 발견할 수가 없었다.

진찬월은 그래도 죽음에서 벗어난 것이 무척 기뻐 얼굴에 화색을 띠었다. 슬쩍 독고화연 쪽을 바라보니 그녀도 만족스러워하고 있었다.

그때 마침 독고화연이 진찬월 쪽을 바라보았고, 눈을 마주한 두 사람은 어색한 표정으로 시선을 다른 방향으로 돌렸다.

두 사람은 이 급작스러운 변화에 대해 이야기하고 싶은 마음이 굴뚝같았지만, 차마 자존심 때문에 입을 열지 못하고 그저 속으로 이 상황에 대해 분석해 보았다.

'사람이 사는 것 같지는 않다. 이곳은 틀림없이 뇌옥을 감시하는

이들이 머물던 곳이겠지. 도대체 어떤 조직의 뇌옥이었는지 모르겠구나.'

'누가 우리를 꺼내준 것은 아닐 테고… 그렇다면 기관이 오작동하였다고 봐야겠군. 아, 그나저나 용변 시설이 갖추어져 있어서 다행이야. 침대까지는 바라지도 않았는데 후후… 저 인간 혹시 침대에서 자겠다고 떼쓰진 않겠지.'

한 달 정도밖에 살지 못하는 시한부 선고를 받은 사람이 앞으로 이 년 정도는 넉넉히 살 수 있겠다는 말을 들었을 때의 작은 안도감이 두 사람을 편안히 감쌌다.

진찬월과 독과화연이 새로운 전환기를 맞이할 때, 심온과 담유설은 최악의 상황으로 치닫고 있었다. 독고화연과 진찬월은 비록 서로 원수이긴 해도 상대방 때문에 함정에 빠진 것은 아니었기에 서로를 탓할 순 없었지만, 담유설로서는 명백히 심온의 멍청함으로 일이 이 지경이 되었다고 생각하였기에 온갖 욕과 주먹질로 분풀이를 했다.

"이 머저리야, 도대체 생각이 있는 거야 없는 거야! 앞으로 어떻게 할래? 나보고 여기서 늙어 죽으란 말이냐! 여기서 평생 너하고 갇혀 살란 말이냐구! 이러고도 네놈이 문주라고 큰소리야! 이 개자식아, 무슨 말이라도 해봐!"

심온은 입이 백 개라도 할 말이 없는지라 대단치 않은 공격에는 적당히 맞아주었다.

이후에도 수백여 차례에 걸쳐 석문을 열어보려 시도했지만 역시 아무 반응이 없었기에 심온은 퀭한 눈에 입을 벌리고 완전히 넋이 나가 버렸다.

"내 꽃다운 인생을 이렇게 망치다니. 여기는 먹을 것도 없고, 이불도 없는 데다가 용변을 보고 처리할 만한 것도 없잖아. 술하고 안주뿐인데 여기서 술만 처먹고 있으라는 거냐, 이 미친놈아! 어떻게 할 셈이냐? 너 똥 싸고 그건 어디다 치워둘 건데? 이 머저리야, 우린 어쩌란 말이냐. 흐흐흑."

한 명은 울고불고, 다른 한 명은 멍한 상태에서 그렇게 첫째 날이 지났다.

진찬월과 독고화연은 비록 좋은 환경을 맞이하게 되었지만 여전히 탈출할 방도가 보이지 않았기에 들뜬 기분은 이내 가라앉았다.

또한 서로에 대한 원한 관계에 대해서는 굳이 표출할 필요가 없다는 쪽으로 마음을 정했다. 밖으로 아예 나갈 기회가 없다면 가족들과도 끝이며, 삶은 새로 시작된 것이나 다름없는 것이다. 물론 그렇다고 서로 다정스럽게 지내고 싶은 마음은 전혀 없었다.

두 사람은 간단히 몇 가지 규칙을 정하여 앞으로 그대로 실천하기로 했다.

─이후 대화는 일체 하지 않는다.
(단, 탈출과 연관된 내용과 절체절명의 위기 때는 예외로 한다.)
─식사는 각자 해결한다.
─침대의 사용은 한 달을 주기로 교환한다.
─석실을 반으로 나누고 영역을 침범하지 않는다.
(단, 공동으로 사용할 물품에 대한 부분은 예외를 적용한다.)

석실의 주방 공간에는 지하수가 흐르는 통로를 만들어놓았기에 여러 음식을 만들기에 적합했다. 게다가 특이하게도 음식은 전혀 손상되지 않은 채 가득 쌓여 있었기에 부지런만 떤다면 꽤 만족스런 식단을 준비할 수도 있었다.

진찬월은 얼굴을 딱딱하게 굳힌 채 독고화연을 대하였고, 찬바람을 풀풀 풍겨냈지만 모든 생활에서 보이지 않게 독고화연을 배려했다. 그러한 생활 방식은 차츰 쌓여 독고화연의 마음엔 진찬월이 죽여 마땅한 원수가 아닌 보통 남자의 색으로 느껴지기 시작했다.

하지만 그것은 마음속으로 생각하는 것일 뿐, 겉으로는 지독한 한기를 뿜어냈다. 그런 까닭에 진찬월도 애써 싸늘해지려 노력했다.

두 사람의 생활은 매일매일이 똑같았다. 내공과 무공을 수련하고, 비치된 책을 읽고, 식사를 준비하고 먹는다. 이 반복된 생활이 지겨울 법도 했지만 실은 전혀 지루한 줄을 몰랐다. 보지 않는 척하면서 서로를 관찰하는 즐거움을 누리고 있었기 때문이다. 만약 혼자였다면 얼마나 외로웠을까를 생각하니 둘이란 점이 더욱 다행스러웠다.

심온과 담유설이 배를 채울 수 있는 것은 오로지 술뿐이었다. 안주거리가 있었지만 안주거리를 씹다 보면 자연히 술을 마셔야겠다는 생각을 하게 되었고, 술을 마시다 보면 점점 양이 늘어갔다.

술이란 마음이 괴로울 때 마시면 쉽게 취하는 법이라 두 사람은 거의 매일같이 곤드레만드레가 되었다.

"야, 술이 떨어졌잖아. 어서 따르지 않고 뭐 하는 거냐?"

"네가 알아서 가져다 먹어, 이 쌍놈아."

"뭐? 쌍놈? 내가 이래 뵈도 문주야, 문주. 어디서 막말을 하는 거냐."

"염병할 놈, 문주 좋아하시네. 술이나 처먹어, 자식아."

술이 취한 상태에서 간혹 싸움을 하게 되면 더욱 가관이었다. 삿대질로 시작하여 머리끄덩이를 잡고 모로 누워 질질 끌기도 하고, 물어뜯기도 했다. 그래서 어떤 날은 머리를 잡고 잡힌 채로 잠이 들기도 했으며, 어깨를 이로 문 채 곯아떨어지기도 했다.

나름대로 이성적인 생각을 할 수도 있으련만 두 사람이 이런 나락으로 떨어져 버린 데는 그만한 사연이 있었다.

갇혀 버린 현실이 답답하다고 느낀 것 때문만은 결코 아니었다. 또한 먹고 마시는 데 있지 않았다.

몸 밖으로 삐져 나오는 것들이야말로 문제의 실체였다. 심온과 담유설이 머무는 이곳은 독고화연과 진찬월이 머무는 곳에 비하자면 거의 마구간과 특급 객실에 비교될 수 있을 정도였다. 배고픔이야 술과 안주로 처리한다고 하지만 싸버린 것들에 대해서는 도무지 처리할 만한 여건이 형성되지 않았던 것이다.

열흘 만에 주변 가장자리는 오물들로 가득했다. 술을 마시고 토해낸 것들부터 항문을 통해 빠져나온 냄새나는 물질들까지 고스란히 쌓여가는 광경은 도저히 맨 정신으로는 지켜볼 수 없는 것들이었다.

그렇기에 술을 깰 수가 없었다. 술이 깨는 순간 지옥이 임하는 것이니, 오로지 두 사람은 더욱 취하고 취해 이 난장판 속에 완전히 잊혀지는 존재가 되길 원했다.

여기에 대해서는 변왕 담천변이나 희락동자 이호도 전혀 생각지 못했던 부분이었다. 그들은 그저 한곳에 가두어두면 뜨거운 피를 주체하지 못하는 청춘들이니만큼 화르르 타오를 것이라고만 생각했지 구체적으로 생활이 파행으로 치달을 것은 감안치 못한 것이다.

"마시고 죽자. 꺼억."

"야, 나 잠깐 목욕 좀 하고 올게."

"야, 너 술독에 들어가면 어떡해?"

"무슨 소리야. 난 목욕하는 거라니까. 너도 들어올래?"

"좋으냐?"

"잠수하면서 입만 벌리면 술이 막 쏟아져 들어와. 죽이는걸."

"그럼 나도 들어가야지."

심온과 담유설의 생활은 그야말로 처절 그 자체였다.

한 달이 지나갈 무렵, 독고화연과 진찬월은 새로운 변화를 맞고 있었다.

두 사람은 이제까지 단 한마디도 나누지 않았고 눈빛조차 마주치지 않으려고 노력하였건만 서로를 간절히 원하는 마음으로 불타오르고 만 것이다.

둘 다 곤혹스러움을 느끼는 것은 당연한 일이었다. 한 달 전만 해도 서로 죽이지 못해 안달이었고, 그전에는 각 가문에서 가장 강경한 인물이었기에 둘은 감정이 이렇듯 쉽게 바뀌는 것에 대해 스스로를 못마땅하게 여겼다. 그러나 이성적인 책망은 나약했고, 감성은 더욱더 상대를 원하고 있었다.

그런 까닭에 두 사람은 겉으로는 더욱더 싸늘한 기운을 풍겼다. 그들은 서로가 서로를 원하고 있다고는 생각지 못하였고 오로지 자신만 짝사랑을 하고 있다고 생각하였기에 혹시라도 마음이 들킬까 두려웠다.

이런 급격한 변화에 대해 그들은 나름의 분석을 해보았다.

결코 탈출할 수 없을 것 같은 상황.

미워했던 만큼 관심을 가졌던 것이 사랑으로 급선회한 것.

어쩔 수 없는 본능.

의외로 괜찮은 상대.

지극한 외로움.

만약 넓디넓은 무인도에 둘만 살게 된다면, 결국 언젠가는 자연스럽게 부부처럼 될 것이 아니겠느냐는 생각이었다. 하지만 이렇게 짧은 시간에 간절히 원하게 된 것은 좀처럼 이해할 수가 없었다.

두 사람은 어쩔 수 없이 상대가 그만큼 매력적이기 때문이리라 생각했다.

그것은 틀린 답은 아니었지만, 완전한 정답은 아니었다. 답은 정령 엉뚱한 곳에 있었다.

두 사람이 분명 서로에게 호감을 가진 것은 사실이었지만 이처럼 빠른 시일 안에 갈망하게 된 것은 그들이 매일 먹는 음식에 소량의 음약(淫藥)이 섞여 있었기 때문이다.

음약이란 복용하게 되면 스스로 통제할 수 없을 만큼 정욕이 솟구쳐 해소하지 않으면 광분하고야 만다. 그렇기에 후흑문에서는 아주 미세한 분량의 음약을 적절히 음식에 섞어놓았다. 처음에는 전혀 눈치챌 수도 없고, 마음도 동하지 않게 되는데 그것이 차츰 쌓이게 되면 어느 순간부터는 정욕이 부글거리는 지경에 이르게 되는 것이다.

후흑문이 이러한 음약의 수단을 쓴 것은 오직 시간을 단축하기 위함이었다. 일 년이고 이 년이고 지나기를 기다린다면 각 가문에서는 두 사람의 실종을 괴이하게 여길 것이고, 서로 상대 가문에 책임을 물어 큰 분란이 일어날 수도 있는 것이다.

그러나 두어 달 정도라면 강호를 횡행하는 중에는 늦을 만한 상황도 여럿 발생하는지라 충분히 감안할 만한 기간이랄 수 있었다.

밤이 깊어진 가운데 독고화연이 침대에서 잠을 청하고 저만치 반대쪽에선 진찬월이 이불을 뒤집어쓰고 누워 있었다. 그러나 뜨거운 피가 용솟음치는 탓에 도무지 잠을 이룰 수가 없었다.

평소에는 생각지도 않았던 온갖 망측한 상상들이 쏟아져 두 남녀는 미쳐 버릴 것만 같았다.

석실은 외부 소음과 완벽히 단절된 탓에 작은 소리도 뚜렷하게 들리는 터라 몸을 뒤척이는 것조차 굉장히 조심스러울 수밖에 없었다. 혹여 마음이 들킬까 조바심을 태우자 침을 삼키는 것도 여간 어려운 것이 아니었다.

진찬월이 최악의 상황에 직면해 있었다. 그는 침이 가득 모일 때까지 차마 삼키지 못하다가 아주 조금씩 삼키려 했는데 그만 조절하지 못하고 꿀꺽 하는 큰 소리가 날 정도로 한꺼번에 삼키게 되자 부끄러워 돌아버릴 것 같았다.

그러나 곧바로 그에 호응하듯 침 삼키는 소리가 들려왔기에 진찬월은 흠칫했다.

방금 난 소리는 자신이 낸 것이 분명히 아니었다.

'그녀도 날 원하고 있는 걸까?'

이때 독고화연이 침 삼키는 소리를 낸 것은 다분히 고의적이라 할 수 있었다. 그녀는 어젯밤 진찬월이 몸을 뒤척이고 잠결에 자신의 이름을 부르며 허공을 향해 애무하는 것을 보았기 때문에 그가 자신을 갈망하고 있다는 것을 알고 자신의 마음도 그와 같다는 것을 보여준 것이었다.

그녀는 여자의 몸으로 먼저 나설 수가 없었기에 수동적인 입장에서 취할 수 있는 최대한의 유혹을 던진 것이다.

이에 진찬월의 심장이 거칠게 요동치기 시작했다. 그는 얼른 심장에 손을 얹어 쿵쾅거리는 소리가 퍼져 나가지 않도록 막았다. 결코 들릴 리 만무했지만 자신의 귀에는 어마어마하게 울리고 있었기에 그녀 또한 듣게 되리라 생각한 것이다.

'그녀도 잠을 이루지 못하고 있다. 나를 마음에 두고 있는 걸까? 아니야, 그럴 리 없어. 아까도 얼마나 싸늘히 대했던가. 괜히 다가갔다가는 욕을 바가지로 얻어먹을 것이다. 천천히 움직여야 해.'

정작 독고화연이 어서 다가오길 간절히 바라고 있다는 것도 모른 채 진찬월은 타는 가슴을 부여잡고 억지로 잠을 청했다.

독고화연은 연신 부스럭거리는 소리를 내며 진찬월이 다가오길 바라면서 밤잠을 설쳤다.

간절하고 애틋함이 피어나는 공간이 있는가 하면 한편에서는 처절한 술 취함이 난무했다.

"야, 어딜 만지고 난리야!"

"좀 만지면 안 되냐?"

"그래? 하긴 그렇네. 마음대로 해라."

"에잇, 김샜어."

"개 같은 놈이 만지라고 해도 지랄이야."

"닥치고 술이나 처먹자."

"알았다. 그럼 다음에 꼭 만져라."

"걱정 마. 어디 가지도 않을 몸뚱어리 천천히 만져 줄게."

"하여튼 염병할 놈, 말하는 꼬라지 하고는……."

심온과 담유설은 술에서 깨어날 기미가 없었다.

역사는 전혀 예상치 못한 순간에 벌어졌다.

서로 극도의 눈치만 살피고 있던 두 사람이 우연히 같은 잔을 붙들려다 손이 맞닿은 것이 시작이었다. 이미 터질 듯한 욕망에 사로잡혀 서로를 갈망하고 있던 두 사람은 황급히 손을 떼고 뒤로 물러섰다가 서로를 수줍게 바라보았다.

그날 밤 이후로 서로는 냉정한 표정은 거두고 풀이 죽은 모습을 하였는데, 둘 중 누구도 용기있게 다가가지 못하여 냉가슴을 앓고 있을 따름이었다.

손이 맞닿아 전율이 이는 느낌을 받았기에 이 기회를 놓치고 싶지 않았다.

"저기……."

"저……."

동시에 입을 열게 되자 다시 흠칫 놀라 서로에게 미루었다.

"먼저 말하……."

"그쪽이 먼저……."

둘은 다시금 입술을 깨물고 서로를 올려다보다가 상대의 눈이 불타오르는 것을 보며 용기를 얻었다. 이렇듯 머뭇거리고 있을 사이에 둘 사이의 공간에는 사랑의 공기가 가득 차 오르고 있었던 것이다.

방금까지 무언가 말을 하려고 했지만 금세 무슨 말을 하려고 했는지 잊어버렸다. 대신 두 사람은 누가 먼저랄 것도 없이 다가가 뜨겁게 포옹했다. 이제껏 불굴의 의지로 참아왔던 정욕의 둑이 일순간에 붕괴되었다.

입술이 포개지고 서로를 삼킬 듯 긴 입맞춤이 이어졌다. 그리고 이어 두 사람은 하나가 되었다. 아무 말도 필요치 않았고, 가문의 원한 따위는 둘 사이에 미세하게라도 끼어들 틈이 없었다.

그 순간 다른 방에 감금된 심온과 담유설도 뒤엉키고 있었다.

주변은 온갖 오물로 가득하고 냄새가 진동하였다. 하지만 두 사람의 취기는 냄새를 분간할 수 있는 상황을 넘어선 지 오래였다.

잔뜩 취해 제정신이 아니다시피 한 둘은 서로의 육체가 안주라고 생각하는 것 같았다. 격렬하기 이를 데 없는 몸부림이 석실 안을 뜨겁게 달구었다.

진찬월과 독고화연은 이제 굳이 이곳을 벗어나지 않아도 좋다고 생각하기에 이르렀다. 아니, 탈출을 영원히 하지 말았으면 좋겠다고 생각했다.

두 사람은 눈이 마주치면 서로를 끌어안기 바빴고, 사랑의 고백을 하며 애틋한 시간을 보냈다. 이곳이 바로 극락이었고, 무릉도원이었다. 그들은 처음에는 함정에 빠졌다고 생각했지만 지금은 하늘이 두 사람을 엮어준 것이라며 감사해했다. 심지어 진찬월은 자신을 곤란에 빠뜨린 두 사람, 즉 심온과 담유설을 흐뭇하게 생각하게 되었을 정도였다.

"그대와 함께하고 있는 것이 아직도 꿈인지 생시인지 모르겠소."

진찬월은 매번 믿어지지 않는다는 듯 이렇게 물었다.

"어찌 꿈일 수가 있겠어요. 만약 이곳을 나갈 수 있게 되면 어떻게 하실 건가요?"

가문의 원한에 대해 묻는 것이었다.

"그게 무슨 문제가 되겠소. 혼약은 우리 두 사람이 맺는 것이오. 나 가더라도 아무도 반대하지 못하게 할 것이니 염려 마시오."

동생의 결혼에 적극적으로 반대했던 진찬월이었기에 말을 해놓고도 동생에게 미안한 마음이 들었지만 그의 마음은 진심이었다.

"우리와 동생 내외가 혼약을 맺게 되면 틀림없이 집안 어르신들도 지난날의 해묵은 감정은 털어내실 수 있을 거예요."

결코 잊어서는 안 되는 가문의 원한이 해묵은 감정으로 바뀌어져 있었다.

"물론이오. 이미 수백 년이 지난 과거에 얽매어 소모적인 쟁투를 벌이는 것은 어리석은 일이지."

두 사람은 별빛이 일렁이는 눈으로 서로를 바라보다가 다시금 뜨겁게 불타올랐다.

그에 반해 담유설과 심온은 혼수 상태에 가까웠다.

배고프면 술을 마시고, 노래를 부르고, 같이 뛰며 춤추다가 안주거리 삼아 서로의 몸을 탐닉했다. 계속해서 쌓여가는 오물들 속에서 살아남기 위해서는 다른 방법이 없었다.

한 달 하고도 보름이 지날 무렵이 되어서야 음모를 꾸민 작자들은 모습을 드러냈다.

두 쌍의 남녀가 모두 한창 나이인지라 굳이 두 달을 채울 필요는 없다고 의견 일치를 보았기 때문이다.

먼저 손을 쓰기로 한 것은 진찬월과 독고화연 쌍이었다.

변왕 담천변이 역용을 하고서 비밀 문을 열고 들어섰을 때, 두 사람은 뜨겁게 사랑을 나누고 있는 중이었다. 담천변은 눈을 부릅뜨고 볼 것은 다 보면서 외쳤다.

"여기서 무엇을 하고 있는 것이냐?"

두 사람이 간이 떨어질 만큼 놀란 것은 당연했다. 영원히 두 사람만 거할 것이라고 생각한 공간이 아니었던가. 황급히 몸을 가리자 호통이 떨어졌다.

"이곳이 어디라고 요상한 짓을 하고 있는 것이냐? 네놈들의 정체는 무엇이냐?"

진찬월이 한 걸음 나서며 독고화연의 몸을 가리고서 이제까지의 사정 이야기를 소상히 밝히자, 담천변은 고개를 끄덕이며 수긍하는 기색을 보였다. 하지만 이내 가공할 기세를 내뿜으며 당장 손을 쓸 것처럼 위협했다.

"이곳은 외부에 드러나서는 안 되는 곳이다. 너희를 곱게 보내주는 것이 옳은지 모르겠도다."

진찬월과 독고화연은 상대가 잠깐 보인 무위만으로도 이미 자신들이 상상하는 영역이 아니라는 것을 깨달았다. 괜히 만용을 부려 행복을 깨뜨리고 싶지는 않았다.

"저희는 그 어느 누구에게도 이곳에 대해 말하지 않겠으니 대인께서는 염려치 마십시오. 만일 강호에 이곳에 대한 소문이 난다면 하북진가로 찾아오시면 되지 않겠습니까."

담천변은 고개를 끄덕였다.

"그렇기도 하군. 그때는 네놈뿐 아니라 가문의 씨를 말릴 것임을 명심하여라."

"물론입니다."

진찬월과 독고화연이 머리를 조아렸다.

두 사람이 떠난 뒤, 담천변은 희락동자 이호와 노공과 동행하여 지하도를 따라 걸었다. 오교는 이미 보름 전에 문으로 돌아갔는데, 말은 여러 쌓인 일을 처리해야 한다고 했지만 실상은 심온의 보복이 두려워 자리를 뜬 것이었다. 셋은 문주의 뒷통수를 언제라도 갈길 수 있는 사람들이었지만 자신은 언제라도 뒷통수를 맞아야 하는 사람인 것이다.

담천변의 얼굴엔 미소가 가득했다. 그는 진찬월과 독고화연의 돈독한 관계를 보았기에 딸아이와 사위 녀석도 그러하리라 생각하고 흐뭇함을 금치 못했던 것이다.

"네놈이 후흑문주의 장인이 되다니… 후후후후."

이호는 조금은 손해 본 것 같다는 듯이 말했다. 바로 뒤에서 걷던 노공도 맞장구를 쳤다.

"형님, 아무리 봐도 이건 우리가 당한 겁니다."

둘이 협공을 해도 담천변은 그저 좋기만 했다.

"아, 내가 이제껏 거나하게 대접하지 않았습니까? 뭐 드시고 싶은 것 있으면 언제든지 말씀하십시오."

유쾌한 대화가 오가고 석문 앞에 이르자 노공이 바뀐 방식을 따라 석문을 열었다.

그그그긍…….

석문이 들어 올려지기 시작하면서 한껏 기대에 부풀었던 세 사람을 먼저 공격한 것은 지독한 냄새였다.

"이 향긋한 냄새는 뭐냐?"

"향긋해도 너무 향긋하군요."

이호와 노공이 한마디씩을 던졌을 때 담천변은 아무 말도 못했다. 거의 본능적으로 불안이 머리꼭대기까지 치고 올라왔기 때문이다.

이윽고 석문이 다 올라가고 내부 광경이 적나라하게 드러났다.

심온과 담유설은 서로 껴안고 있었는데 그 모습이 아주 가관이었다. 둘은 모두 벌거벗은 채로 술독을 사이에 끼고 껴안고 있었다. 문제는 그들의 옷이며 주변이 온통 똥과 오줌으로 범벅이 되어 있어서 그냥 봐서는 심온과 담유설인지 도무지 분간할 수 없다는 점이었다.

이호와 노공, 그리고 담천변이 예상했던 광경은 결코 이런 것이 아니었다.

정겨운 눈빛을 교환하며 사랑에 빠져 있는 모습과 눈을 흘기면서 이런 식으로 사람을 놀래키면 어쩌냐는 애교 섞인 투정을 부릴 줄 알았다. 그러면 모두 한꺼번에 웃음을 터뜨리면서 축하의 인사말을 건네는 것이다.

하지만 지금 이 꼬락서니를 보니 비로소 얼마나 큰 실수를 저질렀는지 실감할 수 있었다.

"으으으, 내 딸이……."

담천변은 옷을 벗어 담유설의 몸을 감싸고는 안아 들었다.

이호와 노공은 쓰게 입을 다시면서 서로를 마주 볼 뿐 아무 말도 할 수가 없었다.

이 상황은 그리 간단해 보이지 않았다. 앞으로 두 사람이 혼인을 하는 문제는 별개로, 두고두고 시달리게 될 것이라는 두려움이 스멀거리기 시작했다.

"뭐, 별일없겠지?"

이호가 도망칠 듯 뒷걸음치자, 노공이 가로막았다.

"형님, 이렇게 가시면 곤란합니다."

"아하하, 내가 어딜 가겠어."

그 말이 끝나기 무섭게 이호는 이미 몸을 빼내 달아났다.

노공은 막으려다 그만두기로 했다. 막는다고 막아질 사람도 아니고, 일만 더 커질 뿐이었기 때문이다.

진찬월과 독고화연이 각자 가문으로 돌아간 뒤 사랑하는 사람이 있다고 했을 때 가족들은 기대에 들뜬 표정이 되었다.

그리고 다시 그 대상이 누구인지를 설명하였을 때는 모두들 웃고 있던 그 표정 그대로 굳어져서는 꼼짝도 하지 못했다.

그러나 결과는 만족스러웠다.

얼마 후 하북진가와 하남독고세가의 수장은 비밀리에 자리를 같이 하였다.

어색한 인사말이 오가고, 술잔을 기울이던 중 두 사람은 가장 중요한 이야기를 꺼냈다.

"진실을 알고 계시지요?"

"저 혼자 알고 있습니다. 그쪽은?"

"물론 저희 가문에서도 저 혼자만 알고 있는 내용입니다."

원한을 맺게 된 시답지도 않은 이야기에 대한 비밀을 두 사람만이 알고 있다는 데에서 묘한 일체감이 형성되었다.

"진실은 묻어둡시다."

"영원히?"

"영원히!"

두 사람의 얼굴에서 미소가 어리더니 이윽고 통쾌한 웃음이 터져 나왔다.

"하하하하하!"

"하하하하하!"

심온과 담유설의 혼인 잔치는 꽤 거창했다.

겉으로는 후흑문의 일개 젊은이가 변왕 담천변의 여식과 결혼하는 것으로 공표되었으나, 그러한 명목에 비해 초대된 이들의 면면은 놀라운 것이었다.

후흑문인들이 대거 참석한 것은 물론이고, 그동안 은거하며 모습을 드러내지 않았던 고수들이 자리를 빛내주었다. 단순히 변왕의 이름만 가지고는 불가능한 하객들의 모임이었다.

여기엔 보편적으로 알려진 문파의 수장들이나 세가의 주인들은 거의 초대받지 못하였다. 강호에서는 그들을 대단하다고 할지 몰라도 후흑문이나 변왕이 보기엔 변변찮은 인물들에 불과했기 때문이다.

지하도에서 도망쳤던 이호는 희락팔선(喜樂八仙)을 동반한 상태였고, 그와 함께 외경이비(畏敬二秘)로 불리는 고독천자(孤獨天子) 왕면(王眠)이 다섯 명의 수하와 함께 자리를 빛내주었다.

외경이비야말로 현 강호의 가장 큰 어른들이었기에 모임은 저절로 질서가 정연해질 수밖에 없었다.

그 다음으로는 변왕과 함께 칠대기왕(七大奇王)이라 불리는 이들이 한자리를 메웠다.

이미 수차례에 걸쳐 후흑문과 인연을 맺었던 통증왕(痛症王) 굉운과 세상에서 가장 행복한 순간은 잠을 잘 때라며 틈만 나면 잠을 청한다는 수면왕(睡眠王) 공야, 개방에서 방주로 영입코자 무던히도 애를 쓰나 거기엔 관심조차 없는 거지 중의 거지 걸왕(乞王) 표춘, 미쳐 돌아다니는 극광왕(極狂王), 싸움 구경에 환장하고 또 본인도 싸우기를 좋아하는 전왕(戰王), 희락동자와는 반대로 어린 나이 때부터 급격히 늙어버린 조로왕(早老王) 몽벽.

모두 죽은 것이 아니냐는 소문이 돌았던 이들이 팔팔한 모습으로 혼인 잔치에 나타난 것이다.

또 칠대기왕과 연관되어진 이들도 함께 동행한 터라 기인들로 득실거릴 지경이었다.

그 외의 하객들은 주로 그동안 후흑문에 의뢰하였던 온갖 의뢰자들로 구성되어 있었다.

심온이 문주가 된 후 의뢰를 진행했던 이들에겐 빠짐없이 청첩장이 보내졌는데, 그들 중 절반가량이 정말일까 하는 심정으로 왔다가 모두 놀란 눈이 되어 지켜보고 있는 중이었다. 그들 중에 참석자의 면면을 알아본 몇몇이 인물들을 설명해 주었기 때문이다.

혼례식은 성대하고 아름답게 마쳐졌다.

심온과 담유설은 얼굴 가득 미소가 끊이지 않았다. 그중 심온은 담유설의 약간 솟아오른 배를 여러 차례 조심스럽게 바라보았다. 그곳에 아기가 자라고 있다고 생각하니 그 기쁨은 세상 그 무엇과도 비교할 수가 없었다.

심온과 담유설은 모두를 향해 고마움의 큰절을 올렸다.

"축하해 주신 모든 분들께 감사드립니다. 우리 두 사람, 아니, 아이까지 세 사람 앞으로 잘살겠습니다."

박수가 터졌고, 모두들 진심으로 축하의 말을 건넸다.

심온은 앞으로의 강호도 오늘처럼 기쁨만이 가득하길 빌었다.

◆외전◆

흑호문주 심은외전
겨울 바다의 불청객

추자운은 겨울 바다가 처음이었다.

그렇다고 다른 계절의 바다 풍경을 봤다는 건 아니었다.

"아! 뒈지게 춥네."

동해 바다의 시리도록 푸른 물결은 추자운의 마음을 압도했다. 문제는 바다의 찬바람이 몸까지 압도한다는 점이었다. 다른 관광객들은 남녀 쌍쌍이라 찬바람이 반가울지 몰라도 자운에겐 힘겨운 시련이었다.

자운이 강릉 앞바다에 올 수 있었던 건, 중학 생활의 마지막 겨울 방학이 되면서 아르바이트를 시작했기 때문이다.

일명, 주유소 알바!

하루 여섯 시간, 시급은 삼천 원, 컴퓨터 업그레이드와 겨울 바다의 경비를 마련하기 위함이었다. 두 달 정도 고생한 후 최신형 컴퓨터와 멋진 여행으로 방학을 마무리 짓고 싶었다.

주유소 일은 그다지 어렵진 않았다. 주유소가 번화가에 위치한지라 쉴 새 없이 밀려드는 차들로 조금 피곤하긴 해도 시간은 잘 가는 편이었다.

그러나 자운의 아르바이트는 열흘 만에 최후를 맞고 말았다.

창을 내리고 길을 묻는 손님의 면상을 향해 휘발유를 발사해 버렸기 때문이다. 손님과 사장에게 온갖 욕을 사발로 얻어먹었다. 그나마 다행인 것은 열흘 동안 일한 돈을 받을 수 있었다는 점이다.

컴퓨터 업그레이드는 날아갔지만, 여행 경비로는 충분했다.

"여자 친구라도 있으면 좋으련만……."

포말을 일으키며 멀어지는 물결을 보며 자운은 혼잣말로 중얼거렸다.

바로 그때였다.

"내가 함께 있어주지."

자운이 깜짝 놀라 바라보니 머리는 산발이고 수염은 덥수룩한 사십 대 중반의 사내가 어느샌가 옆 자리에 앉아 있었다.

"누, 누구십니까?"

사실 물을 것도 없었다. 그야말로 노숙자의 전형적인 스타일이었기 때문이다. 최소 일 년 정도는 옷을 갈아입거나 목욕을 하지 않았는지 냄새가 장난이 아니었다.

"나는 사자(使者)일세."

"사자라구요?"

"그렇지."

"어흥, 하는 사자란 말입니까?"

자운이 사명을 받은 자, 라는 뜻의 사자(使者)를 모르는 것은 아니었지만 꼬락서니가 도저히 그 뜻을 적용하긴 힘들어 보여 그리 물은 것이었다.

"농담이 좀 구리군, 자운 군."

자운은 생전 처음 보는 사람이 자신의 이름을 말하자 몸을 벌떡 일으켜 서너 걸음 물러섰다.

"저, 저를 어떻게 아시죠?"

"나는 사자니까 당연한 것 아닌가."

"아저씨를 보낸 사람은 누굽니까?"

중년인이 검지로 하늘을 가리켰다.

"네? 검지요?"

중년인의 얼굴이 찌끄러졌다.

"자네, 정말 수재 중의 수재라는 추자운이 맞나?"

"수재 중의 수재인지는 모르겠지만 추자운은 맞습니다만."

"겸손하긴, 내년이면 카이스트에 다니기로 돼 있지 않나."

자운의 입이 경악으로 쩌억 벌어지고 말았다.

알고 있는 건 이름뿐이 아닌 것이다. 오 년 전 부모님이 돌아가신 후 미친 듯이 공부만 했던 자운은 그 재능을 인정받아 내년이면 카이스트에 다니게 된 터였다.

"누구신데 제게 접근하신 겁니까?"

"안 잡아먹으니 자리에 앉게. 할 말이 많아."

자운은 도망가고 싶은 마음도 들었지만 한편으로는 호기심을 참을 수 없었다. 자운이 자리에 앉자 중년인이 다시 검지로 하늘을 가리켰다.

"나는 하늘에서 온 사자네."

자운의 얼굴은 당장이라도 울 것처럼 변해 버렸다.

"요즘은 하늘도 경제 사정이 좀 어렵나 보죠? 혹시 IMF라도 당한 건가요?"

"푸하하하, 이번 농담은 꽤 그럴싸하군. 내 꼬락서니를 보고 하는 말이라면 이건 그냥 내 스타일일 뿐이라네."

"스타일 한번 죽이는군요."

"천사나 선녀 등에 대한 천편일률적인 사고는 버리게. 그건 몰상식이야."

"좋습니다. 일단 그쪽을 천사님이라고 해두죠. 아니, 잠깐, 그럼 뭐 이름 같은 것이라도 있나요? 성경에 나오는 다니엘이나 가브리엘 같은 이름 말이에요."

"그냥 부르고 싶은 대로 불러."

자운이 고개를 끄덕이며 말했다.

"음, 그럼 가룟 유다로 하죠."

"이봐! 그것만 빼고."

"그럼 빌라도."

"에구, 내가 졌다, 졌어. 그냥 아저씨라고 하는 것이 낫겠군."

"이름은 그렇다 치고, 하늘에서 내게 무슨 볼일이 있는 거죠?"

자운은 질문을 던져 놓고도 속으로 실소를 금치 못했다. 어느새 노숙자의 말에 말려들고 있지 않는가.

'이거 나도 슬슬 미쳐 가는 건가……'

"자네는 선택되었네."

"선택이라뇨? 말도 안 돼. 그럼 제가 이 시대의 구세주란 말입니까?"

"아니."

"휴, 다행이군요."

"오백 년 전 시대의 구세주라고나 할까."

"켁! 무슨 농담을 그리 정색을 하고 하십니까?"

"농담 아니야. 자넨 오백 년 전의 무림으로 가야만 하네."

"푸하하하하하……!"

웃지 않을 수 없었다. 무림이라니, 대충 이 아저씨의 정체를 알 것 같았다.

"아저씨, 혹시 무협 작가십니까? 아이디어가 떨어진 거죠? 맞죠? 아니면 무협 소설을 너무 많이 보신 거든지요."

자칭 사자가 고개를 저었다.

"천억의 사람들 중에서 자네로 정해진 거야. 영광으로 알라구."

"천억이라뇨, 현재 인구가 60억이 살짝쿵 넘을 뿐이잖습니까?"

"현 시대만 놓고 보면 그렇지. 과거와 미래를 통틀어 검색해서 나온 결과가 자넬세."

"하하하하, 아주 흥미진진한걸요. 검색 조건이 뭐였죠?"

황당해도 너무 황당한지라 자운은 도리어 긴장이 풀리기 시작했다. 자신의 정체를 아는 것이 마음에 걸리긴 했지만, 이런 추세라면 그것마저 한바탕 웃고 말 내용이 될 수도 있겠다 싶었다.

"그건 너무 복잡해서 인간의 언어나 수학 개념으로 설명하기가 어렵네. 제대로 설명하려면 적어도 삼천오백칠십이 일은 족히 걸리거든. 그것도 다른 건 아무것도 하지 않고 설명만 했을 경우지. 다 무시하고 간단히 설명하자면, 나비효과와 관련이 있다네. 자네도 알지?"

추자운도 알고 있었다.

미국의 기상학자인 에드워드 로렌츠가 '브라질에 있는 나비의 날갯짓이 미국 텍사스 주에 발생한 토네이도의 원인이 될 수 있을까?'라는 주제로 발표한 것이 나비효과가 알려지게 된 시작이었다.

사소한 것 하나가 나중에는 엄청난 변화를 가져오는 것을 의미했다.

"그러니까 제가 과거로 가는 것이 미래의 변화에 가장 작은 영향을 끼칠 것이라는 건가요?"

"그렇지, 역시 똑똑하군."

"키키키킥."

자운은 자신도 모르게 키킥거렸다.

"믿지 못하겠지?"

"하하, 당연하죠. 만약에 아저씨라면 이런 이야기를 믿을 수 있겠어요?"

"뭐, 누구나 쉽게 받아들일 만한 내용은 아니지."

"자, 그럼 이제 증거를 보여주셔야 할 차례인가요?"

"증거? 음, 뭐, 귀찮긴 하지만 노력해 봄세."

자운이 턱을 매만지다 바다를 보고 기막힌 생각을 떠올렸다.

'크크, 천사라 이거지? 이왕이면 무지막지한 것으로 해볼까?'

"바다를 갈라보세요. 푸하하하하! 이건 너무 심했나?"

"바다? 뭐, 어렵진 않겠군."

중년인은 자리에서 일어나더니 바다를 가를 생각은 않고 작별 인사를 고했다.

"그럼 구경 잘하고 돌아가게. 나중에 내가 집으로 찾아감세."

"이렇게 대충 꽁무니를 빼…… 크아아악~"

자운은 중년인을 따라 일어서다가 그만 눈이 튀어나오는 충격에 사로잡히고 말았다.

쏴아아아~

바다가 갈라지고 만 것이다.

'말도 안 돼!'

바다는 양쪽으로 갈라져 육지를 고스란히 드러내고 있었다.

"이거 마술인가요? 혹시 아저씨 데이빗 카퍼필드(미국의 유명한 마술사) 아니… 헉……."

고개를 돌려 사방을 두리번거렸지만 중년 노숙자의 모습은 온데간데없었다.

*   *   *

"뉴스 속보를 보내 드리겠습니다. 오늘 오후 2시경 강릉 앞바다에서 믿을 수 없는 광경이 나타났습니다. 자료 화면 보시겠습니다."

앵커의 목소리는 들떠 있었다.

TV 화면에 방송용 카메라가 아닌 일반 캠코더로 찍은 듯한 화면이 펼쳐졌다. 조금씩 흔들리긴 했지만 바다가 갈라진 광경이 여실히 드러났다.

"이 화면은 겨울 바다를 구경하던 관광객이 그 자리에서 캠코더로 찍은 영상입니다. 현장에 나가 있는 정경훈 기자를 연결해 보겠습니다. 정경훈 기자!"

"네, 여기는 강릉 앞바다입니다."

"상황 설명 좀 부탁드립니다."

"네, 이미 자료 화면을 보셔서 아시겠지만 그저 놀랍다는 말밖에는 달리 할 말이 없습니다. 이 광경을 직접 촬영한 분을 모셔서 이야기를 들어 보겠습니다."

화면에 이십대 후반으로 보이는 여인이 나타났다.

"바다가 갈라졌던 상황이 어떠했는지 들려주시겠습니까?"

"이거 생방송으로 나가는 건가요?"

"네, 그렇습니다."

"잠깐만요, 화장 좀 하구요."

"아니, 화장하지 않아도 굉장히 미인이십니다."

"호호호, 사람 볼 줄 아시네요."

"흠흠, 보신 대로 설명 좀 부탁합니다."

"네, 제 애인이 잠깐 자리를 비운 상황이었어요. 저는 무료함을 달래기 위해서 캠코더 액정 화면을 보면서 바다를 찍고 있었구요. 처음에는 저도 제 눈이 잘못된 것으로 생각했답니다. 그러나 사실이었어요. 얼마나 흥분이 되던지 그만 오줌을 지리고 말 정도였죠. 이건 그야말로 서프라이즈예요, 서프라이즈! 기절하지 않은 것이 다행이었죠. 홍해의 기적이 이러했을까요? 사실 어제 애인이 제게 프로포즈를 했답니다. 그런데 오늘 이런 광경을 보게 되니 얼마나 기쁜지 모르겠어요. 엄마, 나 지금 보고 있는 거야? 나 텔레비전에 나왔어. 캬악~ 너무 좋은 거 있지."

인터뷰가 지극히 사적으로 변해 버리자 현장 기자가 여인에게서 마이크를 뺏으려 했다.

"자, 됐습니다. 이제 그만⋯⋯."

그러나 여인은 마이크를 뺏기지 않으려고 필사적으로 저항하면서 가족과 친구들의 이름을 불러댔다. 기자와 여인이 마이크를 놓고 실랑이를 벌이다 두 사람이 바닥을 뒹굴었다.

황급히 화면이 방송국의 앵커를 잡았다.

"흠흠, 네, 정경훈 기자, 수고 많았습니다. 마이크가 망가지지 않았나 걱정이군요."

　　　　　　*　　　　　*　　　　　*

　　그날 온통 뉴스는 강릉 앞바다의 기이한 현상을 외쳐 댔다.

　　놀란 가슴을 부여잡고 곧바로 일산의 자취방으로 돌아온 자운은 TV에서 눈을 떼지 못한 채 부들거리는 몸을 주체할 수 없었다.

　　'도대체 무슨 일이 벌어지고 있는 거야! 이건 꿈이야, 꿈일 뿐이라구.'

　　꿈을 떠올리자 문득 영화 '오픈 유어 아이즈'가 생각났다.

　　주인공은 어느 순간 자신의 삶이 꿈이라는 것을 알게 된다. 현실의 각박함 대신 원하는 삶을 꿈을 통해 살게 해주는 회사와 계약을 맺었던 것이다.

　　꿈에서 벗어나는 방법은 고층 빌딩에서 뛰어내려 스스로 목숨을 끊는 것!

　　자운은 창문으로 다가가 문을 열고 아래를 내려다보았다. 어두운 밤거리가 어서 오라는 듯 팔을 벌리고 있었다.

　　5층 높이! 제대로만 떨어진다면 죽을 수도 있다.

　　'그래, 이건 꿈이야. 난 뛰어내릴 거야…… 라고 생각은 하지만 내가 뛰어내릴 리가 없잖아.'

　　자운은 힘없이 창문을 닫았다.

　　그때 벨소리가 났다.

　　딩동, 딩동.

　　"누구세요?"

　　"택뱁니다."

　　'택배? 이 밤에?

　　자운은 얼른 시계를 바라보고는 고개를 갸우뚱했다. 택배를 신청한 일도, 보낼 만한 사람도 생각나지 않았고, 더군다나 밤 12시가 다 되어 가는 중에 택배가 배달된다는 것도 이해할 수 없었다.

"잠시만요."

문을 열자 택배 아저씨가 큰 상자 앞에서 영수증을 내밀었다.

"물건이 꽤 무겁네요."

"한밤에 택배는 처음인걸요?"

"요즘은 경쟁이 치열해서 낮과 밤이 없답니다."

자운은 사인을 하고서 택배 아저씨를 도와 물건을 안쪽으로 옮겼다.

"수고하십시오."

자운은 문을 닫고 영수증을 살폈다. 발송지는 L.A였고, 발송인은 T.T라고 적혀 있었다.

"T.T? 뭐야, 이거."

일단은 열어보면 되겠지, 라는 생각에 박스를 뜯어냈다.

박스 윗부분이 개봉된 순간, 자운은 비명과 함께 뒤로 나뒹굴었다.

"크아악……!"

시체였다. 아니, 살았는지 죽었는지는 알 수 없었지만 사람은 확실했다. 문제는 L.A에서 한국까지 살아 있는 채로 왔을 리 없다는 점이었다. 물론 살아 있다고 해도 두려운 건 마찬가지였다.

부스럭.

"크아아악! 사람 살려!"

자운은 미친 듯이 소리를 지르며 밖으로 튀어나갔다.

"어이, 이봐. 고정하라구. 날세. 벌써 나를 잊은 겐가?"

막 문을 닫으려던 자운이 어딘지 낯익은 목소리에 고개를 돌려보니 가롯 유다 천사, 아니, 노숙자 천사가 상자에서 머리를 빼꼼히 내민 채

웃고 있었다.

"노숙, 아니, 아니, 아저씨~"

"그래, 그래, 반가운 거 아니까 소리는 그만 지르게."

중년인은 박스에서 나오더니 마치 자기 집인 양 냉장고 문을 열고 음료수를 꺼내 마셨다.

"나는 포도 주스가 제일 좋더라."

"입 대고 마시면 어떡합니까!"

"깨끗한 척하긴… 얼마나 오래 살겠다고……."

노숙자는 의자에 앉고는 발을 식탁 위에 멋들어지게 올려놓았다.

"혼자 살긴 딱 좋군."

자운은 맞은편 의자를 끌어당겨 앉아 심각한 얼굴로 바라보았다.

낮엔 바다를 갈라놓더니, 이젠 해괴망측한 방법으로 나타난 것이다. 장난이라고 생각하기엔 너무도 수준 높은 특수 효과였다.

"분명히 말씀드리는데 저는 어디도 안 갑니다. 네버, 완존 네버! 아시겠어요?"

"어쩔 수 없네. 이미 결정난 사항이라서 변경할 수가 없어."

"도대체 누가 결정했단 말입니까? 이 일을 꾸민 작자가 누굽니까?"

"하하하하, 많이 발전했군, 많이 발전했어. 슬슬 대화가 되기 시작하는군."

자운이 입술을 깨물었다.

"그냥 저는 장단을 맞춰주는 것뿐입니다. 무엇이 되었든 믿지 않을 뿐 아니라 어디로도 가지 않는다는 것은 불변입니다."

"맘대로 생각하게. 하지만 시간이 많지 않아. 나와 대화를 나눌 시간은 오늘밤과 내일 아침 떠나기 직전뿐이네. 그러니 최대한 내 말에 귀를 기울이는 것이 좋을 걸세."

"내일 아침이라구요?"

중년인이 고개를 끄덕였다.

추자운은 미쳐 버릴 것만 같았다.

동해 바다는 망설임없이 갈라져 버렸다. 텔레비전에서는 거의 미친 듯이 바다가 갈라진 화면을 내보내며 해양 전문가들과 신학자들까지 나와 분석하느라 여념이 없었다.

T.V가 돌아버렸을 리는 없기에 내일 아침에 터미네이터가 되어 무림에 가 있지 말라는 법도 없었다.

"자, 잠깐요. 좋습니다. 제가 믿는 것도 아니고, 갈 마음도 없지만 일단 들어나 보죠."

중년인이 포도 주스를 한 모금 들이킨 후 말했다.

"좋은 자셀세. 어디서부터 시작할까… 그래, 이 미션이 발생한 원인부터 설명하는 것이 좋겠군."

중년인의 눈이 한순간 아련해졌다. 자운은 문득 그 눈빛 속에서 우주가 보이는 것만 같은 환상에 사로잡혔다. 어이없게도 은하수와 수많은 별들, 그 광활함이 고스란히 보이는 것이다.

'기가 막히는구나.'

"한 아이의 기도가 있었네. 별의 기운을 타고난 아이였지. 그 아이의 기도가 온 우주를 흔들었네. 아니, 발칵 뒤집어놓았다고 해야겠군. 그 후 하늘에서는 비상대책회의가 열렸고, 그 다음엔 자네가 선발된 거지."

"그게 지금 말이 된다고 생각하세요?"

자운이 버럭 소리를 질렀다.

"크크크. 그래, 솔직히 말이 좀 안 되지. 하지만 이렇게밖에는 설명할 수가 없군. 낮에 만났을 때도 했던 말이지만 제대로 설명하려면."

"삼천오백칠십이 일이 걸린단 말씀이지요?"

자운의 음성은 비비 꼬여 있었다.

"역시 기억력이 좋군. 어쨌든 우리에겐 그만한 시간이 없으니 대충 그렇게만 알아두게."

"어이가 없군요. 그럼 좋습니다. 저도 당장 기도를 드리겠어요. 저를 그냥 내버려 두라고 기도하겠어요. 저도 온 우주를 흔들 정도로 간절히 기도하겠다구요."

"뭐, 기도하는 거야 내가 말릴 일은 아니니 맘대로 하게. 하지만 어지간히 해서는 뼈가 녹고 내장이 끊어질 만큼 간절히 기도하기는 힘들걸세."

자운은 그만 멍해지고 말았다. 뼈가 녹을 정도의 기도라.

'설마 그 아이가……'

중년인의 말이 이어졌다.

"일단 그곳에 가면 내가 나타나 도울 수 없다는 걸 명심하게. 아무도 자넬 돕지 않아. 혼자 힘으로 해결해야 하는 거지. 음, 제일 먼저 해야 할 일은 언어를 습득하는 걸세. 그 다음은 힘도 길러야겠지?"

"아, 아니, 잠깐만요. 뭐, 아이템 같은 것 없나요? 레이저 총이라든지, 투명 옷이라든지, 하다못해 기관총 같은 거라도요."

"무슨 소릴 하는 거야? 영화를 너무 많이 본 겐가, 아니면 판타지를 너무 많이 읽은 겐가? 그런 건 없어. 그저 '이것뿐이라니까."

중년인이 두 주먹을 불끈 쥐어 보였다.

"그러다 며칠 만에 비명횡사하면요? 그렇게 무방비로 놔둘 참인가요?"

"염려 말게. 확신할 순 없지만 그리 쉽게 죽진 않을 거야. 아무리 그래도 그렇지, 특별히 선발된 자네가 가자마자 죽기야 하겠나?"

"꽥~"

자운은 고함을 내질렀다. 참을 수가 없었다.

"그럼 죽는 것도 가능하단 말이군요. 이거 정말 너무하는 것 아닙니까? 중요한 일이라면서 일을 이따위로 진행하면 어쩌자는 겁니까?"

"푸하하하! 그래도 겁이 나긴 나나 보군. 사실 특수 기능이 없다는 것은 그냥 해본 말이었네. 두 가지 능력을 받게 될 걸세. 충분히 힘을 가질 만한 능력이니 너무 염려하지 말게."

"뭡니까?"

"첫째는 시공을 초월하는 과정에서 막대한 내공을 얻게 될 것이네. 차원의 힘이 일부 들어가는 것인데, 일부라곤 해도 어마어마하지."

"둘째는요?"

자운은 짜증스럽게 물었다. 이렇게 질문을 하고 있는 자신이 싫어질 정도였다.

"둘째는 '사람의 눈은 마음의 창이다' 라는 힘이네."

"무슨 말씀이세요? 주문입니까?"

"주문? 하하하, 주문은 아닐세. 다 알려주면 재미없으니까 여기까지 하지. 가서 겪다 보면 알게 될 거네."

"아니, 그런 게 어딨어요? 어서 말씀해 보세요!"

"이제 뭐 할 말은 거의 다 한 것 같군. 아침 일찍 떠날 테니 마음의 준비를 하고 있게."

"자, 잠깐만요! 전 분명히 간다고 말한 적 없습니다."

"난 가봐야겠어."

중년인은 자리에서 일어나더니 입구가 아닌 반대쪽 창가로 걸어가

창문을 열었다.

"자세히 이야기한다면서 왜 이렇게 일찍 가시는 겁니까?"

"가야 돼, 드라마할 시간이거든."

"천사가 드라마도 봅니까?"

"요즘 재미 붙였어. 내일 보세."

"날아가는 겁니까?"

중년인은 창문을 열고 다리 한 짝을 창틀에 올려놓은 상태였다.

"날아가긴……."

그 말과 함께 노숙자가 훌쩍 몸을 날렸다.

자운은 깜짝 놀라 창밖을 바라보니 노숙자의 몸은 하늘로 훨훨 날아오르는 대신 땅으로 곤두박질쳤다. 두 발이 땅에 닿자마자 몇 바퀴를 데굴데굴 구르더니 그대로 대자로 뻗어버렸다.

길을 지나던 사람들이 놀라 비명을 내지르며 가까이 다가갔다.

"뭐, 뭐지?"

자운은 혼란스럽기 그지없었다. 바다를 우습게 갈라 버린 능력에 비해 저 꼬락서니는 도무지 이해할 수 없는 일이었다.

주위에 있는 사람들이 황급히 핸드폰을 꺼내 119를 부르려 할 때 중년인이 천천히 몸을 일으키더니 다리 한 짝을 절룩거리면서 어둠 속으로 사라졌다.

자운은 그 광경을 지켜보며 조용히 땀을 흘렸다.

'미치겠다…….'

그러나 그냥 멍하니 이대로 아침을 맞을 순 없는 노릇이었다.

"일단 도망치고 보자."

새벽같이 일어나 어디 섬이라도 가서 숨어야겠다고 생각했다.

지도 책을 꺼내 전라남도 쪽의 섬을 찾았다.

전라남도 신안 앞바다의 작은 섬의 이름이 눈에 확 꽂혔다.

'비금도!'

바둑 천재 소년 이세돌의 고향 비금도, 도피하기엔 이름도 멋지다.

'그래, 여기야! 완전히 숨어버리는 거야.'

서랍을 뒤져 mp3 플레이어를 꺼냈다. 구입한 지 육 개월도 되지 않았지만 경비를 마련하기 위해선 어쩔 수 없었다.

차로 십 분 거리에 작은아버지가 살고 있지만 돈을 달라고 손을 내밀고 싶진 않았다.

자운은 오 년 전 교통사고로 부모님이 돌아가신 후, 작은아버지 집에서 일 년간을 머문 적이 있었다. 하지만 작은아버지는 역시 아버지와는 달랐다. 알게 모르게 눈치를 받아오던 자운은 원룸을 얻어달라고 사정을 해서 지금의 이곳에서 머물게 되었다.

그리고 한 달에 꼭 필요한 용돈만을 받아 쓰고 있다.

작은아버지는 자운이 이십 세가 되면 그때 부모님의 전 재산을 돌려주겠다고 했다.

'아깝긴 하지만 어쩔 수 없지……'

평소 철훈이가 mp3를 눈독 들이고 있던 터라 좀 싸게 넘긴다면 돈을 들고 나올 것이 확실했다.

당장 전화를 걸었다.

연결되는 신호음이 들린 후 철훈이의 컬러링 'DJ D.O.C와 함께 춤을' 이 신나게 울려 퍼졌다.

춤을 추고 싶을 때는 춤을 춰요.

할아버지, 할머니도 춤을 춰요.
그깟 나이 무슨 상관이예요.
다 같이 춤을 춰봐요. 이렇게~

"그래, 신나기도 하겠다. 누구는 죽겠는데 말이야."

그렇게 할머니, 할아버지가 두 번이나 춤을 춘 다음에야 철훈이가 전화를 받았다.

"철훈이냐? 나다, 자운이. 너 전에 mp3 갖고 싶다고 했지?"

"……."

아무 말이 없었다.

"철훈아, 듣고 있냐? 싸게 넘길 테니까 너무 쫄지 마."

"얼마에 팔 건데?"

"헉!"

자운은 그만 전화기를 떨어뜨릴 뻔했다.

철훈이가 아니었다.

"헉! 아, 아저씨가 어떻게……."

"이러면 곤란하지. 나 지금 바쁘니까 전화하지 말게. 먼길이 될 테니 푹 자두라구. 그만 끊네."

자운이 뭐라고 대꾸하기도 전에 삐리리 소리와 함께 신호가 꺼졌고, 자운은 온몸에 힘이 빠지는 느낌과 함께 그대로 허물어졌다.

* * *

"이보게, 이제 슬슬 일어나야지."

퍽퍽. 퍽퍽.

중년인은 바닥에 새우처럼 누워 자고 있는 자운의 복부를 향해 로우 킥을 날렸다.

퍽퍼퍽. 퍽퍽.

"일어나라니까."

자운이 몸을 꿈틀거릴 뿐 눈을 뜨지 않자 중년인의 입술이 씰룩거렸다.

"이 친구 이거 시간이 없다니까. 내가 암바(Arm—Bar)는 하지 않으려 했는데 어쩔 수 없구만."

암바란, 이종격투기 경기에서 사용하는 관절기다.

중년인은 자운의 몸에 열십자 형태를 띠고 암바를 펼쳤다.

"으아아아악!"

자운은 인대가 끊어질 듯한 통증에 비명을 내질렀고, 그제야 중년인은 만족스럽다는 듯 자리에서 일어났다.

"그러게 작작 좀 자야지. 도대체 지금이 몇 신데 자고 있는 건가."

"아이 씨, 정말 너무하는 것 아닙니까? 나이도 자실 만큼 자신 분이 이 무슨 행팹니까?"

"그냥 장난한 거야. 뭘 그리 아프다고 엄살인가."

"그럼 아저씨가 한번 당해볼랍니까?"

"그래, 그래, 미안하네. 그건 그렇고 준비는 다 되었겠지? 시간이 얼마 안 남았어."

자운은 어깨가 아픈 것도 잠시, 정신이 번쩍 들었다.

"진짜로 가야 합니까? 아저씨, 아니, 선생님, 아니, 천사님, 제발 저를 그냥 내버려 두세요. 무림에 가는 것만 빼고 시키는 일은 다 하겠습니다. 제발요."

"너무 염려하지 말게. 지금이야 가고 싶지 않다는 생각뿐이겠지만 며칠만 지나면 금방 적응이 될 게야. 나중에 돌아오지 않는다고 생떼를 쓰게 될지도 모르고 말이네. 자, 그럼 이동하네."

"헉! 잠깐만요, 잠깐만요."

자운이 중년인의 바짓가랑이를 붙들었다.

"왜 또 그래?"

"혹시 새로 태어나는 겁니까?"

"아니."

"그럼 어디 좋은 집에 양아들로 들어가나요?"

"음, 그거 좋은 생각이네. 일단 자네가 원하는 환경을 마음으로 간절히 떠올려 보게. 자네 생각대로 될 걸세."

"한 가지만 더요. 저 확실히 돌아올 수는 있는 거죠?"

"당연하지. 미션을 완수하면 아무 일 없이 돌아오게 되니 걱정 말게."

"미션을 완수 못하면요?"

"음? 글쎄… 차원의 미아가 돼버릴지도 모르겠는걸."

"어째서 하는 말마다 무책임한 겁니까? 이 계획을 누가 짠 겁니까? 생각이 있는 겁니까, 없는 겁니까?"

"하하하하, 말조심하게. 혀가 날아가는 수가 있어. 자, 질문은 이제 그만 하고, 그만 가보게나."

순간 중년인의 손에서 분홍빛 광채가 피어나기 시작했다.

"뭐 하는 짓입니까? 안 돼요, 안 돼~"

자운의 절규에도 불구하고 광채는 자운의 온몸을 휘감아 돌기 시작했다.

"잘 가게. 성공하길 비네."

"이거 진짭니까?"

자운의 눈이 붉게 물들더니 끝내 눈물이 쏟아졌다.

"너무 염려 말게. 정의는 언제나 승리하는 법이거든."

자운은 광채에 휩싸이며 서서히 몽롱한 의식 속에서 몸이 떠오른다는 느낌을 받았다. 그리고 어떤 소용돌이 속으로 빨려가는 것 같았다.

*   *   *

"네, 저녁 7시 전국 네트워크 뉴스 시간입니다. 오늘은 겨울 바다로 시작해 보겠습니다. 강릉 앞바다에 나가 있는 정경훈 기자를 통해 그곳 소식을 알아보겠습니다. 정경훈 기자!"

"네, 정경훈입니다."

"소식 전해주십시오."

"네, 이곳은 푸른 바다가 펼쳐진 강릉입니다. 여름 바다를 열정이라고 부른다면, 겨울 바다는 사색이라고 불러야 하지 않을까 싶습니다. 이곳 바닷가에는 연인들이 어깨를 두르고 앉은 모습이 자주 눈에 띄는데요, 프로포즈를 한다면 이보다 더 좋은 장소는 없을 것 같습니다. 연인들과 잠시 인터뷰를 나눠보겠습니다. 이곳은 어떻게 찾게 되셨습니까?"

화면에 이십대 후반의 여인이 나타났다.

"그이가 갑자기 겨울 바다를 보여주겠다고 해서 왔는데 오길 잘했다는 생각입니다. 게다가 어제는 프로포즈를 받았거든요. 그이가 바다를 증인으로 삼아 제게 프로포즈를 했는데, 너무 감동받아 눈물을 흘릴 뻔했답니다. 바다는 홍해의 기적처럼 쩍 갈라지진 않았지만 잔잔히 밀려와 축복을 빌어주었구요."

"하하, 유머 감각이 뛰어나시군요. 강릉 앞바다는 전에는 물론이고 앞으로도 갈라질 일은 없을 겁니다. 어쩌면 바다는 두 분이 영원히 갈라서지 않기를 바라는 마음에서 그저 잔잔히 바라보았겠지요. 두 분의 앞날이 바다와 같은 넓은 마음으로 서로를 이해하며 살아가는 행복한 가정이 되시길 진심으로 바랍니다. 강릉의 겨울 바다에서 정경훈이 소식 전해 드렸습니다."

"네, 정경훈 기자, 수고 많았습니다."

*   *   *

"넌 누구냐?"

자운은 누군가 목을 강하게 죄며 외치는 소리에 번쩍 눈을 떴다.

"켁, 켁."

사방이 어두운 가운데 이해할 수 없는 말이 계속 들려왔다.

"누구냐니까?"

자운은 여전히 무슨 말인지 알아들을 수가 없었다. 아니, 솔직히 알아들었다 해도 이렇게 목을 조르는 상황에선 말은커녕 숨 쉬기도 힘들었다.

"크으, 케엑……."

대체 여기가 어디고, 어떻게 된 사연인지 알 수 없었지만 이대로 가다간 목이 졸려 죽을지도 모른다는 것은 확실히 알 수 있었다.

그때 나지막하지만 어딘지 위엄이 느껴지는 소리가 들렸다.

"목을 조르고 묻는데 누가 대답할 수 있겠나."

그제야 자운의 목이 자유로워졌다.

"켁, 켁."

자운은 목을 매만지면서 사방을 두리번거렸다. 잠시 후 뚜렷하진 않지만 그런대로 어둠에 눈이 익숙해지면서 대충 분별이 가능해졌다.

왼쪽으로 쇠창살이 보이고, 바닥엔 지푸라기가 깔려 있고, 맞은편 벽에 두 명이, 오른쪽 벽으로 두 사람이 기대앉아 있었다.

그리고 정면에는 유비의 아우 장비를 연상케 하는 사내가 거대한 볼록렌즈와 같은 눈을 부라리며 쳐다보고 있었다.

'커억! 뭐야? 여긴 어디야? 설마… 설마 하니 진짜 무림에 오고 만 건 아니겠지? 그럴 린 없겠지? 게다가 여긴 감옥 같잖은가!'

마음으로는 간절히 아니라고 외쳤지만 마음 더 깊은 곳에서는 이곳이 무림이고, 끝내 오고야 만 것이라는 것을 수긍하는 끄덕임이 이어지고 있었다.

'씨발, 오고야 말았어. 짱개들의 세계에 오고 만 거야! 노숙자, 그 새끼가 나를 가지고 놀았구나. 부잣집 양자가 되길 바랐건만 어떻게 감옥에 처넣을 생각을 한 거냐구. 씨팔넘!'

원래 자운은 일 년에 한 번 욕을 할까 말까 했지만 지금은 욕을 하지 않을 수가 없었다. 자운은 갈가리 찢기는 마음에 눈물을 쏟으며 자리에서 벌떡 일어났다.

"나, 돌아갈래~ 나 돌아갈래~"

박하사탕이란 영화에서 설경구가 다가오는 기차를 향해 외쳐 댈 때는 '저거, 저 완전히 똘아이로구만' 이라고 생각했지만 지금은 그 심정을 누구보다도 더 잘 이해할 수 있을 것 같았다.

"이 자식이 어디서 괴상한 고함을 지르고 난리냐!"

장비의 주먹이 허공을 가르며 자운의 턱에 꽂혔다. 설경구는 외치다 기차에 깔렸다면, 자운은 주먹에 얻어맞고 나가떨어진 셈이었다.

자운은 머리가 바스라질 듯한 통증과 함께 정신을 차렸다. 그러나 눈을 뜨진 않았다. 감옥에 갇혀 있던 놈들이 또 무슨 꼬투리를 잡아 시비를 걸어올지 몰랐기 때문이다. 자운으로서는 감옥에 갇히게 된 것이 충분한 과정을 거쳐 들어오게 된 것이었는지, 아니면 느닷없이 속된 말로 '뿅' 하고 나타난 것인지 스스로도 알 수가 없었다.

만일 범죄자로서 인도되어 갇히게 된 것이라면 그들의 과격함은 신참 길들이기일 것이고, '뿅' 이었다면 귀신같이 나타난 것에 대한 의문일 터였다.

일단은 상황을 파악하는 것이 우선이었다.

놈들의 대화 소리가 들렸다. 여전히 알아들을 수는 없었다.

얼마나 지났을까, 짐작하기로는 대략 30분 정도 지난 것 같았다. 뚜벅뚜벅, 발자국 소리가 들리더니 간수가 나타났다.

자운은 실눈을 뜨고 쇠창살 밖의 간수를 면밀히 살폈다. 간수는 쟁반에 놓인 주먹밥을 하나씩 던져 주었다. 자운은 배가 고프다는 것을 잊고 있다가 밥을 보자 갑작스레 허기가 몰려들었다.

간수는 하나씩 던져 주다가 모로 누운 자운을 보더니 고개를 갸우뚱거렸다.

"뭐야, 언제 한 놈이 더 늘었지?"

그러나 의문도 잠시, 2교대 근무 중 다른 담당이 맡고 있을 때 들어온 죄수려니 생각하고 자운의 머리를 향해 주먹밥을 던지고는 옆쪽으로 이동했다.

간수의 말로 모든 정황이 명백해졌다.

그야말로 뿅, 하고 나타난 것이다. 터미네이터가 알몸으로 과거로

온 것처럼 그렇게 뿡~ 하고 말이다. 기존에 감옥에 머물던 이들이 얼마나 황당했을지 짐작이 가는 순간이었다.

자운은 터미네이터를 떠올리고는 얼른 몸의 촉감을 점검했다.

'휴, 다행이군.'

불행 중 다행이란 말은 이때를 위해서 존재하는 것이리라. 그나마 알몸으로 이동한 것은 아니었다. 그렇다고 짱개들 세계에 어울리는 의복을 갖춘 것이냐? 그건 결코 아니었다.

런닝 셔츠와 츄리닝 바지!

배려라는 말을 한강에 내다 버린 눈곱만큼의 인정도 없는 천사였다. 다시 한 번 천사에 대해 이가 갈렸다.

주먹밥에 머리를 맞은 자운은 그제야 정신이 든다는 듯 고통스럽게 머리를 만지면서 자리에서 일어났다.

머리를 맞고 바닥의 지푸라기에 뒹군 주먹밥은 불결하기 짝이 없어 당장 교환해 달라고, 그렇지 않으면 소비자 보호원에 연락하겠다고 할 만한 상황이었지만 지금 그런 배부른 소리를 할 입장은 아니었다.

그저 눈물을 머금고 대충 털어낸 후 한입 베어 물었다.

순간 그 밋밋한 맛에 자운은 울컥, 하고 눈물을 쏟아냈다.

'진짜 너무하네. 씨발……'

눈물을 참아보려 했지만 마음대로 되지 않았다. 어쩌면 이대로 평생 동안 감옥 안에 갇혀 주먹밥으로 연명하다 죽음을 맞이할지도 모른다는 생각이 들어 눈물샘을 막으려 해도 막아지질 않았다.

자운은 눈물에 젖은 주먹밥을 꾸역꾸역 먹어치우고는 벽에 기대고 앉았다.

바로 그때 한 사람이 다가와 앞쪽에 앉았다. 사내는 오십대 중반으로 보였고, 차분히 가라앉은 표정에는 기품이 서려 있었다. 결코 이곳에 갇혀 있을 만한 사람으로 보이지 않았다.

"더 먹으렴."

사내가 절반이 남은 주먹밥을 자운에게 건넸다. 자운은 사내의 목소리를 통해 그가 장비를 만류했던 사람이란 것을 알아차렸다. 이 감방 내에서는 그가 리더일 것이라고 생각했다.

그러나 달라진 것은 없었다. 자운은 도통 무슨 말인지 알아들을 수 없었던 것이다. 그래도 눈칫밥을 먹은 지가 꽤 된지라 대충 눈치를 살피니 밥을 더 먹으라는 말이라 생각하고 고개를 가로저었다.

"그래, 처음에는 입맛에 맞지 않을 게다. 그런데 아직 나이도 어려 보이는데 어쩌다 이곳에 오게 된 거냐? 게다가 솔직히 난 네가 어떻게 들어온 것인지도 모르겠구나."

자운은 그저 고개를 푹 숙일 뿐 아무 말도 하지 않았다. 자운이 알고 있는 중국어는 '니 하오마'와 '따꺼', '덩샤오핑', '장쩌민' 정도였다.

'짱깨 양반, 그만 자리에 돌아가시게. 난 도무지 무슨 말인지 모르겠다네. 내가 을룡타를 쓰지 않게 해주게나.'

"뭐가 두려운 거냐? 혹시 우리 말을 전혀 못하는 거냐?"

사내의 목소리는 다정다감하여 자운은 고개를 들고 사내의 눈을 들여다보았다. 깊이 가라앉은 눈에 언뜻언뜻 현기가 번뜩였다.

'감옥에 갇혀 있긴 해도 나쁜 사람 같진 않구나.'

그렇게 자운이 멍하니 사내의 눈을 들여다볼 때였다.

문득 기이한 현상이 벌어졌다. 사내의 눈빛이 푸르스름하게 변하더니 광휘가 어른거리기 시작한 것이다.

'헉! 뭐야… 이상한 신공인가? 무슨 수작을 부리려는 거지.'

자운은 얼른 눈을 감으려 했지만 어찌 된 일인지 눈을 감을 수도, 고개를 돌릴 수도 없었다. 강력한 자력에 의해 시선이 고정되어 버린 것만 같았다.

광휘는 자운이 이제껏 단 한 번도 본 적이 없는 황홀지경을 연출했다. 작은 회오리처럼 뿜어져 나온 푸른 광휘는 놀랍게도 자운의 눈으로 빨려들었다. 순간 말로 표현하기 힘든 복잡한 두통이 머리를 뒤흔들었다. 그러나 고통도 잠시, 머리에서 폭죽이 터지는 듯한 청명함이 머리 곳곳으로 퍼져 가는 느낌이 이어졌다.

'이건 도대체 뭐지?'

의문은 그리 오래가지 않았다. 대답이라도 하듯이 생각지도 못했던 것이 떠오르기 시작한 것이다.

그것은 방대한 분량의 한자(漢字)들이었다. 마치 덩치 큰 프로그램의 소스처럼 차르륵 펼쳐지고, 공간 중에 떠올랐다가 결합되고 흩어지기를 반복했다. 그러면서 삽시간에 그 모든 것이 차곡차곡 머리에 쌓이는 느낌이었다.

'이건 뭐야, 중국어잖아. 설마 이 사람이 자신의 지식을 모두 내게 전수해 준 것인가? 이런 게 가능하다니, 무협 소설에서도 이런 것을 본 적이 없는데……'

자운은 황당함을 뒤로 미루고 일단은 테스트나 해보자는 마음으로 생각한 말을 중얼거려 보았다.

"여기는 어디죠?"

'헉! 된다.'

놀라운 일이었다. 생각한 대로 완벽히 중국어가 튀어나온 것이다.

"신기하군요. 어떻게 이렇게 하실 수 있죠?"

자운이 유창히 말을 하자 사내의 눈이 휘둥그레졌다.

"음? 말을 할 줄 아는구나?"

자운이 살짝 눈을 찌뿌렸다.

'이 양반아, 당신이 능력을 줘놓고 그렇게 말하면 어떡해?

"방금 전 푸른 광채는 뭐였죠? 무슨 법술인 건가요?"

"푸른 광채? 허허허, 무슨 소리를 하는지 모르겠구나. 감옥에 오게 된 충격이 아직 가시지 않은 모양이로구나. 다그치지 않으마, 일단 쉬도록 해라."

사내가 자리로 돌아가자 자운은 멍해져 버리고 말았다.

'왜 저러지……'

그러다 문득 자운은 철퇴로 뒤통수를 얻어맞은 듯한 충격에 휩싸였다. 노숙자 천사의 말이 떠오른 것이다.

"둘째는, '사람의 눈은 마음의 창(窓)이다' 라는 힘이네."

'설마… 이게 두 번째 능력?

노숙자의 말대로라면 타인의 능력을 눈으로 빨아들일 수 있는 셈이었다. 그것도 그 사람이 전혀 인식하지 못하는 와중에 어마어마한 속도로 말이다.

'그렇다고 하면 이거 꽤 지낼 만하겠는걸. 하하하.'

자운이 강호에 발을 내딛는 첫날은 황당함에서 시작해 두려움으로 진행되다 결국 작은 희망의 불꽃을 피워 올리는 순서로 발전했다. 이 정도면 터미네이터에 조금 못 미치긴 해도 나쁘지만은 않았다.

말이 통하게 되자 자운은 어제 자상하게 다가와 주먹밥을 내민 이가 이항이란 이름을 지닌 것과 감방 안 사람들의 면면을 대충 알게 되었다. 자운은 스스로 소개할 말이 마땅치 않아 아무것도 생각이 나지 않는다고 둘러댔다.

대~한민국에서 살고 있었는데 하늘에서 온 천사인지 노숙자인지 구분하기 힘든 사람에 의해 강호를 구하라는 특명을 부여받고 왔노라 말한들 이해도 못할 뿐 아니라, 도리어 미친놈 취급 받기 딱 좋을 것이기에 '기억상실증'이야말로 가장 좋은 핑계거리였다.

평소 소설이나 드라마에서 툭하면 기억을 잃었다가 찾곤 하는 내용이 나와 아주 지긋지긋하다고 생각했건만, 역시 많이 등장한 만큼 효용가치가 높다는 걸 체득하는 순간이었다.

이항은 자신을 학자라고 했고, 잡혀온 이유는 고을 현령의 예순두 살 맞은 생일날 시를 읊으라는 명을 거절했기 때문이라고 했다.

"내 차라리 벙어리가 될지언정 어찌 탐관오리를 칭송하는 시를 지을 수 있겠나. 하하하하!"

그의 목소리에는 사나이의 기개라고 해야 할지, 선비의 기개라고 해야 할지 모를 그런 기운이 담겨 있었다. 자운은 은근히 감동을 받았다.

'이 양반 그릇이 꽤 커 보이는구나.'

그 외 다른 사람들은 그다지 인상 깊지 않았다. 그들의 인상이나 면면은 현령이 비록 흉포하다 해도 어쩐지 마땅히 감옥에 있어도 이상스러울 것 같지 않아 보였다.

이틀째의 아침과 점심의 식단은 다른 변화가 없었다. 역시 소량의 소금기만 들어 있는 밋밋한 주먹밥을 우겨 넣으면서 또 하루가 속절없이 흐르는구나 싶을 때 변고는 느닷없이 찾아왔다.

복도 쪽으로 소란스러운 소리가 들려왔다.

"아, 이거 봐, 너희들 내가 누군지나 알고 이러는 거냐? 너 이름이 뭐야? 너 정말이지 실수하는 거야!"

잡혀온 또 다른 죄수의 마지막 발악이었다. 별스러울 것도 없지만 자운은 목소리가 어딘가 낯익다고 생각했다.

"아가리 닥치지 못해! 뭘 잘했다고 큰소리냐!"

간수가 중도에 참지 못하고 두들겨 패는지 퍽퍽 하는 소리가 적나라하게 복도를 울렸다.

간수가 멈춘 곳은 자운이 갇혀 있는 감방 앞에 이르러서였다.

"이놈아, 평생토록 한번 썩어봐라."

"네가 날 때려? 너 사람 잘못 봤어. 너 인생 다 산 줄 알아라!"

충분히 얻어맞았음에도 굴하지 않는 용기가 가상하기 짝이 없었다. 하지만 자운은 새로운 죄수의 얼굴을 보자마자 헉, 하는 소리를 토해내야만 했다.

"헉, 노숙자 아저씨!"

어쩐지 목소리가 어디선가 들었다 싶었는데, 기가 막히게도 노숙자 천사였던 것이다. 분명히 강호로 가게 되면 더는 나타날 수 없노라고 하던 말이 아직도 생생하건만, '그땐 농담이었어'라는 식으로 버젓이 모습을 드러낸 것이다.

감방 문이 열리고 간수가 거칠게 미는 힘에 노숙자 천사가 꼴사납게 나뒹굴었다. 자운이 얼른 다가가 부축하며 물었다.

"어떻게 된 겁니까? 여긴 웬일이세요?"

노숙자 천사는 자운을 보고는 도저히 얼굴과 매치가 되지 않는 쑥스러운 표정을 지어 보였다. 홍조까지 동반하였던 터라 자운은 웩, 하고 쏠리려는 것을 간신히 참아야 했다.

"하하, 자네를 만나러 온 거지 다른 이유가 있겠나. 어때, 지낼 만하지?"

차라리 다른 말을 했더라면 화가 나지는 않았을 텐데 잘 지내냐는 말에는 분노를 금할 수가 없었다.

"이게 잘 지내는 것으로 보입니까? 사명 어쩌고저쩌고하더니 감방 안에 처넣는 게 말이 되냔 말입니다!"

너무 흥분한 나머지 자운이 침을 튀기며 말한 탓에 노숙자 천사는 얼굴에 튄 침을 소매로 닦아내고는 여전히 쑥스러운 미소를 머금고 답했다.

"그래서 내가 온 거잖아. 그다지 많은 착오가 있었던 건 아닐세. 아주 미세한 오차가 이 바닥에선 의외성을 발휘해 버리는 것이 문제라면 문젤까."

아주 뻔뻔하기가 번데기 주름살보다 더했다. 거기에 볼은 왜 발그레 물들이냔 말이다.

"이봐, 신참! 조용히 찌그러져 있어라!"

자운이 막 어떻게 빠져나갈지를 물으려 할 때 예의 감방 내의 질서 유지 담당관인 장비를 닮은 상문평이 고압적인 음성을 내뿜었다.

자운은 흥분한 나머지 너무 떠들었다는 생각에 어깨를 움찔하며 일단 자리로 돌아갔다. 그러나 노숙자 천사는 안면이 굳어지더니 자리를 완연히 털고 일어나 상문평을 노려봤다.

"네가 감히 위대한 사명 앞에 장애물을 설치하려는 것이냐?"

방금 전까지 비실대던 모습은 온데간데없고 백만 대군을 이끄는 장수와 같은 용맹한 기운이 노숙자 천사의 주위로 어른거렸다. 노숙자 천사의 말이 이어졌다.

"저기 앉아 있는 이가 얼마나 중요한 존재인 줄 네놈이 모르는 모양이라 내 참지만, 다시 한 번 참견한다면 얼마 못 가 네 입을 스스로 원망하게 될 것이다."

장비 상문평이 어이가 없다는 표정으로 자리를 박차고 일어났다. 그가 몸을 일으키자 그의 덩치가 얼마나 큰지 확연히 드러났으니, 거의 노숙자 천사의 키는 상문평의 어깨에도 미치지 못할 정도였다.

"애송아, 네가 그리 대단한 녀석이었던 거냐?"

상문평이 자운을 향해 묻자, 자운은 즉시 고개를 저었다.

"네? 하하하, 제가요? 그럴 리가요. 사실 저분 오늘 처음 봤습니다만……."

자운의 부인에 노숙자 천사의 얼굴이 핼쑥해져 자운을 쳐다봤다.

그러나 그것도 잠시, 어느덧 상문평을 바라보는 노숙자 천사의 얼굴에는 자못 위엄이 서리고 강대한 기세가 어른거렸다.

그런 위용에 자운은 지난날 강릉 앞바다를 두 동강 내버린 것을 떠올리고는 어떤 식으로 상대를 농락해 버릴지 자못 궁금한 표정으로 바라봤다.

"자고 이래로 괜히 남의 일에 끼어들어 곤욕을 치른 이들이 백 수레가 넘는다. 이제 너도 그들 중 하나가 될 생각인가 보구나."

다분히 위협적인 말투로 노숙자 천사가 뱉는 말에 상문평은 더 이상 견딜 수 없다는 듯 주먹을 내뻗었다.

"네 몸도 입처럼 그리 대단한지 확인해 봐야겠다!"

"훗!"

노숙자 천사는 상문평의 주먹이 바로 눈앞에 이르렀음에도 그저 가소롭다는 웃음을 지어 보였다. 어느덧 상문평의 주먹이 노숙자 천사의 광대뼈에 작렬했다.

퍼억~

순간, 자운을 비롯한 감방 안에 있던 이들의 눈이 휘둥그레졌다.

노숙자 천사의 몸이 실 끊어진 연처럼 날더니 감방 벽에 부딪치고는 그대로 나뒹굴고 만 것이다.

그 꼴사나운 광경에 자운은 속으로 한숨을 쉬고는 고개를 푹 수그렸다.

'역시 실망시키지 않는구나. 대단해, 대단할 뿐이야.'

비장의 한 수, 혹은 절정의 신법, 그것도 아니라면 상문평의 주먹이 얼굴에 닿았을 때 도리어 때린 상문편의 주먹이 으스러지는 것을 기대했던 자운으로서는 실망이 이만저만이 아니었다.

그런 생각은 자운뿐이 아니었던 듯 감방 안의 이항을 비롯한 모두는 방금 전 보인 놀라운 위용에 비해 맥없이 나가떨어진 모양새에 할 말을 잃은 듯 그저 입만 벌리고 있었다.

"끙, 끙……."

노숙자 천사는 충격이 결코 적지 않았는지 온몸과 입으로 신음을 발했다. 그러면서도 다리를 후들거리면서 꾸역꾸역 일어서고 있었다.

"흐흐흐, 원래 자비(慈悲)란 일초를 양보하는 것이랄 수 있지. 자, 이제부터 시작이다."

"자비?"

상문평은 당장 울 것 같은 표정으로 반문했다. 자운이 보기에 그건 이소룡이 닭 소리를 내지르며 적의 복부를 공격한 후 주먹을 바르르 떨며 짓는 표정과 얼핏 비슷해 보였다.

"훗, 좋다. 이제 나의 태상무력천강최강불괴단혼결단무자비신비신공(太上武力天剛最剛不怪斷魂決斷無慈悲神秘神功)을 받아봐라!"

엄청나게 긴 신공의 이름 앞에 자운은 또 다른 좌절을 느꼈다.

'뭐야, 이거 구무협을 너무 많이 읽은 거야?'

노숙자 천사는 길고 긴 신공의 이름을 헉헉대면서 외치고는 몸을 날렸다. 허공을 가르는 엄중한 기세 속에서 그의 태상무력천강최강불괴단혼결단무자비신비신공이 실린 일권이 상문평의 심장을 노리고 뻗어갔다.

쉭~

이 소리는 공기를 가르는 소리가 분명했지만, 또한 상문평의 몸을 빗겨 가는 소리이기도 했다. 살짝 몸을 틀어 방위를 바꾼 탓에 노숙자 천사의 몸은 그만 헛손질을 하고 말았다. 목표를 잃은 탓에 관성을 못 이긴 몸이 휘엉청 비틀거릴 때 상문평의 수도가 그대로 노숙자 천사의 뒷목을 강타했다.

퍽!

철퍼덕.

곧바로 노숙자 천사는 노숙자 개구리로 변해 바닥에 쫙 뻗어버렸고, 상문평은 그때부터 가차없이 주먹과 발길로 노숙자 천사를 밟아대기 시작했다.

끙끙거리는 소리와 함께 몸이 들썩이며 얻어맞던 노숙자 천사가 더 이상 맞지 않게 된 건 벽에 기대고 앉아 구경하던 이항이 조용히 뇌까린 뒤였다.

"혼절했네. 그만 하게."

그제야 상문평이 거친 숨을 몰아쉬고는 노숙자 천사의 뒷덜미를 잡고 구석지에 던져 놓았다.

자운이 흘깃 보니 고작 숨만 까닥대면서 쉬고 있었다. 자운은 자신을 인도한 천사의 상태가 그야말로 도저히 기대하기 힘든 정신 상태임을 확인하는 일이었기에 곧바로 좌절에 빠져들었다.

앞으로의 여정이 얼마나 답답할 것인가. 무릎을 세우고 가만히 그 속에 고개를 푹 처박는 자운이었다.

이후 노숙자 천사는 진실로 자운을 실망시키지 않았다.

믿을 수 없게도 자운은 환갑을 넘어 칠순 잔치를 해야 할 나이에 이를 때까지 감옥에 갇혀 있었다.

그전에 감옥에 함께 갇혀 있던 이들은 이미 출옥한 상태였고, 그 뒤로도 수없이 많은 죄인들이 오고 갔다. 하지만 자운은 감옥을 벗어날 수가 없었다. 눈은 마음의 창이라는 것도 죄인들의 눈을 통해 그들의 지식을 스캔해도 이곳에 머무는 한 아무 소용이 없었다.

그렇게 하루하루가 가며 내일이면 천사가 오겠거니 기다리다 결국 오십육 년을 보냈다.

그럼에도 문제는 앞으로 어떤 희망도 보이지 않는다는 것이었다.

그러던 어느 날, 불쑥 노숙자 천사가 찾아왔다. 이른두 살의 어느 날이었다.

"어이, 고생이 많았어. 이제야 끝이 났지 뭔가."

그는 예전에 비해 달라진 것이 없었기에 자운은 이미 늙어버린 자신의 삭신을 보며 분통이 터졌다.

"이 미치광이야, 내가 구원자라며! 왜 날 이곳에서 빼내주지 않는 거냐!"

노숙자 천사는 어깨를 한차례 으쓱해 보이고는 말했다.

"미안, 미안. 하지만 자운 자네가 이 세상을 구한 것은 사실일세. 전에 내가 말했었지, 나비효과라고. 아주 미세한 변화지만 그것이 엄청난 결과를 몰고 온다. 자네가 이곳에 갇혀 있는 동안 오고 가는 죄인들의 생활상에 작은 영향을 미쳤네. 그것으로 인해 무림에서 가장 악명 높은 마두가 절명했어. 하하하하, 모두 자네 덕분일세."

"이 썩을 놈의 자식을……."

하지만 자운은 이미 늙은 몸에 오랫동안 감옥에 갇혀 있어 힘을 쓰지 못했다.

"자, 화내지 말게. 세상을 구한 자인만큼 자부심을 가져도 좋아. 그럼 이제 돌아가야지?"

잠시 후 자운의 몸은 광채에 휘감겼다.

서울역 광장의 한쪽 귀퉁이에 병든 노인이 잠을 청하고 있었다.

사람들은 더럽다고 저만치 비켜 갔지만, 사실 그 노인이 무림을 구한 영웅인지는 아무도 알아보지 못했다.

자운 노인!

그는 노숙자로 살아가지만 진정 시대를 구한 영웅이었다.

〈終〉

작가후기

    세상의 모든 것이 시작이 있으면 반드시 끝이 있기 마련인지라 후흑문주 심온도 어느덧 결말을 맺었습니다. 오늘날의 시간은 과거와는 사뭇 달라서 하루가 마치 한 시간 정도로 느껴질 만큼 빠르게 지납니다. 덕분에 후흑문주 심온도 시작이다 싶자 어느새 작가 후기를 쓰고 있네요.

    만선문의 후예로부터 어느덧 5년이 지난 지금 총 네 편(만선문의 후예, 걸인각성, 무한소소, 후흑문주 심온)의 글을 쓰고 나서 가만히 뒤를 돌아보며, 처음 글을 쓸 때의 기쁨을 아직 가지고 있는가 라고 자문해 봅니다.

    '한 명의 독자를 만족시키자, 그를 기쁘게 하자.'

    이것이 처음 글을 쓰게 된 동기입니다. 그 독자는 세상 그 누구보다 먼저 글을 읽는 사람입니다. 그럴 수밖에 없는 것이 독자의 정체는 바로 '나' 이기 때문입니다.

    내가 즐겁고 기쁘다면 그것으로 족하다, 혹은 내가 만족한다면 틀림없이 다른 이들도 만족할 것이다, 라는 생각, 대중적인 성향이나 보편적이고 멋스러워 보이는 글이 아니라 순수하게 마음이 가는 대로 '나' 라는 독자를 위한 글을 썼습니다.

그러나 차츰 시간이 흐르면서 알게 모르게 여러 시선을 의식했음을 이 지면을 통해 고백합니다.

이제 제가 해야 할 일은 처음으로 돌아가는 것이라 하겠습니다. 거침없이 의식과 관습의 틀을 파괴하고 끝없이 상상력을 발휘하는 것, 스스로 만든 담을 일거에 허무는 것을 말합니다.

다섯 번째로 여러분과 만나게 될 때는 더 나은 모습이 되길 진심으로 바라고, 또 성원해 주시길 바랍니다.

끝으로 글을 읽어주신 모든 분들께 진심 어린 감사의 말씀을 전하며, 또 지금까지 항상 한마음으로 격려와 지지를 베풀어주신 청어람의 서경석 사장님께도 고마움을 전합니다.

김현영.